인사동 블루스

김재순 소설집

뿌리출판사

작가약력
서울 관훈동에서 태어났으며, 덕성여대 의상과를 나왔고.
1992년 문화일보 단편소설로 등단했음.
1992년 연극평론에 당선되었고
1997년 「숭숭이 반닫이」
2000년 「돈암동 가는길」의 창작집이 나왔음.
2003년 동아문화센타에서 현재 소설작법 강의하고 있음.

인사동 블루스

2003년 6월 13일 발행
2003년 6월 20일 1쇄

지은이 / **김재순**
펴낸이 / **윤현호**
펴낸곳 / **뿌리출판사**
홈페이지 / www.rootgo.com / E-mail : rootgo@dreamwiz.com
주　　소 / 서울시 성동구 성수 2가 3동 317-10 2층 우편번호/133-835
전　　화 / (代)2247-1115, 466-4516, 팩스 / 466-4517
출판등록 / 서울시 등록(카) 제 1-551호 1987.11.23

ⓒ 2003. 김재순

값 / 8000원
ISBN 89-85622-37-4

*잘못된 책은 바꾸어 드립니다.
*인지는 저자와의 협의에 의하여 생략합니다.

김재순 소설집

차 례

작가의 말　　7

캘리포니아 드리밍　　9

인사동 블루스　　39

완 나잇 인 방콕　　81

도쿄, 까마귀　　125

무 도 중　　183

병상일기　　243

작가의 말

　윤중로에는 벚꽃이 한창이다. 새롭게 찾아온 이 봄에 글을 다시 묶게 되었다. 열심히 산 것 같은데 어느 날 문득 내 삶은 누군가에 의해서 이미 예정되었던 것 같은 낭패감에 젖는다. 마치 '트루만 쇼'라는 영화의 주인공처럼 모든 사람이 그를 지켜보고 있건만 본인만 몰랐을 뿐이다. 글을 쓰면 제 몸 하나는 다스릴 줄 알았건만 정신은 피폐해지고 걸을 때마다 뼈마디에선 우두둑 소리가 들린다. 풍수지리를 공부하는 친구의 말이, 지하에 계신 조상이 자손에게 계속 전파를 보낸다고 한다. 나 역시 그 기를 받아 어느 땐 산맥처럼 강직하고 어느 땐 먼지처럼 떠돈다.

　내 글의 원동력은 아버지에 대한 그리움이고 증오였다. 늦게나마 아버님께 이 책을 바친다.

2003년 5월 끝날

김재순

캘리포니아 드리밍

캘리포니아 드리밍이 귓전에 맴돈다. 학창시절 한창 즐겨 부르던 노래다. 나는 주절거리며 올드 팝송이 된 그 노래 가사를 흥얼거린다. 시계를 보니 여섯시 삼십분이다. 피자를 주문했다. 오늘은 문 닫는 시간까지 죽치고 앉아 있으려고 다짐한다.

여기는 마드랭스라는 상호를 가진 퓨전스타일의 경양식집이다. 사장을 만나려고 왔으니까 그가 나타날 때까지 나는 가지 않을 생각이다. 오늘도 역시 그를 만나지 못할 것이다. 옷을 편하게 입고 운동화를 신었다. 가방 속에는 티셔츠 한 벌을 더 넣었고 정 시인이 집으로 보내온 시집도 집어넣었다.

오래 버티려면 옷이 간편해야 한다. 혹시 이곳에서 기절할지도 모른다. 앞여밈의 단추가 풀어져서 브래지어가 보인다든가 치마를 입어서 속옷이 보인다든가 하면 곤란할 것 같다. 중요한 소지품은 죄다 집에 놓고 왔다. 비씨 카드며 교통카드도 빼놓았다. 경찰서의 수사과장이며 우리 시마을 동인의 시인이기도 한, 정과장은 내일 저녁에 만나기로 했다. 외출하기 전에 찬밥에 물을 말아 억지로 한 그릇 비웠다. 든든하게 먹을 순 없어도 속이 헛헛하진 않아야 정신을 차릴 수 있다. 이 집 '마드랭스'는 잔뜩 빚더미에 올라앉아 있지만 음식 맛은 일품이다. 슈프림 피자도 맛있지만 스파게티 소스와 함박스테이크의 고기 맛은 독특하다.

사장은 약속을 여섯 번이나 어겼다. 그가 써 준 약정서와 각서와 약속어음이 내 가방에 있다. 사장만 떠올리면 목이 막히고 벌써 소화되고도 남았을 음식이 식도에 세엑 곤두선다. 마드랭스는 열시에 문을 닫는다. 이 빌딩의 지하매장은 전체가 책방이다. 그 책방은 아홉시에 문을 닫는다. 강남의 뱅뱅 사거리에서 강남역 쪽으로 오십 미터쯤 올라가면 이곳이 보인다. 그야말로 노른자위에 위치해 있다. 열시가 되려면 아직 멀었다. 내가 어렸을 때 집에 베쓰라는 백구가 있었다. 얼마나 영리하고 침착한지, 어느 날 쥐약을 잘못 먹고 거품을 물고 쓰러졌는데 내가 머리를 쓰다듬으려 하자 이빨을 보이며 으르렁거렸다. 나는 그 때 무척 서운했으나 뒷동산에 베쓰를 묻으며 그 심정을 이해하려고 했다. 내가 그 베쓰를 닮아 서서히 미쳐가고 있는 중이다.

시간이 더디 간다. 나는 음식을 먹으러 온 것도 아니고 도망친 사장을 만날 수 있다는 기대도 하지 않으며 여기에 와서 앉아 있다. 그냥 막연히 이곳에라도 와있지 않으면 내 존재가 사라질 것만 같은 불안감이 엄습해 집에 있을 수가 없었다. 내 움직임이 종업원을 통해서 사장의 귀에 들어갈 테고 그가 내 앞에 와서 무릎을 꿇는 생각을 하니 좀 살 것 같다. 나는 여기서 아예 정신을 잃거나 들것에 실려서 응급실로 이송될 작정을 하고 왔다. 구급차가 오고 나는 의식을 잃고 사람들이 모여들고 영화의 한 장면 같을 것이다. 한숨이 절로 나온다. 얼마나 난리를 부려야 정신을 놓을 수가 있을지 암담하다.

목으로 땀이 흐른다. 병원이나 파출소 아니면 경찰서로 갈 각오로 덤벼야 한다. 사장은 사람을 극단으로 몰고 간다. 그냥 포기하진 않는다. 되도록이면 이 사기극을 꾸미는 회사를 만천하에 알리고 싶다. 자기 몸을 내던질 각오로 덤벼야 한다. '김 숙자씨 돈은 특별자금이라서 꼭 해 드릴 겁니다.' 그러나 그 말은 순전히 거짓말이었다. 영희와 나는 사무실에 나가서 진을 치고 있기를 내리 일주일하고 기권했다. 사무실은 강남에서 구로공단역 앞으로 이전했고 새로 임대한 사무실은 칠을 하고 새단장을 했다. 상호도 바꿨다. 사무실에는 늙수그레한 주부들이 만감이 교차하는 표정을 짓고 몰려들었다. 그들의 표정은 하나같이 전쟁터에서 가까스로 목숨만 건져 온 군인처럼 비통해 보였다.

그들은 침묵하지만 뼈저리게 후회하며 마음으로 통곡하고 있다. 기도원에서 밤낮으로 기도드리는, 죽을 병에 걸린 신자들 같다. 낯빛은 배추 잎파리처럼 누렇게 뜨고 안광은 빛을 잃고 허공을 헤매고 들숨과 날숨이 일정하지 않다. 오만상을 찌푸리고 드나들던 내게도 그들의 표정과 한숨이 옮겨와 나는 수시로 가슴이 철렁 내려앉고 그럴 때마다 손갈퀴로 머릿속을 득득 긁어댔다.

조금 전에 구로공단 역에서 전철을 타고 마드랭스로 오다가 지하철에서 카세트 테잎을 파는 행상을 만났다. 테네시 월츠와 캘리포니아 드리밍, 돈 휘겟 투 리멤버, 예스터 데이가 차례로 흘러 나왔다. 얽혀 있던 머릿속의 핏줄들이 제자리를 찾아 정돈되는 듯한 평화를 느꼈다. 학창시절의 환한 웃음과 사회 물정을 몰라도 좋은, 순수했던 순간들이 간절해졌다.

 그 아름다운 시절이 힘주어 감은 눈 위로 아련하게 스쳐갔다. 고여 있는 흙탕물에서 빠져나와 찰흙처럼 매끄럽고 흠결없는 땅으로 건너가고 싶다.

 등이 휘우듬히 굽은 남자는 올드 팝송이 담긴 테잎을 팔기 위해 재게 손을 놀렸다. 맛보기로 조금씩 들려주기 위해 아저씨는 메고 있던 녹음기를 테잎이 들어있는 상자 위에 올려놓고 번갈아 테이프을 갈아 끼웠다.

 나는 주먹을 불끈 쥐었다. 그 주먹에서 알전구속의 필라민트처럼 에너지가 나온다. 파란 광선이 곡선을 그리며 흘러나와 그 테잎 속으로 원형을 그리며 감긴다. 나는 그 속으로 들어갈 수 있게 되기를 빌었다. 나는 돌아가고 싶다. 이 수치를 감당하기가 벅차다. 우선 나는 자신에 대한 모멸감을 지울 수가 없어 힘들다.

 지난날의 추억 속으로 되돌아가면 이 세상을 잊고 그런대로 적응하리라 생각한다. 나는 힘주어 감은 눈에 다시 기를 모은다. 저 테이프 속으로 빨려 들어갈 순 없을까. 아니면 이 시련이 이대로 정지된 채 화석이 되고 싶다. 모든 것을 일순간 멈추고 나는 세상을 감각하지 못하는 세계로 들어가고 싶다. 간절히 바라며 이 현실을 외면하려고 눈을 감았지만 귀는 내 의지와 따로 움직였고 어김없이 강남역에서 내렸으며 2번 출구로 나와서 농협건물을 지나 이곳까지 지체 없이 내달렸다. 대체 어쩌다가 나는 이런 꼴이 되었는가. 기혼자의 아이를 임신한 처녀가 등 돌린 남자의 회사 앞에서 진을 치듯이 볼상사납다. 그 남자가 나타나지 않으면 나는 이 대리석 바닥에서 아이를 낳을 것인가. 자살공격대가 되어 비행기와 함께 자폭하는 가미가제가 생각난다. 시를 위해서 그런 열정을 바쳤어야 하는데 지금 나는 궤도이탈중이다. 시계를 본다. 영희가 도착할 시간이 얼추 되었다.

  내가 영희를 만난 것은 2월이었다. 그녀는 '시작법' 반의 회원이다. 우리는 시로 등단했으나 우리를 지도하신 스승에게 습작을 위한 공부를 하기 위해 강의를 들으러 온다. 영희는 한 학기를 마치고 슬며시 사라졌다가 다시 나타났을 때 내게 긴밀히 의논할 게 있다고 눈짓을 했다. 다른 곳에 가서 '시작법' 강의를 들었으나 워낙 선생님과 정서의 차이가 심해 제압 당하는 느낌이 들어 다시 왔노라고 했다. 나보다 나이가 한 살 어린 영희는 귀엽고 웃을 때면 눈썹이 눈사람처럼 처지는 선량한 인상을 풍겼다. 우리는 자주 어울려 습작한 시를 감상하고 틀린 곳을 지적해주기도 했다.
  나는 이혼을 했으나 영희는 미망인이었다. 나는 혼자 사는 원룸으로 영희를 데리고 오기도 했다. 우리는 한 달에 두 번 내 집에서 시 공부를 했다. 폭우가 쏟아지는 어느 날인가 우리는 하염없이 그 풍경을 바라보며 말을 잃어버렸다. 영희는 서정적인 시를 쓰고 나는 참여

시를 좋아했다. 그래서인지 서로의 시에 대해 자유로울 수 있고 보완이 되기도 했다. 나는 외로움이 깊었고 영희에게 급속도로 의지하게 되었다.

그녀의 남편은 장교였기에 연금이 일정하게 나오고 있으나 나는 수입이 일정하지 않은 초등학교 독서지도자라서 모갯돈에서 조금씩 헐어 썼다. 원룸에서 영희가 자고 갈 때도 있고 김치를 담가서 나눠 먹을 때도 있었다. 우리는 혼자 사는 여자라는 공통분모를 갖고 있다. 동북아시아에서 여자가 아비없는 아이를 키우거나 혹은 이혼하고 혼자 산다는 것이 얼마나 사회에서 깔보이는가에 대해 분노하고 토론했다. 결론은 과도기에 낀 세대라 그렇다고 위안을 하며 와인을 한잔 마시기도 했다. 어느 날 영희는 자기가 자금을 투자하고 있는 벤처 기업이 있는데 같이 가자고 했다. 그곳이 마드랭스였다. 피자나 함박 스테이크, 스파게티, 생맥주를 파는 외식업체였다. 사장은 '미스터 피자' 라는 피자브랜드를 널리 알린 창업주와 함께 동업을 했었고, 지금은 독립해서 자기자본으로 외식업체를 꾸리고 있다. 프랜차이즈로 영업을 확장시키려고 애쓰고 있는 벤처 회사라는 점이 흥미로웠다. 밀가루로 승부하는 사업이라 이익이 높다며 피자와 스파게티를 융숭하게 대접하는 중에도 사장은 자기업소에 대한 자랑을 줄기차게 늘어 놓았다. 후식도 마친 후, 영희와 나는 사무실로 안내되었다. 영업부장이라는 머리색이 노란 여자는 노련한 말솜씨를 발휘했다.

나는 점심을 잘 얻어먹고 난 후라 그녀가 자금을 투자하라고 해서 통장에 있던 삼백만 원을 빌려 주었다. 영희에게 이곳을 어떻게 알았느냐고 물었다. 목사인 형부가 교회 신자라며 노랑머리의 영업부장을 소개해 주었고 그 후로 서로 친분이 쌓이게 되었다. 목사인 형부의 소개라면 나도 영희를 믿고 따라가도 되겠다고 생각했다. 통장에 있던 돈 삼백만 원을 탈탈 털어 빌려주고 나서 우리는 역삼동에 있는 LG 아트 센타에서 리투아니아 연극을 감상했다. 눈이 내리는 무대에 커다란 눈덩어리가 하나 놓여 있고 그것이 러시아 말기의 혼돈스러운 상황을 나타내는 상징인 것 같았다. 러시아 배우들의 대사를 알아듣지 못해서 음악과 무대를 꽉 채우는 에너지의 기운만 전해졌다. 그날은 유쾌했다. 이혼한 후, 나는 자폐증같은 우울증에 시달리다가 영희를 만나며 조금씩 그 우물에서 기어 나오고 있었다. 사랑을 노래하는 시를 몹시 싫어하는 이유도 남자에 대한 환멸에서 벗어날 수 없기 때문이었다.

그런 일이 있고 보름 후에 영희는 그곳에 이자와 원금을 받으러 가는 날이라며 함께 가자고 했다. 자꾸 얻어 먹으러 갈 수 있겠느냐고 하자 괜찮다고 팔을 잡아끌었다. 나는 초등학생 글짓기를 지도하느라 오후에는 좀처럼 시간을 낼 수가 없다고 하자, 영희는 오전시간에 다녀올 수 있다고 했다.

우리는 설렁거리며 전철을 타고 강남으로 향했다. 이번에도 융숭한 대접을 받았다. 워낙 오랫동안 외롭게 지내던 터여서 영희를 친구처럼 이물없이 대했다. 사람을 좋아해서 균형을 잃고 빠졌다가 상처를 받고 허우적거리며 돌아 나오는 일이 반복되었다. 남편은 그런 나를 지진아라고 불렀다. 이론적으론 똑똑한데 현실적응이 안되는 미련퉁이라고 놀려댔다. 그가 떠난 것 중엔 나에 대한 피로감도 작용했을 것이다. 그는 첫사랑 애인과 재혼해서 브라질로 건너갔다. 나는 그와 살던 집을 정리해서 원룸으로 줄이고 일자리를 구해 이집 저집으로 뛰어다니지만 그 직업은 장래가 불확실하다.

나는 영희와 영업부장의 권유로 꼭 일 개월만 빌려주는 조건으로 정기예금을 해약해 전재산인 천만 원을 빌려주었다. 투자한 것이 아니고 빌려 주었다. 꼭 일 개월만 빌려주는 조건이라고 거듭 약속을 했다. 두어번 음식을 얻어먹은 댓가로 그렇게 큰 돈을 냉큼 빌려 준 건 아마 영희를 신뢰했기 때문일 거다.

신촌에 마드랭스 지점을 개업하려면 잔금 치를 돈 일억 오천만 원이 필요했다. 곧 영업을 시작하면 특A급 상가지역이라 금새 자금경색이 풀릴 거라고 했다. 얼마나 목이 좋은지 가서 보라며 지도를 상세히 그려주었다. 사람들이 투자하기 위해 소문을 듣고 몰려오기 전에 그 신촌 점의 지분을 갖고 있으면 앉아서 생활비가 굴러들어오는 절호의 찬스라고 덧붙였다. 인테리어 시설은 외상으로도 되지만 잔금은 치루어야 공사를 할 수 있고 신촌 점만 오픈하면 종로 점과 동숭동 점은 저절로 일이 풀린다고 했다.

나는 삼부의 선이자를 받고 텔레 뱅킹으로 돈을 입금시켰다. 꼭 한 달만 빌려주기로 거듭 약속한 것은 회사에 대해 너무 모르고 투자할 배포도 없기 때문이었다. 재벌도 아닌 내가, 인사치례로 빌려준 것이다. 나는 이자가 삼부라는 것도 부담스럽고 께름직했다. 많은 만큼 위험부담이 있다고 생각했다. 돈을 넣기로 한 날 얼마나 긴장했는지 모른다. 아무리 생각해도 믿을 수가 없는 사람들이라 망설이는데 저쪽에서 재촉 전화가 왔다. 한 달 후에 필요한 돈이라고 나는 누누이 다짐 했다.

  나는 전철을 타고 영희와 시 강의를 들으러 가다가 휴대폰을 받았다. 영희는 난감한 표정을 짓는 내게 자기가 책임질 테니 빌려주라고 작은 소리로 속삭였다. 나는 그 자리에서 휴대폰으로 저쪽의 구좌에 입금을 마쳤다. 설마 한달 사이에 무슨 일이 생길까. 이악스럽고 이재에 밝은 영희가 추천했으니 안심하자고 마음을 다잡았다.

  그 후로 약속한 날짜가 되었으나 이 회사는 자금경색으로 돈이 바짝 말라 당분간 돈을 줄 수가 없다고 잡아 뗐다. 그 대신 사장은 약정서를 써 주었다. 어느 날까지 갚겠다는 약속을 해 준 것이다. 영희는 칠백만 원을 빌려 주었고 나는 천 삼백만 원을 빌려 주었다. 삼백만 원은 삼 개월간 빌려 주기로 했으나 천만 원은 일 개월만 사용하기로 했다. 약속이 어긋나자 영희와 나는 시습작반을 결석하고 회사로 매일 출근하다시피 했다.

  영희가 들어선다. 그녀는 자리에 앉으며 내 안색을 살핀다.

  "오래 기다렸어?" 이마의 땀을 닦으며 그녀가 내 안색을 살핀다. 나는 고개를 흔들며 억지로 웃어 보인다. 정체를 알 수 없는 슬픔이 마음 한복판으로 칼끝처럼 스치고 지나갔다.

  "집은 어떻게 되었는데" 내가 조심스럽게 물었다. 영희는 지금 살고 있는 집의 주인이 너무 한번에 보증금을 올려서 이사를 하려고 여기저기 알아보는 중이었다.

"나, 언니가 사는 파주로 내려갈까 해, 거긴 내가 가진 전세돈이면 조그만 빌라형 연립을 살 수 있대. 그게 낫겠어."

나는 말없이 그녀를 바라본다. 그녀는 가방을 열고 노트북 컴퓨터를 꺼낸다. 그러면서 배시시 웃는다.

"오래 죽치려면 지루할 것 같아서 아예 여길 집필실로 쓰려고 갖구 왔지."

어느 땐 영희를 알 수가 없다. 남편은 죽었으니까 본 적이 없고 영희는 명문대 이공계열을 졸업하고 대전의 연구소에서 오랫동안 근무했었고, 그 때 기차로 통근하면서 틈틈이 시상을 적기 위해 산 노트북 컴퓨터라고 한다.

내색한 적은 없으나 영희를 만난 것 자체가 악연이었다는 후회도 든다. 그녀를 몰랐다면 나는 멀쩡한 돈을 사기꾼에게 던져주지 않았을 것이다. 그러나 그녀도 잘하려다가 당한 일이다. 내가 인생선배라서 원망하지 말고 힘을 합해 이 난관을 극복해야 한다고 다짐하지만 그녀의 접근이 혹시 의도적이진 않았을까 하는 의구심이 고개를 들어 나를 더 혼란에 빠뜨렸다. 나는 복잡해지려는 생각을 떨어내려고 그녀에게 되묻는다.

"수지는 어떻게 파주에서 학교를 다니지?"

"어쩌겠어, 아이 때문에 서울에서 뿌리를 내려야 하겠지만 세살기가 지겨워, 그리고 연립이라두 내 집은 오를 수도 있잖아."

영희는 지갑에서 무료시식을 할 수 있는 쿠폰을 꺼내 피자와 맥주를 주문한다. 수백배의 돈을 투자하고 몇푼 안되는 음식을 공짜로 먹고있는 자신이 한심하다는 생각이 든다. 빈틈없는 균형 속에서 알맞은 탄력과 긴장을 유지하고 있던 그녀의 모습은 드로잉처럼 윤곽이 흐려져 있다. 영희를 너무 과대평가했던 점이 실수였다. 피자가 나오자 영희는 내 앞에 놓인 접시에 피자 한 조각을 담는다.

"생각나? 사장이 우리를 마드랭스에 투자하게 하려고 샐러드며 스파게티를 나이프와 포크로 서브하던 일 말이야, 사기꾼."

나는 사장의 인상이 니글거린다고 했고 영희는 잘 생겼다고 했었다. 이 외식업체를 소개해 준 여자가 영희의 형부가 목사로 있는 교회의 신자라기에 믿었다. 형부가 소개해주어서 영희는 안심했다고 한다. 영희가 사장얘기를 꺼내자 맛있게 먹으려던 마음이 싹 가신다. 나는 피자 한 조각을 삼키느라 생맥주 오백씨씨를 다 비웠다.

"오늘은 텔레 뱅킹 안 해봤지?"

영희가 묻는다.

"한 번 더 해 봐."

나는 휴대폰을 꺼내 버튼을 누른다.

1588-5000번을 누르자 여자의 목소리가 들린다. 잔고확인은 111번을 누르세요, 그다음에는 계좌번호를 누르시고 우물정자를 누르세요. 비밀번호 네 자리수를 누르시고 우물정자를 누르세요. 나는 그녀의 말을 다 외우고 있다. 잠시 기다리세요, 음악이 흐르고 연이어 잔고가 십이만 원 있습니다. 다시 듣고 싶으면 1번을 누르십시오. 나는

캘리포니아 드리밍 19

그만 휴대폰의 플립을 닫는다.

"안들어왔어, 들어올 리가 없지."

휴대폰을 탁자에 거칠게 내려놓았다. 탁자에 두 팔을 올리고 그 사이에 머리를 묻었다. 창밖에서 들어온 햇살이 정수리를 정겹게 어루만진다.

내리 열흘 동안 아침부터 밤 열시까지 하루에 스무 번쯤 입금이 되었나 확인해 보았다. 그러다 보니 한결같이 들려오는 여자의 음성과 친숙해졌고 앤소링 머신에서 나오는 말을 나는 어느 새 다 외웠다. 회사의 임원들은 늘 그렇게 굳게 약속을 하고 그 말을 믿고 끌려 다니던 우리는 지쳐서 정신이 혼미할 정도다. 주위 사람들은 사기를 당했으니 포기하라고 한다. 나는 그 말을 들을 때마다 냉장고에서 소주를 꺼내들이켰다. 들큰하고 화학약품 냄새가 풍기는 액체가 목을 태우면 식탁에 엎드려 울었다. 실패는 실패를 낳는다는 말이 맞는가 보다. 이혼 후, 나는 되는 일이 거의 없고 미혼 때보다 더 사는 일에 허우적거렸다.

오늘은 더 이상 기대할 것이 없다고 생각하고 마드랭스에 왔다. 시마을 동인의 회원 중에 변호사 사무실에 근무하는 사무장이 있다. 그에게 의논을 했더니 영업장의 집기에 부치는 유체동산 가압류라는 제도가 있다고 소상하게 설명해 주었다. 법원에 가서 공탁금을 걸고 법원의 결정문을 받아들고 마드랭스에 와서 강제 압류딱지를 붙인 후 재판을 한다. 소액이라서 변호사도 필요없고 그러면 채무자가 영업을 하기 위해서 아마 돈을 갚으려고 할 것이다.

그러나 공탁금을 현금으로 법원에 예치해야 하며 예치금으로 영희와 내가 받을 돈의 삼분의 일을 걸어야 한다. 내게 지금 있는 돈은 십이만원이 고작이다. 나는 법에 대해 잘 아는 그가 순서를 가르쳐 주는데도 열에 들떠 흥분이 가라앉지 않는다. 그렇게 해서 받는 방법이 있다고 해도 내게 돈을 빌려 줄 사람도 없고 아무리 법원에 맡기는 돈이라고 하지만 재차 공탁금을 넣기는 싫었다. 나는 영업장에 가서 내가 하고 싶은 대로 하고 싶다. 지하도 계단에 엎드려있는 걸인처럼 체면도 없고 수치심도 남아있지 않다. 그저 되도록 널리 그들의 소행을 알리고 싶다. 이대로 놔 둘 순 없다는 생각이 이성대로 행동해서 돈을 받아내려는 생각보다 앞선다. 영희는 과격해지려는 나를 달래지만 이번 사건으로 나는 그녀와 성격이 다르다는 것을 알고 놀란다. 나는 마치 조직폭력배의 끄나풀이었던 것 같다. 몸으로 부딪히고 싶다는 강한 충동을 참을 수가 없다. 이곳에서 사흘이고 나흘이고 앉아 있다가 들것에 실려 나가고 싶다. 살게 되면 입원해서 링거를 맞을 테고 죽었으면 문제는 사회적으로 확대되었을 것이다. 사장이 내 영전에 향을 피우고 국화 한송이를 올려 놓는다. 무릎을 꿇고 사죄하는 모습이 보인다.

나는 그를 향해 말하려 하나 혼령이 맴돌 뿐 말이 되어 나오진 않는다. 나는 그의 사죄를 받는 대신 내 목소리를 영원히 잃었다. 펀드에 투자했다가 결국 원금을 떼이게 된 주부들의 냉가슴을 다소나마 내가 위로해 줄 수 있다면 죽음도 불사하고 싶다. 회사가 이윤이 발생하면 함께 나누고 적자가 나도 함께 나누기로 한 것이 펀드다. 그들 중에 투자한 액수가 클수록 채권자는 침묵한다. 회사를 살려야만 자기가 살 수 있기 때문이다. 높은 이자를 몇 회에 걸쳐 받아 본 여자들도 역시 조용하다. 코가 꿴 탓이다.

그들의 공통점은 비싼 이자를 준다는 달콤함에 매료되어 여기까지 오게 되었다는 것이다. 높게는 일할에서 팔부의 이자를 매월 받아갔다니 믿어지지 않는다. 그런 종류의 펀드에 투자하는 유령회사들이 테헤란로 근처에 수두룩하다. 주부들은 금리가 내려가자 재테크를 한다며 그런 곳을 기웃거린다. 며칠간 영희와 나는 사무실로 매일 출근했고 그때마다 부딪히는 주부들의 하소연을 들을 수 있었다. 투자자를 모시고 와서 그들이 돈을 맡기게 되면 투자금액의 십퍼센트를 리베이트로 받는 피라밋 조직이었다.

나는 눈을 허공에 정지시킨 채. 그들의 애기를 이해하기에 바쁘다. 어디 속세를 떠나서 살다 온 것처럼 그저 입이 다물어지지 않고 자주 이명에 시달리며 눈물이 흐르는 줄도 모르는 채 작열하는 햇빛을 뚫어지게 바라보는 버릇이 생겼다. 충격을 받았는지 이틀 동안 오른쪽 눈이 전혀 보이지 않았다. 의사는 일시적으로 나타난 현상인데 신경을 쓰지 말라고 주의를 주었다. 정 과장은 아무래도 내일 찾아가면 무안을 줄 것 같다. 평소의 나답지 않다고 빈정거리는 모습이 선하다. 내일 그를 만나 조언을 듣기로 한 약속을 취소하고 싶다. 아침에 이곳으로 오다가 전철에서 시렁에 놓여있는 신문을 읽었다.

오늘 신문에도 우수 프랜차이즈 등급 획득, 검증된 성공사업, 100호점 돌파 기념 이벤트, 2000만원 무담보 지원이라고 쓴 왕 삼겹 회전 구이 식에 의한 바비큐의 새로운 맛이라는 광고가 신문에 났다. 칼라로 되어 있고 식품을 수송하는 차량이며 체인점의 모습이며 식사하는 손님들의 표정이 다채롭게 실려 있다.

그런가하면 세계의 맥주를 한곳에 다 모았습니다. 앞선 컨셉으로 따를 수 없는 만만디의 차별화, 세계 맥주바 전문점 대 모집, 25평 기준 일일 평균매출 백만 원으로 불황과 상관없이 전천후 호황을 누리는 세계 맥주 전문점은 성공의 컨셉이 확실한 프리미엄급 성공사업입니다. 체인 사업 본부 02)2645-7104.

이미 나는 그런 류의 광고가 얼마나 실제와 다른지 실감한 터라 의심의 눈빛으로 쏘아 본다. 내가 빌려준 돈의 성질은 투자가 아니다. 꼭 한 달만 빌려준 거며 높은 이자를 받지도 않았다. 참을 만큼 참았고 교양있게 처신했으나 어느 것 한 가지 먹혀들지 않았다. 며칠 전에 일간지에 광고가 나자 사람들이 모여들었다. 마드랭스는 본부장이라는 전문 분양 브로커를 고용했다. 투자자들이 안내되는 사무실에는 서울의 지도가 걸려 있고 앞으로 지점을 차릴 동숭동과 목동, 성신대 입구, 종로 지점에 형광색 펜으로 동그라미를 쳐 놓았다. 컴퓨터로 뽑은 영업점의 내부 인테리어도 근사하고 환상적이다. 마드랭스에서 만든 요리도 사진을 찍어 액자에 넣어 전시했다. 끄라페라는 음식도 일본에서 전수해 마드랭스에서 파는 중요한 메뉴가 되었다. 각종 소세지 종류, 혹은 과일 종류를 밀전병에다 싸서 먹는 음식이다. 과일 끄라페는 향기가 좋고 소세지와 베이컨, 햄을 밀가루로 만든 전병에 싸서 먹는 건 배가 몹시 고플 때 요기하기에 적합하다.

그들은 아르바이트생을 인터넷 공모로 모집한 다음에 사무실의 구석진 방에 요리 기구를 놓고 음식 만드는 법을 훈련시켰다. 나는 빚을 받으러 사무실에 오가다가 그 직원들이 만든 끄라페를 시식했다. 어느 때 보면 아직 회사를 살리려는 안간힘이 엿보였다. 강남에서 임대료가 싼 구로공단역전으로 이사를 했지만 아주 회사가 분해되진 않았고 채권자들이 갹출한 자금으로 신문에 광고를 낸 것도 만회해 보려는 노력같아 보였다.

애쓰는 와중에 사장이 나타나서 연기된 경위를 설명하거나 하면 좋으련만 전혀 모습을 드러내지 않고 잠적한 것이 못내 불안하고 수상하다. 손님을 현혹시키기 위해 만반의 준비를 마쳤다. 본부장은 파파이스, 롯데리아, 종로의 국일관 분양때 일선에서 선두지휘하던 전문가라고 한다. 이미 내 머리엔 그들에 대한 강한 의심이 입력되어서 눈을 곱게 뜨지 못했다. 나는 늘 아홉 고개에서 지독한 몸살을 앓고 있다. 올해도 어김없다. 뱅뱅 사거리에서 오십 미터쯤 올라가면 '시마을 동인'들이 모이는 화이트 하우스라는 생맥주집이 있다. 그곳에 가서 문우들을 이곳으로 몰고 온다. 나는 챙이 달린 밀짚모자를 쓰고 양을 친다. 들판을 가로지르는 양떼를 몰고 가는 나는 맨발이다. 풀에 묻어 있는 물기가 내발을 초록색으로 물들였다. 하늘에는 파란 구름이 잠포록이 내려앉았다. 마드랭스를 채운 양떼들 때문에 사장이 달려왔다. 양을 몰던 막대기로 그의 등판을 온몸의 힘을 실어 한 대 갈긴다. 야비한 인간에게 정신 차리라고 보내는 선물이다. 사업을 하려면 점잖게 해야지 어디 부녀자들을 감언이설로 꼬드겨 그 등을 친다는 말인가. 아이들 키우고 남편 뒷바라지 하느라 사회성이 결여되긴 했어도 단순하고 순박한 누나나 이모뻘이 되는 주부들이다.

나는 냅다 한대 더 갈긴다. 그가 쓰러진다. 쓰러진 그의 몸을 덮친다. 그의 눈과 내 눈이 마주친다. 홍수로 불어난 흙탕물처럼 눈자위가 혼탁하다. 악령을 몰아내는 신부의 근엄한 목소리로 나는 그의 귀에 대고 속삭인다. 망신당하지 않으려면 돈을 내 놔. 상상만 해도 혈압이 오른다. 밍밍해진 물을 한 모금 마신다. 창피한 일이지만 이대로 질 순 없다. 머리가 정지되고 갑자기 쥐가 난다. 사장은 신촌 점에 치룰 잔금 일억 오천만 원을 들고 튀었다. 괘씸하고 형편없는 놈 같으니라구, 나는 양떼에게 술을 먹이고 온통 강남의 거리로 내몰고 싶다. 그 도시를 술로 흐르게 하고 싶다. 돈을 안받아도 좋다. 스페인 부르노 지방의 토마토 축제처럼 온통 강남이라는 마을을 술로 칠갑해놓고 밤새껏 취하고 싶다. 그래서 사람이 정화될 수 있다면, 술로 목욕을 하고 술로 사기꾼을 세례하고 술로 세상은 깨어날 것이다. 나는 다시 물을 마신다.

지분제란 상가를 임대할 때 직접 주인과 계약을 하는 것이다. 신촌점의 경우 세 명이 나누어서 임대보증금을 치룰 예정이었다. 그들은 보증금과 권리금의 지분을 갖는다. 각자의 지분은 회사와 아무런 상관이 없다. 회사는 영업에 필요한 물품과 인테리어 등을 관리해 준다. 일억 오천만 원이 비자 강남에는 마드랭스가 부도가 났다는 소문이 무성했다. 그래서 구로공단쪽으로 이사를 했는지도 모른다. 사무실에 가보면 좀 안심이 되다가 집에 돌아와 생각해보면 캄캄하다. 지금 내가 앉아있는 마드랭스는 직영점 일호다. 수원의 킴스 마트에도 이호점이 있다. 본부장은 투자자들에게 이집을 선보이려고 모시고 온다.

 나는 그들과 맞닥뜨리기를 원한다. 선의의 피해를 줄만큼 나는 뻔뻔스러워질 수 있을까. 부딪혀봐야 알겠다. 이곳을 지키면 누군가가 나타날 거라고 생각한다. 사장은 아이디어 하나만 믿고 사업을 시작했고 자금을 동원할 때 너무 이자를 높게 주어서 누적된 적자를 떠안고 있다가 터진 것이다.

 나는 이곳을 작업실로 쓰면서 계속 나와 있을까 그런 생각도 한다. 이제까지 쌓아 온 시인으로서의 교양이 무너진다. 어제도 사무실에서 낯선 여자들을 맞닥뜨렸다. 옆에 앉아서 말을 시켜보면 술술 고민하던 얘기가 풀려나온다. 어떤 주부는 미장원을 이십년간 하다가 관절염으로 문을 닫았는데 남편의 수입이 시원치 않아서 이곳에 투자했다. 이자가 솔솔 나오자 집까지 대출을 받아서 맡겼는데 이제 막혀서 꼼짝을 할 수가 없게 되었다. 육십대 초반의 또 다른 주부는 은행에서 상담자로 일하다가 이곳으로 직장을 옮겨왔다. 빌려준 돈을 받지 못하게 되자 이곳에서 비싼 이자를 준다는 소문을 듣고 눈이 번쩍 뜨여서 달려왔고 여동생과 친구 돈까지 끌어들였다. 믿어지지 않을 만큼 세상살이에 어두운 모습들이다. 신문에 광고를 낸 이유는 아마 더 큰 사기를 쳐서 달아나려고 계획한 것 같다. 펀드를 해체하고 지분제로 바꾼후, 프랜차이즈 사업으로 유혹하는 것이다. 상담을 하러 가끔 상담실로 들어가는 손님을 보았다.

나는 그들의 표정을 슬쩍 바라보며 저들이 걸려드는 구나 그런 생각을 잠시 했다. 그들은 강남에서 소문이 나쁘게 퍼져 구로공단 역으로 이사한 것을 모를 것이다.

나는 취한 것 같다. 술을 마시자 관절염으로 고생하는 피해자의 모습이 떠오른다. 그녀는 얼굴이 누렇게 떠 보기에 애처로웠다. 차차 내모습도 그녀를 닮아 갈 것이다. 가뭄 끝의 배추처럼 구멍이 뚫리고 노랗게 떠서 쓰레기더미 위로 뿌리째 뽑혀 널부러질 것이다. 햇빛에 바짝 말라 내 몸은 형체를 알아 볼 수 없게 바스라질 것이다. 부스러진 가루는 바람에 날려 마드랭스로 날아올 것이다. 내 몸은 분진이 되어 쓸어내도 여전히 식탁이나 손님들의 셔츠위에 내려앉을 것이다. 내 몸은 어디에도 없고 어디에도 있게 될 것이다. 사장은 급기야 분진에 원혼이 스며있다는 것을 뒤늦게 알아차리고 흐느낄 것이다. 나, 원혼은 그렇게 처참하게 복수를 하고야 말 것이다.

브라질로 이민을 간 남편은 지금쯤 나를 잊고 잘 살고 있을 것이다. 그에게 내가 너무 매몰차게 대해서 벌을 받고 있는 걸까. 그의 주벽은 너무 심했다. 헤어지지 않으면 내가 돌 것 같았다. 주벽의 원인이 다시 나타난 옛 여자라는 걸 떠올리고 싶지도 않다. 그가 웬일로 오늘은 그리운지 모르겠다. 아마 나는 이혼을 하고 잃은 것이, 함께 살때보다 더 많다는 것을 깨닫게 되었나 보다. 응원부대라도 있으면 기운을 차릴 텐데 내겐 아무도 힘이 되어줄 사람이 없다. 통일원에 근무하는 남자친구와 며칠 전에 절교했다. 이 사건으로 잔뜩 예민해져 있던 나는 그에게 화풀이를 했다. 그는 너무나 상대에 대한 배려에 인색했다. 인사동의 아지오라는 카페에서 자주 만났다. 그 날도 생맥주를 마시며 이번 사건에 대해 얘기했을 때 그는 고개를 돌렸다. 약정서 좀 봐 줄래요? 그 말이 잘못되었나 싶어 무안했다. 그가 냉정한 반응을 보인 일이 너무 충격적이었다.

나는 곰곰이 생각해 봤으나 이해가 되질 않았다. 그날은 침착하게 마주 앉아 화제를 바꾸고 자연스럽게 식사까지 하고 헤어졌으나 집으로 돌아갈 수가 없는 기분이었다. 영희에게 갔다. 그가 자기문제로 머릿속이 복잡하다는 건 알지만 그에게 채인 기분이라는 말을 하자 영희는 언니처럼 나를 타일렀다. 기혼자와 연애할 땐 우아한 곳에서 맛있는 음식이 먹고 싶다든가. 아니면 생리적인 문제로 남자가 필요할 때라든가 그럴 때만 만나야 해, 네가 규칙위반을 한 거야.

나는 영희의 말에 화가 났다. 만약 연애가 최적, 최고의 컨디션일 때만 만나는 거라면 나는 포기할 생각이었다. 체질에 맞지도 않을뿐더러 나는 그런 관계를 할 만큼 나의 미래에 대해 절망하지는 않는다. 며칠 후, 그는 돌연 내가 헤어지자고 하자 어리둥절한 표정으로 주춤거리다가 내 선언을 접수했다. 걸어가는 그의 한쪽 어깨가 기울어져 있었다. 그를 되돌려 세우고 내가 이런 일로 섭섭하다고 말하고 싶었지만 내가 타야하는 버스가 서 있었다.

나는 버스에 올랐다. 굳이 헤어지는 이유가 선명하지 않아도 될 것 같다는 생각이 들었다. 여러모로 현실적응력이 떨어지는 자신이 원망스러울 뿐이었다. 남편이 있었다면 내 고민을 얘기했을 때 고개를 돌리진 않았을 것이다. 눈가가 축축해진다. 이러면 곤란하다. 마음을 다잡아야 한다.

"여기 오백 씨씨 둘."

아르바이트 종업원은 우리가 어떤 이유로 왔는지 대강 눈치 채고 있다. 사업자등록증을 보여 달라고 카운터에 가서 데스크를 손바닥으로 탁탁 두들기면서 소리 질렀을 때 깡패라고 보았을 것이다. 긴장하고 있었다는 듯 쏜살같이 달려와 거품이 찰랑거리는 생맥주를 식탁에 올려놓는다. 누군가 놓고 간 신문이 빈 의자에서 바람에 펄럭인다. 영희가 일어나서 신문을 가져 온다.

"이것 좀 봐"

영희가 펼친 곳의 기사를 따라 훑는다.

'벤처테크 안창용 사장 잠적' 4개월에 100% 수익 보장, M&A펀드 수십억 불법보장

금감원, 검찰에 고발, 인수합병(M&A) 사모펀드를 조성하면서 "수익률 100%"을 약속한 청년 벤처기업가가 사이비 금융행위를 한 혐의로 검찰에 고발됐다. 금융 감독원은 한국 창투의 적대적 인수를 시도한 벤처 테크의 사장 안찬용 씨를 검찰에 통보했다고 25일 밝혔다. 안씨는 19일 유서를 연상케 하는 참회록을 남긴 채 잠적해 버렸다. 금감원에 따르면 안씨는 올 2월 벤처 테크의 홈페이지에서 개인 투자자를 대상으로 "1,000만 원을 투자하면 6월30일까지 2,000만 원을 돌려주겠다." 며 수 십억 원의 M&A 펀드를 모았다. 안씨는 남긴 글에서 "사랑하는 아내와 소중한 아들, 딸에게 마음으로 용서를 빕니다. 못난 자식을 낳아주신 부모님께 저승에서나마 뵐 낯이 없게

됐습니다." 라고 써 유서를 연상케 했다.

"마드랭스의 사장은 유서를 쓸 생각이 없을까."

영희는 신문을 접으며 혼잣말처럼 중얼거린다. 그녀의 휴대폰이 울린다. 영희는 다급한 음성으로 말을 한다.

"화장실 좀 다녀올게" 영희가 일어나 나간다.

어떻게 이 일이 끝날지 누구도 모른다. 창가에는 작은 선인장 화분들이 햇빛에 화답하며 줄지어 있다. 고추와 방울토마토 잎사귀로 초록빛이 내린다. 출렁이는 초록빛 아래 발기된 열매들이 달려있다. 순간 나는 맹목적인 살의를 느낀다. 어둠 속에서 고요히 타오르고 있는 촛불을 훅 꺼버리고 싶은 욕망이 침묵 속에서 파랗게 끓어오르고 있다. 내 손은 소리를 죽이며 몰래 다가가 고모의 눈썹 밑에 있는 흑사마귀만한 토마토를 딴다. 탁자 아래에서 엄지와 검지로 지그시 누른다. 축축한 물기가 손바닥에 고이며 토마토 냄새가 아우성을 친다. 창밖으로 버스정류장이 보인다. 그 중에는 용인가는 123-1 좌석버스도 보인다.

나와 만나던 남자는 저 버스를 타고 집에 간다. 이번 일과 겹쳐 그와 헤어지고, 생살을 찢는 아픔이 겹쳐 왔다. 이 사건보다 나를 더 힘들게 한 건 그와의 헤어짐인지도 모른다. 어느 것이 더 아픈지 명확하게 구분하기 힘들다. 굳이 그렇게까지 하지 않아도 될 일이었는지도 모른다. 그와 헤어질 결심을 하고나자 손길이 닿지 않는 잔등의 가려움처럼 자다가도 벌떡 일어나 죄어오는 안타까움을 견뎌야 했다. 나는 돌아가고 싶었다. 그곳이 절벽아래라 할지라도 혼자만 있고 싶었다. 그에게 화를 내는 내가, 앞뒤가 맞지 않지만 그렇게 할 수밖에 없었다. 희망이 없는 사건을 갖고 와서 의논하려는 내가 한심해 보였으리라. 이해할 수도 있는 일이지만 나는 자신이 용서가 안 된다. 모든 사람과의 관계를 끊어내는 자학의 길로 접어든다. 어쩌다가 그런 일에 휘말려서 기분좋게 만나야 하는 우리의 관계를 이렇게 어지럽게 만드느냐는 힐난이 그의 눈빛에 서려 있었다고 믿고 싶다. 그는 자신의 문제에 부딪혀 미처 내게 관심을 쏟을 겨를이 없었다.

 나는 자신에게 화가 났지만 그가 잡은 손을 거세게 뿌리쳤다. 내가 취해서 뭐라고 소리를 질렀는데 더 이상 기억이 없다. 그와 만난지는 이년이 되었고 잠은 두 번 잤다. 한번은 월미도에서 한 번은 한강 고수부지에 갔다가 비를 만나 차안에서 잤다. 세 번째 자려고 하던 날 영희의 심각한 음성을 듣고 부리나케 달려왔다. 그를 사랑하는 줄 알았는데 아니었나 보다. 헤어지고 며칠은 그렇게 생각했으나 날이 갈수록 나는 이미 끝난 일에서 놓여나지 못하고 더 허우적거렸다. 미처 토마토가 되지 못한, 시푸른 열매에서 나는 진액이 코끝에 맴돈다. 누가 건드리기만 하면 탱탱한 분노가 폭발할 것 같다. 하늘을 바라본다. 비를 기다리는 마음으로 한숨을 섞어 뚫어지게 노려보지만 비가 올 느낌은 전혀 없다. 빌딩 앞의 버스정류장에서 사람들이 내린다. 그들의 모습도 햇빛에 바래졌다.

 어떤 남자가 마드랭스가 있는 건물 앞의 너른 마당을 빙 둘러보다가 정원수가 심어진 곳으로 가서 돌팍에 걸터앉는다. 거리의 남자들이 그를 닮아 혼돈이 온다. 이혼하고 이년째 혼자 살았지만 남편외의 남자를 만나 가까워진 건 그가 처음이다. 그는 통일원에 다니면서 대학원에서 통일문제에 대한 강의를 하기도 한다. 남자가 담배를 입에 문다. 가방을 옆에 놓고 잔디밭에 살며시 재를 턴다. 가방을 열더니 그 속에서 캔 맥주와 안주를 꺼낸다. 저 남자도 나처럼 천해가는 중인가보다. 냉혈한 같으니라구, 나는 저 남자를 내려다보며 헤어진 남자에게 욕을 한다. 내가 그를 두고 다른 남자와 데이트를 한 것도 아니고 그저 고민을 얘기한 건데 너무 의외로 무심했다. 맥주병을 거꾸로 잡고 그의 머리통을 내리치는 생각을 하니까 술 맛이 당긴다. 웬만하면 그도 저렇게 빌딩 앞에 와서 캔 맥주와 골뱅이 안주를 먹으며 나를 기다려주어야 하지 않겠는가. 그는 할 일이 없어서 심심하다고 한다. 통일은 반드시 되고 통일원에서 하는 일은 얼추 끝이 났으니 이제 직업을 바꾸어야 한다고, 술에 취해 중얼거렸다.

 남북 민간 교류 분위기가 한창 달아올라 그가 할 일은 사라졌다며 아쉬워했다. 그는 이제 노동단체까지도 통일 논의를 하고 있다며 만감이 교차하는 표정을 지었다. 만약에 휴대폰을 치면 그가 달려올까. 그의 근무처가 수유리에 있으니까 한 시간은 걸려야 올 수 있다. 자신이 없다. 남자가 심심한지 마신 맥주 캔을 비닐봉지에 담아 가방에 넣더니 하늘을 한 번 바라보고 일어선다. 비둘기들이 콘크리트 바닥을 쪼다가 몇 걸음 옆으로 비켜선다. 세상은 바짝 말라있다. 너른 광장은 다시 뜨거운 적요가 맴돌고 나는 분진이 되어 그 위로 잠포록이 내려앉는다. 이루 말할 수 없이 투명한 그 적막에 나의 체표면적은 무한대로 마찰한다. 내 몸은 따뜻해져 오고 감미로워진다. 그는 내

등에 입을 맞춰 주었다. 그때의 부드러움이 살아난다. 비둘기들은 여전히 광장을 쪼아대고 있다. 이 거대한 도시에 빌붙어 살면서 하루가 다르게 메말라가는 인간의 모습을 감시관처럼 지켜보고 있다. 구구구 쪼아댈 때마다 광장이 텅텅 울린다. 마드랭스에 앉아 지옥같은 마음으로 한때를 보내며 저 밖의 메마른 광장에서 그를 떠올리고 그리워한다. 나는 서서히 미쳐가고 있다. 메뉴판을 본다. 요일별로 특별 메뉴가 다르다.

Today special Event

월요일, Potatoes Pizza(R)+Season Salad+음료 2잔, 16,800원
    Combination Pizza(L)+Chicken Salad+음료4잔, 23,200원
    Tel.02.3466.2870, 포장 배달 가능

천 삼백만 원이면 무엇을 할 수 있나? 독서지도 교사로 육년을 뛰어야 모을수 있는 금액이다. 매미가 맹렬한 기세로 운다. 시계를 보니 여덟시다.

영희가 들어오더니 내 곁으로 바짝 다가앉는다.

"아는 대학 선배가 응원 왔어"

"여기루?"

내가 눈을 키우며 되묻자 그녀는 생글거리며 고개를 끄덕거린다.

"저 아래에 있어. 종업원들 눈치채지 못하게 그늘 쪽에 앉아 있어, 여기서 안보여. 어때? 든든하지."

나는 창밖을 살피다가 응수했다.

"다행이다, 좀 챙피하긴 하지만."

나는 머리가 아파 눈을 감는다. 펀드에 투자한 여인들의 술렁거리는 소리가 어디선가 들려온다. 사기꾼들이 영업을 못하고 식기와 의자, 포크와 스푼, 냉장고와 피자 굽는 오븐들이 길바닥으로 즐비하게 실려 나와 널부러져 있다. 비둘기가 콕콕 집기들을 쪼아댄다. 결국 마드랭스는 문을 닫고 모든 사람들이 집기들과 함께 길바닥에 앉아 있는 나를 손가락질하며 웃는 모습이 어른거린다. 그들에겐 내 돈이 적은 돈일까. 그들은 왜 나를 보고 웃는 것일까. 집기에는 집행관들이 붙이고 간 퍼런 딱지들이 붙어 있다. 그들은 내 얼굴에도 붙였다. 나는 그것을 뜯어내려고 애쓴다. 눈을 뜨고 밖을 바라본다. 마드랭스라고 쓴 깃발이 바람에 날린다. 맹위를 떨치던 열기는 사그라들고 바람이 분다. 회사는 본부장을 영입하면서 회사이름도 바꾸었다. 세인트 인이다. 사장은 세인트를 좋아한다. 저번 회사의 상호에서 뒷부분만 달라졌다. 사무장의 의견은 가망이 없다. 나를 믿고 누가 돈을 변제해준다는 말인가.

약속한 날짜는 6월20일이고 이자를 주는 날짜는 칠월 십일로 되어 있으니 십일 이후에 소송을 하자고 한다. 그래야 천 삼백만 원을 다 받을 수 있다. 수수료는 수입 인지대와 송달료를 합해서 이십 만원정도가 든다. 결국 법으로 싸우는 수밖에 없다. 상담하려고 수사과장에게 전화했을 때 그의 음성은 시들했다. 많은 사람들의 의견이 다 저마다 다르다. 내가 그들의 혼란스러운 의견에 일일이 반응하진 않으나 창피하고 죽고만 싶다. 복수할 묘안이 떠오르지 않는다. 산책을 하고 시를 구상하고 그러던 때가 아주 멀게 느껴진다. 많은 피해자들이 주부들이고 나이도 나보다 많아 보였다. 그들은 지금 나만큼 속이 타고 있을까. 왜 이곳엔 나 혼자만 나와 앉아있는 걸까.

나는 탁자에 놓인 휴대폰을 든다.

다시 계좌에 입금이 되었나 확인한다. 유일하게 내게 의지가 되어주는 것은 휴대폰뿐이다. 오늘 아침에도 분명히 계좌에 돈을 넣겠다고 했다. 그들은 사람을 약 올리는 습관이 있다. 펀드에 투자한 사람들은 속을 태우고 있으나 그들은 제삼의 장소에 숨어들어가 다시 펀드를 모을 계획을 하고 있다. 선릉 역 부근에 오피스텔이 있는 것 같다.

그러나 육감일 뿐이다. 빅토리아 오피스텔근처에서 전무라는 남자를 만난 일이 있었다. 영희가 이 부근에 사장이 있지요? 전무의 눈을 응시하며 묻자 그는 씨익 웃었다. 그의 웃음에서 긍정한다는 느낌을 받았으나 육감으로 그렇다는 걸 알았을 뿐 전무가 가르쳐 줄 리가 없다. 그들의 세치 혀에 나는 놀림감이 된다. 그 누구도 나를 애처롭게 보지 않는다. 함박스테이크와 피자 한 판을 먹은 댓가가 너무 크다. 그 주제에 나는 삼백만 원은 포기하려고 든다. 어쩌다가 삼백만 원이 포기할만한 돈이 되었을까. 스물 아홉살때 친정아버지가 돌아가시고 나자 어머니의 당뇨가 악화되어 망막증으로 실명하셨다.

나는 어머니의 지팡이가 되어야 했다. 에어컨 바람도 몸의 열기를 식히지 못할 정도로 나는 화가 난다. 고해의 바다를 혼자 가는 기분이다. 죽는 것도 괜찮지 않을까 하는 생각이 든다. 빌딩들의 모습이 하늘을 공략하려는 탄도 미사일 같다. 나는 빌딩의 꼭대기에 앉아 공중으로 발사되려는 저 빌딩의 맨 앞에 선다. 내 몸은 공중으로 분해된다. 그 희열이 괜찮을 것 같다. 나는 한 조각 파편이 되어 이 건물에 사뿐히 내려앉는다. 무언가 저 바닥에서 올라오고 있다. 그 무엇이 신기나 광기나 야성이나 원시림 같은 파괴의 에너지일지도 모른다. 나는 알몸이고 싶다. 바닥을 뒹굴고 싶다. 소리 지르고 싶다. 삶이 사기의 연속이고 말은 뱉기가 무섭게 빠른 속도로 오염되고 나는 그 위를 둥둥 떠다닌다. 작년에 프라하에 가자고 친구가 유혹했을 때도 넘어가지 않고 지켰던 돈이다. 모든 일이 후회 투성이다.

발작, 간질, 뙤약볕, 작열, 응급실 그런 단어들이 눈앞에서 어지럽게 흔들린다. 딱딱한 병원의 응급실 의자에서 새우잠을 잔 일이 있다. 어머니가 당뇨로 입원해 있을 때 병실이 모자라 복도의 의자에서 밤을 지냈다. 의자에서 두 번이나 떨어졌지만 불평할 수가 없었다. 어머니는 더 이상 세상을 볼 수가 없어졌기 때문이다. 어머니가 느끼는 한없는 어둠이 문득 어떤 것일까 알고 싶다. 만지고 싶다. 나는 어둠 속으로 들어가고 싶은가. 남편이 가벼운 바람기를 작동시켰을 때 모른척 했어야 했다. 그것에 집착한 내가 그 사건을 확대시켰다. 빌며 매달리던 남편이 내 모습에 무서움을 느끼고 피했다. 그때도 걷잡을 수 없는 분노가 자신을 태웠다. 한 번 발동이 걸리면 그 집착을 정지시키지 못한다. 나는 몇 번인가 그 성격 때문에 인생에서 실패를 경험했다. 집에 전화를 걸어 내가 오늘 집에 들어가지 못할 거라는 말을 전할 사람이 없다. 아무도 나를 관리하거나 보호하지 않는다. 어머니는 수원의 실버타운에 계신다. 어머니에게 가서 매달릴 수도 없다. 어머니는 장미향이 나는 묵주를 손에서 놓지 않고 늘 갖고 있다. 어머니가 친숙해진 어둠, 나도 세상을 안 볼 수는 없을까. 눈을 뜨고 세상을 본다는 게 끝없는 불화의 연속이다. 사람의 말을 믿으면 안 된다. 유년기 때부터 그렇게 가르쳐야 한다. 너무 많은 주부들이 이자를 몇 번 받고 나서 몇 배나 큰 원금을 고스란히 떼인다. 그 사기단의 직원들이 나와 같은 여성이고 주부다. 더 이상 그런 짓을 하지 못하도록 막아야 한다.

나는 벌떡 일어나 탁자위의 컵을 바닥에 던졌다. 유리가 부서지는 날카로운 소리가 들렸다. 옆 좌석에 앉아 피자를 먹고 있던 여자 손님이 날카로운 비명을 질렀다. 주방 쪽에서 하얀 가운을 입은 남자가 달려왔다. 나는 다시 자리에 앉아 침착하게 물을 주문했다. 다가서려던 흰색 가운의 남자가 비실거리면서 물러났다. 다시 여종업원이 물컵을 조심스럽게 탁자위에 올려놓았다. 내가 앉은자리 양 켠으로 사람들이 모여 있다.

나는 다시 그 컵을 힘껏 바닥에 던진다. 매캐한 연기가 코끝을 스친다. 나는 알몸이 된 자신을 본다. 사방은 어머니가 내게 보내준 어둠뿐이다. 연기가 나는 방향을 따라 나는 움직인다. 야, 이 개새끼 어딨어? 사장 안 불러와, 탁자 위의 포크와 스푼이 든 바구니를 바닥에 패대기쳤다. 쇳소리가 나며 그것들이 흩어졌다. 누구도 나를 막지 못한다. 매캐한 냄새는 코끝을 아리게 한다. 순간 아찔해진다. 나, 여기서 한 발자국도 못 나가, 사방을 둘러보며 눈을 키운다. 캄캄하다. 의자를 집어던지고 주방에 가서 냉장고에 넣어둔 맥주잔을 들어 다시

집어 던지려고 한다. 누군가 완강한 힘이 팔목을 잡는다. 그 힘은 나를 옥조인다. 나는 신음처럼 욕을 내뱉으며 털썩 주저앉는다. 바닥을 두 바퀴쯤 뒹굴었다. 신발은 벗겨지고 목이 잠겨 소리가 나오지 않는다. 이상하다. 앞이 보이지 않자 목소리도 들리지 않게 되었다.

나는 드잡이질 끝에 바닥에 모로 쓰러졌다. 찝찔한 액체가 눈가에서 흘러나와 귓바퀴에 고인다. 동굴의 천장에서 떨어지는 물처럼 그 물기의 느낌이 귀에서 찰랑거린다. 의자를 집어던지다가 긁힌 팔에서도 뭔가가 흐른다. 피가 흐르는 그 팔이 시원하게 느껴진다. 비릿하고 찝찔한 바람의 냄새가 난다. 몸은 꼼짝할 수 없을 정도로 어딘가에 묶여 있다. 누군가 정체 모를 강한 힘이 나를 내리눌렀다. 숨은 막혔으나 상량한 바람이 내 피부로 스며들어 살아있음을 느끼게 한다. 내 몸이 붕 떠있는 것 같다. 희미한 의식 속에서 노래 소리가 들려온다. 아아, 전철에서 무표정한 얼굴의 아저씨가 들려주던 그 음악이다. 그가 너부데데한 등판을 보이며 가방에 테잎을 담고 전철에서 내릴 채비를 한다. 아아, 그러지 말아요, 아저씨, 그 음악을 들려 줘요, 나는 돌아가고 싶어요, 거부하지 못할 힘에 눌려 나는 팔을 뻗으며 허공을 휘저었다. 캘리포니아 드리밍이 귓전에서 멀어져 간다.

인사동 블루스

이어폰에선 '글루미 선데이'의 주제곡이 흐른다. 전쟁을 배경으로 한 이 영화에는 두 남자와 한 여자의 사랑이 슬프게 전개되었다. 지현은 이곡을 들으면 우울해졌다. 창경궁에서 우회전한 버스가 정류장에 멈추었다. 창밖으로 마로니에 거리가 보이고 하늘에는 비늘구름이 퍼져있다. 지현은 이어폰과 시디 플레이어를 가방에 넣고 타고 있던 버스에서 내렸다. 동숭동의 우거진 마로니에 숲이 보이자 문득 걸어보고 싶어졌다.

9월에 연극제가 시작된다는 플래카드가 바람에 펄럭였다. 마악 거리의 악단이 짐을 풀고 공연을 시작하려고 준비중이었다. 길바닥에 여러 가닥으로 흩어져 깔려있는 전선줄을 피해 발걸음을 옮겨 놓았다. 문예 진흥원의 돌담에 무료로 배급하는 점심을 먹으려는 행렬이 줄지어 있다. 후줄그레한 옷차림의 중년남자부터 등이 휘우듬히 굽었고 백발을 날리는 노인들까지 식판을 들고 서 있었다. 주부봉사원들이 밥통과 국 그릇 통 앞에서 부지런히 손을 놀리고 있었는데, 그

긴 행렬이 어쩐지 낯이 익었다. 몇 년 전만해도 탑골공원 옆 골목에도 무료급식을 주는 주부봉사단체가 있었다. 피난민들의 행렬도 저랬을까. 일사후퇴 때 피난을 왔다던 어머니가 떠오르자 울컥 목이 잠겼다. 진흥원의 돌담을 끼고 골목으로 향해 있는 그 행렬은 처연해 보였다. 지현은 천천히 걸으며 그들의 시린 등판을 바라보았다. 방송통신대학 정문앞에 북한 인권 시민 연합이라고 쓴 머리띠를 두른 사람들이 몰려있다. 북한 정권과 중국 정부에 의해서 자행되고 있는 북한 사람들에 대한 인권침해는 비판받아야 하며, 중단되어야 한다는 팻말이 보이자 향유가 떠오른다.

동숭동은 지현이 어렸을 때 본 거리의 모습들과 별로 변한 게 없었다. 학림다방과 서울대학 병원의 본관건물과 돌담 밖으로 늘어진 가로수들, 모두 그 모습 그대로였다. 횡단보도를 건너 창경궁의 돌담길을 따라 걸었다. 지현이 어렸을 적엔 창경원이라고 불렀다. 그 안에 동물원과 식물원이 있었고 봄이 되면 밤 벚꽃놀이를 해서 밤늦게까지 데이트 족이 모여 들었다. 돌담길에는 삶은 계란과 옥수수와 찐빵을 파는 할머니들의 긴 행렬이 나래비 섰고 가로수를 따라 죽 가니 비원이 나왔다. 본래는 창덕궁인데 그 안에 임금님이 잔치벌이고 등놀이 하던 집을 비원이라고 칭했다.

일본인이 임금의 노는 장소를 백성에게 의도적으로 공개했고 그 이후로 비원이라고 불려졌으니 원래 창덕궁이라고 해야 옳다. 돈화문을 뒤로 하고 민영환 선생의 동상이 서 있다. 지현이 어렸을 적에 이 동상은 안국동 사거리에 서 있었으나 칠십 년대 초에 창덕궁 앞으로 옮겨왔다. 초등학교를 들어가기 전 지현은 겨울 내내 비원의 호수에서 스케이트를 타며 놀았다. 무남독녀인 지현은 외로움을 탔다. 부모님은 장사하러 아침 일찍 나가고 나면 지현은 주로 식모언니와 놀았다. 언니는 저녁일이 끝나면 영화를 보러 갔는데 그녀를 꼭 동반했다. 삼류영화관이 천도교자리 부근에 있었다. 화면에 비가 내리는 것처럼 화질이 불량했고 지린내가 풍겼다. 두 개의 영화를 동시상영해서 그것을 다 보려면 시간이 한참 걸렸다. 한 영화가 끝나고 나면 십 분간 휴식이 있었다. 화장실에 다녀오다가 보면 영화관 입구에 우람한 어깨를 한 청년들이 어슬렁거렸다. 그녀는 어렸을 때부터 영화를 많이 보았다. 부모님의 가게가 있는 광장 시장 근처의 천일극장도 가고 지금의 종로사가 자리에 있는 보령제약 근처의 한일극장에도 따라 갔다. 지현은 책가방을 내려놓으면 만화가게를 주로 아지트로 삼았다. 어려서 먹던 음식을 늙으면 자연스레 찾게 되듯이 그녀는 십여 년 전에 인사동에 자리를 잡았다.

　지현은 서울에서 태어났지만 어머니 고향은 평양이다. 그래서 밑반찬은 없고 늘 한두 가지 반찬을 만들어서 그것을 집중적으로 먹는 식습관이 배었다. 피난살림처럼 식탁의 미학도 없고 주먹구구식 상차림이었다. 학교에서 돌아오면 다락문을 열고 다락으로 올라가는 턱에 있는 자루를 열어 보았다. 사과나 밥풀 튀긴 것이 광목으로 만든 쌀자루에 들어있었다. 집에는 툇마루 앞에서 해바라기하다가 조는 '메리'라는 개와 밥하는 언니와 지현이 뿐이었다. 어머니와 아버지는 그녀의 존재에 일일이 신경을 쓰지 못했다. 무남독녀라는 말이 무색했다. 잠이 든 그녀의 이마에 입을 맞추든가 아무데나 쓰러져 자는 그녀를 안아다 요에 눕혀주는 게 고작이었다. 누군가 자신을 들어 올리는 걸 느끼고 실눈을 뜨고 보면 대부분 아버지 얼굴이 보였다. 이상하게 어머니에게선 냉기가 감돌았다. 그래서 지현은 집밖으로 나가면 아주 활기차고 적극적이고 명랑했으나 집에 들어오면 내숭덩어리처럼 입을 다물고 어머니 표정을 살피는 얌전한 계집아이였다. 어머니는 개성이 강했고 아버지는 무난하고 술을 좋아하는 평범한 남자였다. 어머니는 아버지와 따로 방을 사용하거나 자주 다투었다. 어른들은 자식보다는 자기가 먼저였고 자기를 중심으로 세상을 움직였다. 그녀는 어머니의 성격을 맞추느라고 자기의 의견을 솔직하게 말할 기회가 없었다. 불안에 떨게 하던 어머니가 드디어 지현이 아홉 살 되던 해에 사라졌고 그 후로는 어머니의 행방을 알 수 없었다. 어머니는 함께 피난을 가기로 약속했던 약혼자와 길이 엇갈려 혼자 남쪽에 내려오게 되었고 노처녀로 뒤늦게 아버지와 결혼을 하게 되었다. 창덕궁의 후문 쪽으로 올라가 보았다. 당분간 이곳엔 오지 않게 될 것이라는 생각을 하며 좁장한 골목길 앞에 섰다. 두 갈래 길에서 지현은 감나무가 서 있는 골목으로 접어들었다.

그곳의 어디쯤에 그녀가 뛰어 다닌 흔적이 남아 있다. 자신의 영역을 표시하기 위해 오줌을 누는 강아지처럼 그녀는 골목길을 걸으며 낡은 기와집의 담벼락을 손으로 어루더듬었다. 책가방을 메고 풀썩풀썩 뛰어다니는 계집아이가 보였다. 두부장수 종소리와 메밀묵을 사라는 건조한 음성, 지팡이로 길을 더듬는 장님의 구슬픈 피리소리들이 들려왔다. 다시 골목을 벗어나 안국동 네거리로 발걸음을 옮겼다. 지금은 베이커리가 있는 그 자리에 자유당사가 있었다. 지현은 수도약국 건너편의 갤러리로 들어가 엘리베이터를 타고 '가나 아트센타' 옥상으로 올라갔다. 탁 트인 전경을 내려다보니 인사동 거리가 훤히 드러나며 숨탄것들의 분주한 움직임이 가슴을 싸아하게 했다. 의자에 길게 누워 손차양을 만들고 눈을 감았다. 배추사려 무우 사려 그리운 그 음성이 선명하게 귓전을 울려 왔다. 아저씨의 음성에서 온몸이 비틀리는 그리움을 느꼈다. 지현은 어렸을 때 상고머리를 했다. 이발소에 가면 의자에 나무판대기를 올려놓고 그 위에 앉혔다. 커다란 나이론 보자기를 목에 두르고 고개를 수그리고 있으면 가위와 쇠빗이 부딪치는 소리가 투명하게 귓전을 울렸다. 가끔씩 귀도 베었다. '아얏' 비명을 지르면 '아퍼?' 하곤 그만이었다. 사진첩을 펴 보면 지현의 머리모양은 중국의 소수민족 아이 같다. 그녀는 온몸을 휘감은 나이론 보자기 속에서 씹다가 뱉은 껌을 조물락거렸다. 그녀는 곱게 땋은 머리를 좋아했으나 어머니는 아버지를 따라 가게에 나가기 바빠서 지현을 이발소로 보냈다. 청계천 사가에 광장시장이 있었다. 거기엔 미국에서 건너온 구호물자들을 파는 상점이 즐비했다. 구제품 옷을 파는 상점들 틈에 지현이네 가게가 있었다.

 어머니는 그곳에서 팔다 남은 옷을 가져다 입혔다. 지금도 체크무늬 남방셔츠나 퇴락한 듯한 파스텔톤의 옷을 골라야 마음이 편한 이유는 어렸을 때부터 그런 색상에 친숙해진 때문이다. 어머니는 가끔 지현의 옆에 와서 잠들곤 했다. 아버지는 늘 대청에 나와서 목침을 베고 자거나 아니면 어머니가 마루에서 자면 아버지는 안방으로 들어가 누웠다.

언젠가 단골로 심부름을 가는 닭 집의 주인 아줌마가 지현에게 얌통머리없이 물었다.

"너의 엄마는 이북여자고 아버지는 서울 사람이라며? 어떻게 그렇게 만났다냐"

그녀는 그게 무슨 뜻인지 몰라 우물거리다가 엉뚱한 대답을 했다.

"우리 엄마는 풍금을 되게 잘 쳐요."

집에 낡은 풍금이 있었고 어머니는 지현에게 풍금을 가르쳤다. 어머니는 고향에서 초등학교 교사였다.

아줌마는 원하는 대답이 안나오자 시커먼 식칼로 닭의 멱을 딴 뒤에 수증기가 가득 피어오르는 통의 뚜껑을 열고 그것을 집어넣었다. 잠시 후, 닭이 알몸으로 나왔는데 털이 뽑힌 자국마다 소름이 돋아있었다. 닭의 내장에선 계란이 되려다만 노오란 알들이 줄줄이 달려 나왔다. 지현은 속으로 닭이 되려다 만 알을 세어 보았다. 어머니가 시킨 대로 말끝을 매조지며 주인에게 말했다.

"똥집과 간을 챙겨 주세요."

그녀는 닭이 든 시멘트 봉투를 들고 집으로 달려오는 심부름 잘하는 아이였다.

한옥들이 빼곡하던 골목마다 촘촘히 술집이 들어섰다.

한기가 느껴져 눈을 떠보니 잿빛의 머리채를 산발한 채 낮게 엎드린 하늘에서 금방이라도 비가 쏟아져 그녀의 옷에 스며들 것 같았다.

지현은 서둘러 '인사동 블루스'로 향했다.

　남편 버리고 뛰쳐나와 고향에 술집을 내다니, 지하에 계신 아버지는 망할 년이라고 욕하실 것이다. 그녀는 점잖은 파평 윤씨 아닌가. 술집이 뭐가 어때서 그러지. 그녀는 고무줄이 되고 싶었다. 놀이하듯 누구나 밟고 지나가게 하고 싶을 만큼 외로운 걸, 거리를 지나가는 사람들이 그녀를 밟을 때마다 간지럽고 슬프고 노래하고 데굴데굴 구르고 온갖 자극을 느끼며 치열하게 살고 싶었다. 누군가는 내일 찾아올 고난이 궁금해서 살아간다고 한다. 지현도 세파를 겪으며 이젠 무서운 것이 없다. 다만 지현은 K를 생각하면 얼굴이 굳어졌다.

　문을 열자 축축한 냄새가 확 끼쳐왔다. 오디오의 버튼을 눌렀다. 러시아 노래 '백학'이 흐른다. 어디선가 대숲을 헤집는 바람소리가 들리는 듯 했다.

　그녀의 어린 시절에 청계천엔 새빨간 주둥이의 오리가 놀았다. 깃발을 들고 삼일절 행사를 뒤쫓던 계집아이의 갓맑은 얼굴도 어른거렸다. 낙원동의 뒷골목에 나이아가라라는 여관이 있다. 그 집 근처에 친구가 살았다. 친구는 국악 예고를 갔고 가끔씩 텔레비전의 국악 한마당에 나와서 가야금 산조를 탄다. 친구는 자기네집이 여관을 하는 것을 창피하게 생각했다. 친구는 여관 문을 통해 안채로 들어가지 않고 일부러 뒷골목으로 돌아서 쪽문으로 허리를 구부리고 출입을 했다. 왜 여관이 부끄러운 곳인지 또래의 친구들은 아무도 몰랐다. 지현은 주복여관이 나이아가라라는 이름으로 바뀐 후에 한 번 찾아갔었다. 물론 친구네 집은 이사 가고 주인은 바뀌어 중년의 남자가 검은 대리석으로 된 계산대 앞에 서 있었다. 빨간 금붕어가 놀고 있는 수족관 옆을 지나 붉은 양탄자가 깔린 어두운 층계로 올라갔다. 방으로 들어가자 탁자위에 콘돔과 커피믹스와 주택복권이 놓여 있었다. 그저 눈을 좀 부쳐야겠기에 혼자 쉬러 갔었다. 성탄절 다음날이었다. 밤새껏 손님이 연이어 들어왔다. 간이의자에까지 손님이 박신 거렸다. 새벽 다섯시가 되어서야 겨우 쉴 수가 있었지만 집에 갈 기운이 없어 탁자위에 뒹구는 술병을 그대로 놓은 채 셔터를 내리고 골목길을 벗어났다. 한 발자국도 더 걸을 수 없을 만큼 지쳤다. 이왕이면 친구네 집으로 가서 자고 싶었다. 늘 그곳을 지나칠 때마다 혹시 친구네 집이 이사하지 않았을지도 모른다는 설레임을 갖고 있었고 친구와의 추억도 되새겨 보고 싶었다. 지현은 브래지어바람으로 가방에서 동전을 꺼내 복권을 긁었다. 만약에 대박이 터지면 장사를 넘기고 낙원동의 오피스텔에 입주할 것이다. 그 다음엔 산수화공부를 하고 싶었다. 취미로는 전국의 명산을 돌며 스케치도 하고 '갤러리 나인'이나 '삼정 스페이스' 같은 아담한 갤러리를 운영하고 싶었다. 오백원 짜리가 걸렸다.

　사람들은 환상이 깨지면 떠난다. 환멸만 남았을 때 남편과 헤어졌고 한동안 여자이기를 포기한 채 생업에 매달리다가 이곳에 주즐러 앉게 되었다. 스스로 원했든 원치 않았든 창졸간이었든 예감했든 인사동에 뿌리를 내리고 제법 장사가 되는 중인데 가게가 헐리다니, 늘 아홉 고개가 모지락스러웠다. 카페 안에서 걷는 거리가 하루에 삼십 리는 족히 되었으나 노동으로 생각하지 않고 즐거운 마음으로 일했다. '인사동 블루스'에는 언론인, 작가, 신문사 문화부 기자들, 주로 예술인들이 모였다. 작년에는 모 신문의 문화란에 '인사동 블루스'가 소개 되었다. 단골로 오는 김 기자가 소개한 것이다. 지금의 이 자리에 정착하기가 쉬웠던 건 아니다. 그녀는 신조가 있다. 사람과 헤어질 때는 그녀가 조금 손해를 더 볼 것, 누구하고든 잠시 헤어지는 거지 영원한 이별은 없으니 언젠가는 다시 만날 날을 위해서 상대를 배려할 것, 자주 잊고 살지만 그때마다 기억을 되살렸다. 헤어질 상황이 되면 그때를 준비하기 위해 그녀는 되도록이면 상대를 아프지 않게 하려고 애썼다. 그래야 마음이 덜 불편했다. 학고재 골목의 '인사동 블루스'는 커피가 맛있기로 유명하다. 지현은 냉장고를 열었다. 과일 안주거리와 김치는 남았고 술만 재워 놓으면 된다. 탁자를 젖은 걸레로 닦다가 K가 늘 앉는 그 자리에 앉았다. 지현은 K를 위해서 스탠드를 준비해 두었다. K가 왔을 때만 켜주는 스탠드를 그녀는 가만히 어루더듬었다. 오관과 마음이 한데 뭉쳐져 이상스레 비틀리면서 가슴에 소용돌이가 일렁거린다.

  이제 일년간 문을 닫는다. 집수리를 하지 않으면 지붕이 내려 앉아 인명피해가 우려된다는 구청장의 명령문이 차압딱지처럼 문에 붙어 있다. 건물을 짓고 나면 세를 들 영순위자격이 물론 그녀에게 있다. 이번 태풍에 한쪽 지붕이 내려앉았다. 헌 가옥을 수리해서 이십 여년이나 버텼으니 헐릴 때도 되었다. 오후에 아코디언을 가지러 향유가 오기로 되어 있다. 지현은 이 기회에 구렁이처럼 겨울잠을 자기로 했지만 어쩐지 수몰지구에 집이 잠긴 주민처럼 망연하고 기운이 없다.

태풍 라사는 사라호 보다 더 강력했다. 한쪽 지붕만 무너져 내리지 않았더라면 일년은 더 버틸 수 있었을 것이다.

한여름을 공치고 겨우 적자를 만회할 가을을 목전에 두고 있건만, 아니다. 어차피 재건축을 해야 할 정도로 낡은 집이었고 화장실도 세 군데의 영업집이 함께 사용해 불편함이 컸다. 그런데 왜 이렇게 찌무룩한 걸까. K를 당분간 볼 수 없다는 생각만으로도 가슴이 들먹인다. 이제 K는 커피를 마시러 어디로 갈까. K를 만날 명목이 사라졌다는 것이 점점 현실로 다가온다. K는 휴대폰도 없고 지현이 연락할 방법이 모호하다. '무정한 양반이야,' 지현은 젖은 행주를 탁자위에 팽개치고 우울해지려는 기분을 피하려고 텔레비전을 켰다. 드라마를 재방송하고 있었다.

"여보세요 한 시간 전에 브래지어를 주문한 사람인데요, 깜빡 잊구 카드번호를 불러 줬어요. 적립금이 있거든요 바꿀 수 없나 해서요."

"아, 그러세요, 정지아 씨지요."

"카드결제부분을 지워드리는 대신 에이 알 에스 할인 금액은 해 드릴 수가 없습니다."

"네, 좋아요."

"그럼 좋은 하루 되세요, 제 이름은……."

"잠깐만요, 내가 주문한 종목에 무엇 무엇이 들어있는지 까먹었는데 다시 한번 불러주세요"

"알겠습니다, 잠시만요, 브래지어 4종 팬티 4종, 그리고 추가로 팬티 4종을 더 드리게 되어 있습니다."

지현은 채널을 바꿨다.

기자가 서있는 뒤편으로 부산 다대항에 정박해 있는 만경봉호가 보인다.

"제14회 부산아시아경기대회에 참가했던 북측 선수단과 미녀 응원단이 닷새 후면 고려항공 여객기와 만경봉 92호를 타고 평양과 원산으로 돌아갑니다. 사상 최대 규모의 북측 선수단과 응원단이 장기 체류하면서 국민이 대북 시각에 혼란을 겪고 있습니다. 인공기가 휘날리고 북한 국가도 들렸습니다. 북측 선수단과 응원단에 대한 신드롬은 계속 이어지고 있습니다. 인터넷에는 북측 농구 스타 이 명훈 선수와 여자 유도의 계 순희 선수, 응원단 리더 이 명희 씨의 팬클럽 홈페이지가 등장했고 회원수가 수만 명이 됩니다."

지현은 리모콘을 눌렀다. 향유의 심정은 어떨까 문득 그런 생각이 들었다. 자리에서 일어나자 섬뜩한 기운이 가슴에 닿았다. 몸살이 오려나, 가디건을 덧입고 청소를 시작했다. 거울을 닦다가 앞가슴을 비쳐 보았다. 앞으로 보아선 모르겠기에 옆으로 서서 보았다. 가슴선이 무너지진 않았지만 너무 빈약한 게 께름칙하다. 거울 뒤로 K의 웃음 번진 얼굴이 떠올랐다.

이 가게를 인수하게 된 것은 우연이었다. 친구의 언니가 경영하는 가게였는데 자궁암에 걸려 수술을 받은 후로 쉬고 싶다고 가게를 인수하라고 했다. 지현이 이 가게를 맡아한지 꼭 십 년이 된다. 앞으로 집수리를 할 동안 할일이 없는 게 불안하다. 피 선생은 인사동 블루스 단골이다. 그는 친구도 데리고 오고 K와도 가끔 술을 마셨다. 피

선생은 텔레비전에도 가끔 모습을 비추는데 매너가 좋은 편이다. 그는 인기도 좋고 여러 가지의 악기를 다룰 줄 알았다. 지현은 그의 하모니카 연주에 맞춰 풍금을 쳤다. '오빠생각' 과 '두만강' 이 호흡이 잘 맞았다. 피 선생은 낙원상가에서 악기사를 운영했다. 그는 오늘처럼 날씨가 찌무룩하고 비가 내릴 것처럼 주위가 어두침침하던 날, 향유를 데리고 '인사동 블루스' 에 나타났다.

북한에서 왔다는 여자는 건강한 편이고 단발머리에 나이도 제법 들어 보였다. 피선생은 신 향유라고 지현에게 소개했다. 맥주와 마른 안주를 탁자에 놓고 옆자리에 앉아 찬찬히 그녀를 살펴보았다. 피 선생은 다시마 말린 것을 씹으며 생경한 장소에 와서 잔뜩 움츠려 있는 향유를 향해 안주를 권했다.

신 향유라는 이름은 국정원에서 그녀를 관리하던 이 과장이 지어준 이름이다. 그녀는 북경에서 소련으로 이송되었다가 남한으로 오게 되었다. 그녀는 김 정숙 사범대학을 나오고 군에 입대해 대위가 되었다. 사범대학에서 아코디언을 배운 향유를 중앙당 국제부의 담당비서가 국위선양을 위해 유럽으로 파견할 친선 사절단장에 임명 했다. 러시아며 중국 순회공연을 몇 차례씩 돌았다. 그녀가 무기수입을 위해 소련에 출장을 갔던 박 소좌를 만나 첫눈에 반한 것도 러시아 공연 때였다. 향유는 국정원에서 한동안 보호를 받다가 자유로워진지 이제 일년 남짓 되었다. 국정원에서 주는 최저생활비와 향유가 악기사에서 일하며 받는 급료로 생계를 꾸려 나갔다. 관리비를 내고 휴대폰요금을 내고 나면 생활비가 빠듯하다며 특유의 이북말투로 자기처지를 설명했다. 향유가 처음 취직한 곳은 피 선생이 운영하는 낙원동의 '망향 악기사'였다. 악기를 팔고 일찍 출근해서 청소도 하며 반년을 보냈다. 그곳에서 아코디언을 사러 오는 손님들을 알게 되고 향유는 개인지도를 시작하게 되었다. 아코디언을 배우려는 사람들 집으로 일일이 방문을 하다가 여자사업가의 도움으로 사무실을 빌리게 되었다. 다행히 아코디언을 배우려는 사람들은 노인층이고 부유한 편이었다. 대부분 남쪽에선 노인들이 이 퇴락한 악기를 추억처럼 연주한다. 백마강, 울고넘는 박달재, 봄날은 간다, 옥경이, 대전 블루스도 있었고, 아리랑, 님은 먼 곳에, 찔레꽃처럼 그녀가 좋아하는 곡도 있었다. 개중엔 어릴 때 불렀던 일본 동요를 연주하고 싶어하기도 했다. 언젠가 전철을 타고 가다가 향유가 한 말이 생생하게 되살아났다.

"언니, 발렌타인 데이에 뿌리는 초콜렛 값이면 북한주민들 며칠치 식량과 맞먹는 줄 아시오?"

결기 섞인 사투리가 튀어나왔다. 남한 사람들은 의리가 없고 지나치게 물질적이며 사기꾼도 많다고 비난했다. 그녀의 상기된 음성에서 상처가 많았음을 직감했다. 향유는 매달 첫째 일요일이 되면 청주의 장애인 복지시설에 찾아가 봉사를 했다. 지금 그녀가 갖고 있는 아코디언은 수녀님이 소개한 독지가가 그녀에게 사준 것이다. 그녀가 벌어서 독지가에게 갚아야 할 빚이다. 살고 있는 영구임대아파트는 국정원에서 그녀에게 임대해 주었다. 그녀 소유의 집이지만 팔 권리는 없고 살 권리만 주어졌다. 다행히도 그곳에는 탈북자들이 많이 모여 살았고 대개 부부가 맞벌이를 했다. 아홉 평짜리 공간에서 대개 서너 식구가 살고 있으며, 아내는 과일행상을 하는 사람부터 식당 종업원까지 직업이 다양했다. 향유는 남한에 정착한 탈북자 중에서 제법 성공한 축에 속했다. 건설업을 하는 여사장이 악기를 들고 버스 타기엔 무리라고 빨간색 마티즈를 사주었다. 아파트광장에 세워진 앙징맞은 차를 몰고 출근을 하면 아파트 베란다에서 내려다보는 탈북자 들의 눈에 부러움이 가득했다. 남자들은 대부분 공장에서 일하며 근근이 살아갔다. 향유는 퇴근길에 옆집 장애자 아주머니에게 가끔 설탕과 비누를 사다 주었다. 남편이 시계공장에 출근하고 나면 아주머니는 인형의 옷을 만드는 일을 하청 받아왔다. 부속물을 하나씩 실에 꿰다가 아픈 다리를 손으로 툭툭 두들기기도 했다.

　현관으로 난 작은 방은 방이라기엔 너무 비좁아 허드레 집기를 넣어두고 큰 방에서 열 살짜리 딸과 부부가 함께 잤다. 작은 방의 허접 쓰레기를 넣은 창고처럼 그들의 삶은 고되고 희망이 없다. 털면 툴툴 먼지만 떨어지는 낡은 일상이 지루하게 흘러갔다. 향유는 못내 안쓰러워 자기 집으로 열 살짜리 아이를 데리고 와서 자기도 했는데 그럴 때면 두고 온 자식이 생각나 밤새 뒤척거렸다. 아줌마는 향유가 집으로 돌아오는 발자국소리가 들리면 만들었던 밀전병이며 팥죽을 데워 딸아이에게 들려 보낸다. 음식을 받아들면 향유는 어머니의 품을 느끼는 것 같아 눈물을 글썽거렸다. 아주 가끔 북의 부모님과 아이들이 그립지만 향유는 한 남자를 사랑했던 벌을 혹독하게 받은 터라 잊으려고 눈을 감았다. 상부에 발각되어 도망가지 않으면 가족이 다치고 그가 다치게 되어 있었다. 그녀는 죽음을 각오하고 탈출했다. 남편은 그녀가 중국으로 국경선을 넘어갈 때까지 모른 척 해주었다.

향유는 얼마 전, 강남구에 있는 고등학교 강당에서 아코디언을 연주할 기회가 있었다. 교장 선생님은 내년부터 아코디언 반을 설치하고 학생들의 취미활동으로 장려하겠으니 그 때는 꼭 향유선생이 지도해 달라고 부탁을 했다. 조선족이나 탈북자를 바라보는 시선처럼 남한에선 이 악기에 대해 홀대하는 경향이 있다. 그 약속은 그저 듣기 좋은 거짓말로 여겨졌다. 향유에게 연주기법을 배우는 사람들은 대략 오십 세 이후부터 구십 세까지의 노령화 된 회원들이 대부분이다. 여자는 주부와 사업가, 언론사 기자가 있다. 직업은 다양하지만 노인층에선 왜정시대를 거친, 이 악기에 대한 향수와 선망이 있는 사람들이 대개 찾아온다. 간혹 노인들 제자 중에는 그녀에게 선심을 베풀기도 하고 혼자가 된 남자는 청혼을 하는 이도 있었다. 향유는 그럴 때면 단호하게 거절했으나 회원이 한명 떨어져 나가겠구나 생각하면 안타까웠다. 자신을 쉽게 남자에게 기탁하고 싶은 마음은 없었다. 그녀는 앞날이 어수선하고 불안할 때면 청주에 갔다.

'구원의 집'에서 일하시는 신부님은 주위의 전답을 경작하느라 손이 밭고랑처럼 갈라졌지만 웃음을 잃지 않았다. 그녀는 소원이를 목욕시켜주고 장애아들에게 악기를 연주해 주었다. 신부님은 어디가 가장 가고 싶으냐고 물었다. 그녀는 서슴없이 고향이라고 말했다. 신부는 통일이 될 때까지 이곳에서 함께 봉사하면 안 되겠느냐고 물었다. 그녀는 생각해 보기로 약속했으나 선뜻 내키진 않았다. 재활원에 들어가면 다시 속세로 나가서 적응하기 힘들 것만 같아 망설여졌다. 청주의 재활원에서 장애아들을 돌보며 평생을 바쳐 살 수 있겠는가를 자신에게 되물어 보았으나 자신이 서질 않았다.

이곳에서 알게 된 소원이란 아이는 팔과 다리가 없다. 누군가의 도움 없이는 살 수 없는 소원이가 향유를 무척 따른다. 소원이가 부활절 날 그녀에게 준 바구니에는 달걀 네 개가 하얀 솜에 싸여 들어 있었다. 소원이는 그녀가 악기를 연주하면 주니 든 강아지처럼 옹송그렸던 표정을 풀고 몸을 좌우로 흔들었다. 기분이 좋을 때 하는 버릇이다. 그녀는 화장대 위에 바구니를 올려놓고 우울해지거나 세상에서 멸시받고 들어온 날 만져본다. 소원의 이마에는 늘 땀이 송송 맺혀 있다. 그녀가 아이의 이마에 자신의 이마를 부비면 기분이 좋아진 아이는 몸통을 흔들며 키드득 웃는다. 세상살이에 지치면 자신도 모르게 소원이를 생각했다. 소원이의 눈동자를 바라보면 그 속에 푸른 파도가 출렁이는 장산곶 매가 떠올랐다. 남한사회에 적응이 힘들때는 소원이에게 갈 수 있다는 마지막 희망이 때때로 위로가 되곤 했다. 탈북자에 결혼을 경험한 여성이라는 점과 연고자가 없이 외톨이라는 점이 세속에 찌든 사람들로부터 업신여김을 당하는 구실이 되었다. 그들이 속임수를 들이밀면 시름겨워 잠을 설쳤다. 의사소통이나 가치관이 상충될 때 속이 상했다. 우울증은 그들에 대한 분노가 해소되지 못하고 자신을 살해하려고 할 때 찾아왔다. 그럴 때면 소원이의 해맑은 웃음과 장애인을 위해 봉사하는 청주의 봉사원들이 떠올라 숙연해졌다.

"정말 힘들면 신부님 말씀대로 청주에 와서 살겠습니다."

신부는 말없이 향유를 배웅해 주었다. 향유는 청주에 가지 않은지 석 달이 넘었다.

음악대학 교수인 장 선생이 가끔 향유를 데리고 음악인들의 모임에 참석했다. 그녀는 연주도 하고 우래옥의 평양냉면도 먹어보았다. 장 교수는 연주회에 나갈 때는 정장을 하는 거라며 입던 옷 중에서 몇 벌을 주었다. 장 교수와 국정원의 조 차장이 그녀의 의지처였다. 장 교수는 얼마 전에 한국관광공사에서 남북관광 교류 협력의 시대를 맞이하여 행사한 관광 시찰단에 초대되었다. 북한에는 처음 가본다고 장 교수는 흥분했다.

"만물상 오르는 코스가 있고 구룡폭포 올라가는 코스가 있다는데 어느 쪽이 더 볼만하지?"

향유는 잠시 침묵하다가 엉뚱한 대답을 했다.

"장전항에서 삼일포로 해서 해금강 가는 길이 멋있어요."

장 교수는 뜨악한 표정으로 그녀를 바라보았다.

그녀는 박 소좌와 그곳에 갔던 일을 기억해 냈다. 그녀로선 떠올리고 싶지 않은 추억이었다. 가풀막진 길을 따라 올라가니 촌부의 화장처럼 현란하게 해당화가 피어 있었다. 강바람이 상량하게 불어왔고 벼랑 끝에 흰 파도가 밀려왔다. 향유는 박 소좌의 가슴에 안겨 생전 처음 설레이는 기쁨에 울었다. 그녀는 장교였다. 남편에게는 훨씬 오래 전에 사랑하는 여자가 있었고 가끔 식량을 얻으러 그녀의 가족이 향유가 사는 집 문을 두들기기도 했다. 그녀는 남편의 애인에게 생필

품이나 식량을 나눠 주었다. 남편의 연애를 묵인한 것은 그녀의 오만이었다. 부모의 강압으로 중매결혼을 했으나 처음부터 엇나가고 있었다. 그러나 그녀는 남편을 출세시키기 위해 갖은 방법을 동원해서 상부에 충성을 했다. 남편은 아내의 내조로 출세가도를 달렸다. 향유가 박 소좌를 만나지 않았더라면 지금 어엿한 어머니자 아내로, 열렬한 김 정일의 추앙자로 살아가고 있을 것이다. 곱다시 과거의 한 페이지로 자리매김된 그 시절에 대해 생각해보니 우매하고 취약해진 자신의 눈이 그렁하게 젖어 들었다.

  얼마 전에 텔레비전에서 설봉호가 북으로 떠나는 모습을 보았다. 그녀가 떠나자 남편이 재혼했다는 소식이 들렸고 그 날 저녁 아이들이 보고 싶어 베개에 얼굴을 파묻고 울었다. 어른거리는 아이의 얼굴 뒤로 남편도 설핏 비쳤다. 기억은 때로 녹슨 철로처럼 선명하지 않다. 꼭뒤가 서늘해지도록 암울한 방에는 아코디언만이 그녀를 지켜보고 있었다. 습관은 남한의 상류층의 상황들을 받아들이고 실제의 그녀 처지는 바닥을 헤맸다. 불투명한 미래에 대한 불안이 농혈처럼 맺혀 열패감으로 뒤척였다. 향유는 조선족보다는 탈북자가 더 대우를 받고 있다고 생각하는 듯 자신이 탈북자임을 꼭 밝히고 다녔다.

  지현은 선반에 있는 향유의 악기를 바라보았다. 언젠가 향유의 한쪽 어깨에 허물이 벗겨져 연고를 발라준 적이 있다. 12kg이나 되는 무게를 어깨에 매고 연주에 몰입하다 보면 그런 일도 생겼다.

  며칠 전 그녀의 생일날, 지현은 향유와 점심을 먹고 압구정동의 연주실에 도착했다. 옥상의 사무실로 들어서자 장대비가 쏟아졌다. 옥탑방의 쪽 창문으로 콘크리트 벌판에 드문드문 서있는 엘피 가스통이 보였고 향유가 가꾸어 놓은 작은 화단이 비를 맞고 있었다. 채송화와 옥잠화가 비바람에 몸을 떨었다. 하얀 안개를 피우며 맹렬하게 시멘트바닥으로 퍼붓는 비를 바라보니 제 몸을 가눌 수가 없어 비명을 지르는 소원이의 음성이 들려왔다. 눅진한 습기가 사무실안을 에워쌌다. 회원들은 "고향의 봄"을 연주했다. 광복절 날 부천역 광장에서 공연이 있다. 그녀는 독주를 하고 회원들은 고향의 봄을 합주한다. 부천 시청의 관련 공무원이 오디션을 보러 온다고 회원들은 맹렬히 연습을 했다. 화음이 맞지 않아 그녀는 손뼉을 치며 박자를 짚어주었다.

 아코디언은 한 손은 코드를, 한 손은 건반을 따로 연주해야 하는 점이 어려웠다. 다른 곳에서 배운 회원들은 기초가 제대로 잡히지 않아서 초보자보다 더 혹독한 연습을 해야 했다. 아코디언을 가르치는 선생이 기초도 제대로 모르고 주먹구구식으로 가르친 탓이다. 그녀는 그걸 고쳐주느라 자꾸 거위침이 고이고 생목이 올라왔다. 남한에선 향유를 따라올 연주자가 없었다. 얼마 전에 피 선생이 워커힐의 쇼를 보여주었다. 불가리아에서 온 아코디언 연주자는 '라쿰파르시타'와 '무도회의 권유'를 멋지게 연주했다. 피선생의 소개로 그녀도 무대에 올라가서 '타이스 명상곡'을 연주했더니 박수가 사방에서 터졌나왔다. 향유는 초청된 연주자의 체면도 있어 앵콜은 받지 않았다. 피선생은 향유의 실력을 되도록 널리 알리려고 배려했다. '원더풀'을 연발하자 그녀는 오랜만에 가슴이 벅찼고 이쪽 사람들에 대해 너그러워졌다.

 그녀는 흥사단에 가서 젊은이들에게 한달에 한번씩 무료로 연주법을 가르쳐주는 일도 했다. 정신없이 일에 몰두해야만 잡념이 들지 않았다. 레슨비를 받고 트로트를 가르쳐야 하는 노인회원들보다 무료로 젊은이들을 가르치는 일이 더 신명나고 뿌듯했다. 집으로 돌아올 때면 마로니에 공원 앞에서 전철을 탔다. 그녀는 마로니에라는 나무를 처음 보지만 아름답다고 생각했다. 잠깐 국정원 담당 수행원을 의지했던 적이 있었다. 어미 닭이 병아리를 품듯 그렇게 그는 그녀를 보호했고 향유는 그 사람을 따랐다. 그는 향유를 애처로운 눈빛으로 바라보았다. 그의 보호에서 자유로워지던 날, 그는 앙징맞은 상자를 향유에게 건넸다. 열어보니 큐빅이 촘촘히 박힌 핀 한 쌍이 들어 있었다. 그녀는 늘 그 핀을 꽂고 다닌다. 무엇으로도 바꿀 수 없는 소중한 핀이다. 가끔씩 그녀는 머리에 손을 얹어 핀을 어루더듬어 보았다. 지현은 그녀의 모습에서 가슴에 묻어둔 여인의 모습을 기억해냈다. 절대로 용서되지 않는 어머니, 향유를 보면서 그녀와 닮았다는 느낌이 들었다. 향유는 탈북자가 넘어오면 불려가기도 하고 감시와 보호 속에서 누구를 만났는지 일일이 보고해야 했던 지난날에서 벗어나 자유로워 졌으나 낯선 사람을 만나면 잔 부끄럼을 탔다.

 그녀는 아코디언과 단둘이 산다. 아코디언은 꿈에 본 가족처럼 말이 없다. 한밤중에 지칠 때까지 연주하다가 악기를 안은 채 잠들기도 하는 그녀에게 대한민국은 같은 언어를 쓰는 타국과 다름없다. 온전히 이쪽 사람의 정서가 이해되려면 긴 시간이 흘러야 한다.

뿌리 뽑힌 나무가 다시 웅덩이에 뿌리를 내리고 땅의 온도를 자신의 체온으로 받아들이듯 향유는 노력하기로 했다. 어느 땐 자신을 보호하기 위해 지름길을 선택하고 싶다는 당찬 야망도 품어본다. 향유에게 사무실을 빌려준 분은 그녀에게 레슨을 받는 회원이다. 그 분은 향유의 근검성을 눈여겨보고 그분 소유의 빌딩 옥탑방을 빌려 주었다. 사무실을 얻을때 까지만 빌려주는 조건이지만 조선족이나 탈북자들이 노동 시장에서 저임금으로 혹사당하고 있는 것에 비하면 그 분은 구세주였다. 빨간 자동차가 생기자 여유있고자 하는 바램이 더 간절해졌다. 부유한 노인의 유단부 노릇인들 어떠랴, 물질로 인간을 가늠하는 자본주의 판국인걸, 연고자도 없는 그녀를 마치 간첩처럼 색안경을 쓰고 바라볼 때면 그녀는 그런 공상도 했으나 곧 지워버렸다. 그녀가 보기엔 통일은 아직 먼 나라얘기 같았다.

발자국소리에 지현은 주방에 있다가 문 쪽을 내다보았다. 향유가 들어서며 우산을 접고 있다.

"언니, 무슨 비가 이렇게 쏟아지는지 모르겠어."

지현은 원두를 갈아 정성껏 내린 커피를 탁자에 내려놓았다.

"길은 안 막혔어?"

"아니, 괜찮던데."

인사동 블루스를 찾는 손님은 대개 일차를 마치고 이차로 이곳을 찾았다. 어느 땐 열시 가까이 되도록 손님이 없을 때도 있다. 손님이 오더라도 취객들이 와락 몰려왔다가 썰물처럼 빠져나갔다. 토요일이 출근하지 않는 날로 정해지자 손님은 눈에 띄게 줄었다. 게다가 월드

컵이 진행되는 동안 사람들은 모두 광화문통으로 밀려나가서 인사동 블루스는 오수에 젖은 듯 적막감마저 깃들었다. 피 선생은 다양한 직업의 손님들을 '인사동 블루스'로 몰고 왔다. 피 선생에게 끌려오는 손님은 주로 양주를 마시기 때문에 매상에 도움이 되었다. 중국대사관에서 근무하는 사람, 모교의 영문과 동창회 친구들, 장애아를 위한 봉사단체인 초록회 모임 등, 대부분 피 선생이 계산을 하는 터라 자연히 이곳에서 모임을 가졌다. 피 선생은 개업하자마자 출입했으니 십년째 단골이다.

  무던한 성품의 P와 허물없는 우정이 되었고, 피 선생의 부인도 가끔 인사동 블루스에 전화를 해서 남편이 술을 적당히 마시게 해달라고 지현에게 당부하는 사이가 되었다. 지현은 남자를 덤덤하게 손님으로만 대접하며 씩씩하게 살았다. 영업정지 명령이 떨어진 후로 그녀는 마음이 들떠있다. 무엇보다도 K를 못 보게 되는 것이 가슴 저렸다. 그녀는 K를 존경해왔다. 여자로 마지막 고개라는 생각도 조바심치게 하는 이유가 되었다. 남자가 그리웠으면 젊은 나이였을 때가 훨씬 자신에게 유리했을 텐데, 그녀는 소멸하지 않은 열정을 불씨처럼 품은 가슴을, 바람난 고양이처럼 바라보았다. 몸살이 나려는지 이마가 뜨겁고 숨소리가 불규칙했다. 긴장하고 있는 유방과 허리께가 옷 속에서 홧홧 달아오를 때도 있다. 며칠 전, 카페의 외등이 꺼져 있는 것을 발견했다. 그녀는 등의 갓 속에 팔을 깊숙이 넣고 전구를 돌리느라 애를 쓰고 있었다. 꼭뒤에 인기척을 느껴 돌아보니 K가 서 있었다. K는 상의를 벗고 전구를 불빛에 비춰보더니 필라멘트가 끊어졌다며 새전구로 갈아 끼워 주었다. K와 지현은 전구를 비쳐보며 얼굴이 거의 닿을 듯 했다. K의 체온이 느껴지며 와이셔츠에서 싱그러운 풀냄새가 흘렀다. 그대로 K의 팔에 안겨 블루스를 추고 싶다는 생각에 얼굴이 붉어졌다.

 골목 안을 휘돌아보니 언제 비를 뿌릴지 모를 시커먼 매지구름이 웅크리고 있다. 외국인 부부가 열어놓은 문안으로 고개를 기웃거리다가 앞집으로 들어갔다. 어느 땐 텅 빈 가게에 무료하게 있게 되면 졸음이 밀려 들었다. 속 모르는 사람은 분위기 좋은 곳에서 책이나 보는 지현씨는 좋겠다고 한다. 온종일 손님 시중을 드는 게 어떤 건지 몰라서 하는 말이다. 좁은 부엌에서 안주를 만드느라고 감자를 강판에 갈거나 국수를 삶을 땐 도와주는 조선족 아줌마가 있어도 혼이 나갔다. 어느 땐 계산을 잘못해서 담배 값을 빠뜨리기도 했다. 지금은 담배를 팔지 않게 되어서 다행이다. 늘 서서 일하느라고, 관절염은 장사하면서 생긴 지병이다. 바로 옆집에 현대 비평사가 있다. 그 잡지사의 주간은 시인이다. 그분과 그의 제자들인 습작생들이 단골 손님이다. 선생님 옆에 서로 앉으려고 시인지망생들이 자리다툼을 하는 걸 보면 웃음이 나온다. 한편으론 그들이 부럽기도 했지만 내색하진 않았다. 어느 날인가, 시인 선생님이 만년필을 꺼내 시집에 사인을 했다. 선생님의 껍질 벗겨진 삼대처럼 수척해진 손이 퍽 정직해 보였다. 지현은 예술가라면 죄다 좋아하는 자신을 들킬세라 짐짓 새초롬한 표정을 지어 보였다. 그 분은 지현에게 말없이 시집을 내밀었다. 지현은 특별히 이태리에서 직수입한 비싼 원두를 갈아 커피를 만들었다. 인사동 블루스의 커피가 맛있는 것은 좋은 원두를 사용하고 주문이 들어올 때마다 커피를 갈아서 내기 때문이다. 그 커피 맛은 소문이 퍼져 점심식사후에 이곳을 찾는 손님이 많다.

　인사동은 그녀가 숨쉬는 커다란 자궁이다.

　뒷골목의 한정식 집 '옥경' 으로 단체 손님이 주룬히 들어갔다. 그 집으로 들어가는 중년의 남자들 중 한사람과 눈이 마주친다. 지현은 목례한다. 인사동 블루스의 커피를 즐겨 마시는 손님이다. 단골손님들은 지현의 커피 만드는 솜씨를 인정했다. 고등학교 동창회 모임도 있고 문학상 시상식을 마친 뒤에 뒤풀이로 몰려오기도 했다. '인사동 블루스' 의 커피가 워낙 유명해서 점심 때도 손님이 찾아온다. 커피를 팔기 위해 정오부터 문을 열기엔 오히려 적자지만 찾아오는 손님을 거절할 수가 없다. 오후에 찾아오는 술손님의 대부분이 점심때 오는 손님들과 겹치곤 했다.

　이곳은 사십 세부터 출입을 허용한다고 문에 써 붙여 놓았다. 더러 젊은이들이 모르고 들어오지만 분위기가 노숙함을 알고 서둘러 나가 버린다. 지방에서 올라온 여류시낭송회 모임이라든가 화가들의 개인전 뒤풀이를 하기 위해 몰려드는 손님들도 적지 않다. 지현은 단골로 오는 화가들의 개인전이나 초대전에는 꼭 참석하고 화환을 보내 인사를 했다. 동덕미술관, 터, 덕원, 코스모스, 인데코, 정남 아트갤러리 등에서 열리는 전시회를 지현은 일일이 기억해 두었다. 그들은 뒤풀이를 '인사동 블루스' 에서 가졌고 화상들의 거점으로 활용되기도 했다. 거나하게 취하면 '아아, 으악새 슬피우우는' 으로 시작해서 하모니카나 아코디언이 합세하고 지현의 풍금반주에 맞춰 손뼉을 치며 어깨춤을 추기도 했다. 분위기가 고조되면 각자의 자리에서 일어나 술잔이 오가고 좌석이 뒤섞이며 한데 어우러져 칠렐레 팔렐레 어깨동무를 하고 어느 땐 골목 밖으로 진출했다.

인사동은 고미술상들 사이에 모던한 건물들이 들어서 서서히 인사동을 바꿔가고 있었다. 오후 다섯시가 되면 종로대로변과 관수동 골목은 포장마차 촌으로 변했다. 가스등 아래에 삼삼오오 모여 꼼장어 안주에 소주잔을 기울이는 모습이 자정까지 이어졌다. 지현은 자기 집에선 술을 마시지 않는 것으로 굳혔으나 가끔은 그들을 따라나서기도 했다. 인사동 블루스를 풍금집이라고 부르는 단골취객들이 사라지고 한쪽 페달이 떨어져 나가 여러 번 수리를 맡긴 풍금의 반주가 멈추면 손님들은 추레하게 늘어진 등허리를 보이며 골목 어귀로 사라졌다. 어머니가 남긴 흔적인 풍금과 그녀는 늘 함께 했다. 문을 닫게 되면 그들은 어딘가로 다시 몰려 갈 것이라 생각하니, 가슴이 헛헛해졌다. 구청으로부터 문을 닫으라는 통보를 받던 날, 아무 것도 손에 잡히지 않아 허공만 바라보았다. 그녀가 알고 지내던 손님들은 떠오르지 않고 K를 만나지 못한다는 것이 못내 서러워서 폭음을 했다. 정이 너무 깊이 들었다. K를 잊기 위해 아무 남자든 만나고 싶다는, 외곬수로 치닫는 감상을 자신도 속수무책으로 바라보았다. 이 나이에도 허둥거릴만한 열정이 남아있다는 것이 서럽고 한번도 상대에게 그녀를 온전히 내보이지 못했다는 것이 안타까웠다. 배냇 병신, 그녀는 눈언저리를 닦아내며 자신에게 주절거렸다. K는 점심을 먹고는 한시 삼십분쯤 되면 어김없이 인사동 블루스에 나타났다. 커피를 마시며 손님들과 시사문제를 토론하기도 했고 혼자 나타나 K가 쓴 칼럼이 실린 신문을 내보이며 지현의 찬사를 받고 싶어했다. K의 오피스텔에는 온통 역사와 철학서적들만 빼곡하다고 피 선생에게 들었다. 남북한 통일문제를 고민하는 K는 능력이 있음에도 일관되게 야인으로 살아가고 있다. 친구나 언론인들과 진지하게 토론을 할 때는 곁에 가지 않고 멀찌감치 떨어져 앉아 그녀도 책을 읽었다.

K는 친구들 앞에선 가벼운 농담도 별로 하지 않았다. 그들은 가끔 논쟁 끝에 화를 내며 다투기도 하는데 그럴 땐 떼쓰는 아이들 같았으나 다음날이 되면 언제 그랬느냐는 듯이 서로 얼싸안았다. 술값은 주로 여유있는 피 선생이 치렀다. 가끔 여자들도 동석하는데 페미니즘 운동을 하거나 신문사에 근무하는 여기자거나 사회봉사클럽의 멤버들이다. 동석하는 여자가 사흘내리 바뀔 때도 있다. K는 도덕심이 철저하나 겉모습은 부드럽고 유연했다. 여자에 대해서 비교적 편견이 없고 와인을 즐겨 마셨다. K는 얼마 전에 하이덴베르크에 다녀왔다. 독일의 문제점과 남북통일의 전망에 대한 심포지움이 그곳에서 열렸다.

인사동 블루스에 들어서자마자 주방으로 들어와 무엇인가를 싱크대에 내려놓으며 천원만 내라고 했다. 지현은 파김치를 버무리다가 눈을 키우며 지폐 한 장을 꺼내 주었다. 포장을 열어보니 식도가 들어 있었다. 쌍둥이표 칼, K는 칼을 선물할 때는 돈을 받아야 후환이 없다는 말을 어디선가 들었나보다. 고마운 마음을 전하려 하자 K는 신문을 펴들고 표정없이 커피를 마셨다. K는 자기 마음을 드러내면 벌금이라도 물어내야 하는 줄 알고 있다. 기분이 좋을 때 휘파람을 부는 정도로 자기를 표현하는 게 고작이다. 속상한 일이 생겨 K에게 의논하고 싶어도 지현은 용기가 나지 않아 멈칫거렸다. K는 그런 의중을 모르는 채 슬며시 문을 밀고 나갔다. 사적으로 얼키지 않으려는 K의 태도를 존경하지만 한편 야속하기도 했다. 커피를 주문하고 객쩍은 소리를 하며 그녀를 유혹해보려는 손님들에 비하면 K는 더할 나위 없이 그녀를 존중해 주었지만 지나치게 엄격한 태도때문에 지현은 독서를 하다가 궁금한 것이 발견되어도 K가 어려워 물어 볼 용기가 나지 않았다. K가 나타나면 그가 앉아있는 테이블 가까이도 가지 않고 주방에서 일만 했다. K는 말수가 적고 한쪽 귀를 전혀 듣지 못했다. K는 군사정권 때 감옥에 끌려가 이년간 복역했고 그 때 고문을 당해 청각을 잃었다. 비가 내리던 가을날이었다. 한동안 뜸했던 K가 나타났다. K가 주문한 커피를 탁자에 내려놓으려는데 잠깐 앉으라고 했다. K는 아주 보드라운 분홍빛 명주 주머니를 탁자위에 올려놓았다.

"일본에 세미나가 있어서 다녀왔는데 구마모도 백화점 점원이 골라 주었어."

지현은 가슴이 고두 뛰어 명주주머니를 채어갖고 주방으로 달려갔다. K가 가고 나서야 그녀는 선물을 펼쳐 보았다. 녹색과 초록색의 수정이 금박에 나란히 물린 앙징맞은 귀걸이였다. K에게 그런 낭만적인 면이 있다는 점과 K도 그녀를 좋아한다는 확증에 몸이 떨렸다.

언젠가 정신없이 손님시중을 들던 날 그 귀걸이 한 짝을 잃어버렸다. 그 날은 문학상을 받은 작가가 이곳에서 뒤풀이 모임을 가졌다. 수십 명의 손님이 다녀간 뒤라서 지현은 정신을 차릴 수가 없었다. 가방을 뒤집어 보아도 귀걸이 한 짝은 종내 나타나지 않았다. 탁자를 한 켠으로 모두 끌어내고 의자도 탁자위에 올려놓고 학교 다닐 때 대청소 하던 날처럼, 빗자루로 먼지 한 톨까지 남김없이 쓸어내고 마대걸레로 바닥을 닦았다. 손이 닿지 않는 곳에는 청소기를 들이대고 샅샅이 찾았으나 귀걸이는 보이지 않았다. 나중엔 부화가 나서 마루바닥을 기어 다니며 손바닥으로 바닥을 쓸어보다가 소리 내어 울었다. K의 모질음이 야속해 마음자리가 축축해졌다. 그 선물을 K가 아닌 다른 남자가 주었다면 지금 이러고 있을까 싶으니 울컥 목이 잠겼다. 신세가 처량해서 음악을 크게 틀어놓고 다시 울먹였다. 이웃에서 알까봐 조심스러웠다. 털버덕 주저앉아서 콧물을 닦다가 귀걸이를 잃어버린 것이 문득 그와 헤어져야 한다는 암시는 아닌가 하는 생각이 들었다.

우리가 언제 밖에서 만났던 적이 있었던가. 무슨 약속이라도 했던가. 그녀에게 속상한 일이 있어도 언제 K를 붙잡고 하소연했던 적이 있던가. 신사가 아니라 냉혈한이라는 생각이 들어 괘씸했으나 K가 나타나면 그녀는 다시 기를 펴지 못하고 수줍음을 탔다. 그녀는 이상하게 자기에게 무관심한 남자에게 끌렸다. 손님과 걸진 농담도 잘하고 웬만한 남자 서넛을 한번에 꿰어 골탕을 먹이던 관록은 흔적도 없고 K를 마주하면 자신도 모르게 여성성을 한껏 드러내는 표정을 짓고 있었다. 대통령과 미국에서 함께 공부했다는 K가, 권력을 사양하고 오피스텔에서 신문사에 보낼 원고를 쓰면서 조용히 살고 있다는 점을 그녀는 무엇보다도 존경했다. K는 유쾌하면 휘파람을 불었고 그녀는 그의 휘파람소리를 들으면 접선에 성공한 첩자처럼 덩달아 기분이 좋아졌다. 화이트 데이에는 네 명의 단골손님으로부터 선물을 받았다. 캔디와 장미를 받았고 중국에서 사 왔다는 국화차와 샤넬 넘버5를 받았다. 향수를 뿌릴 때마다 풀기가 빳빳한 옥양목 이불깃에서 나는듯한 은은한 향기가 그녀를 휘감았고 국화차를 마시고 나면 물기를 머금고 다시 살아난 국화의 자태가 사랑스러웠다. 일하면서 얻은 관절염 때문에 고통스럽지만 선물을 음미하며 혹은 실내의 벽 한 면을 장식한 각종 포스터와 기념사진들, 다녀간 유명인사들의 사인이나 낙서를 보고 있노라면 그 흔적들이 주는 행복감에 취하기도 했다. 선물을 준 그들은 '인사동 블루스'의 주인인 지현을 놓고 연적이기도 하고 친구이기도 했다. 누군가의 유혹을 받는다는 것은 얼마나 온몸 저릿하도록 황홀한 체험인지 모른다. 그녀는 그때마다 외롭다는 생각을 잠시 잊었다.

"언니, 이거 먹어요."

향유의 걸진 음성이 들린다. 어느 새 나가서 따뜻한 기운이 감도는 호떡을 사왔다. 그녀의 젖은 머리카락에서 날비린내가 났다. 지현은 그녀의 음성이나 체취, 기구한 사연에서 묘한 정감을 느끼며 어머니를 떠올렸다. 향유는 슬슬 멋을 냈다. 유행하는 칠부 바지에 가슴에 하트모양의 스팡크가 달려있는 티셔츠와 굽이 높은 슬리퍼식의 샌들을 끌며 나타났다. 간혹 손님들이 준 팁을 모아서 장신구를 사고 얼굴에 경락 맛사지도 받으러 다녔다. 예뻐져야 한다고 들떠있는 모습을 보면 자본주의의 흐름을 타고 빠르게 변화하는 그녀가 안쓰럽고, 변화할 수밖에 없는 향유를 이해하려는 자신에게 화도 났다. 지현은 남한의 대표처럼 부끄럽기도 하고 불편하기도 한 기분으로 그녀를 말릴만한 명분이 없이 그저 바라보기만 했다. 그녀가 체득한 것이 옳다는 것을 부인할 수도 없는, 난감한 입장이 되었다.

그녀는 피 선생이 주선한 중 고등학교의 축제에 초청되어 합주를 하거나 솔로로 연주하기도 했다. 아코디언은 음대에서 정규과목에 넣지 않아 흘러간 추억의 악기가 되었지만 새 학기부터 학생들의 취미 반에 아코디언부를 신설하겠다는 제의를 해 오는 음악 선생님을 만나기도 했다. 향수에 젖은 노인들 외엔 아코디언을 제대로 배우겠다는 젊은이가 드물었다. 칠십이 넘은 남자들이 옛 향수를 못 잊어서 악기를 들고 그녀 곁으로 다가왔다. 그녀는 점점 바빠졌다. 음악제에서 초청을 받아 연주연습을 하느라 바쁘고 일주일에 두 번씩 이곳에 와서 연주하느라 바빴다. 사무실을 빌려준 회원 덕분에 무거운 악기를 들고 일일이 집을 방문하지 않아도 되었다. 그녀는 회원수가 늘어나고 있어서 인사동까지 나오기가 어려운 처지일 텐데도 인사동 블루스에 오는 걸 즐거워했다. 문 밖에서 가을을 알리는 빗소리가 고즈넉하게 들려온다, 향유는 열어 놓은 문사이로 다가가 텅 빈 골목을 바라보며 커피를 마셨다. 그녀의 등이 시려 보인다. 아주 가끔은 아이들이 보고 싶을 테지. 지현은 그녀의 빈 잔에 뜨거운 커피를 따라주고 입고 있던 가디건을 벗어 등을 덮어주었다. 그녀는 커피 잔을 두 손으로 받치고 비가 쏟아지는 골목길에 시선을 둔 채 모래 먼지라도 일어 날것처럼 건조한 음성으로 말했다.
 "우린 중매로 만났는데 남편과는 사이가 좋지 않았시요, 어머니는 러시아에서 피아노를 전공했는데 정부의 감시를 피해 명곡의 악보를 외웠다가 오선지에 베껴 내게 가르쳐 주었어요. '도나우 강의 푸른 물결'을 북쪽에선 '흑룡강의 물결'이라고 제목을 바꿔서 불러요."
 지현은 단골손님이 인도에서 가져온 잎담배에 불을 붙이며 향유 옆에 앉았다. 피 선생에게 언뜻 들어 속어림하고 있었으나 낯선 표정으로 들어 주었다. 건너편 화단의 꽃잎들이 기세좋게 쏟아지는 장대비에 일제히 몸서리를 쳤다. 과꽃이 비바람에 흔들리며 가지들이 서로 감겼다. 골목을 휘감아 도는 안개비에 잠시 넋을 놓고 있던 향유가 나직이 말을 이었다.
 "이쪽 사람들처럼 잘 살고 싶은데 너무 까마득하게 먼 길이라 다시 시작할 용기가 나지 않았어요, 부엌에 가서 가스를 틀고 자살기도를 한 적이 있어요."
 지현은 그녀의 옆모습을 바라보며 아홉 살짜리 계집아이를 버리고 도망친 어머니를 생각했다. 약혼자와 헤어진 채 피난을 와야 했던 어머니에게 다시 나타난 약혼자는 충격이었을 것이다. 어머니가 결국 약혼자를 택해 떠난 행동을, 제 속 짚어 남의 맘 읽는다고 이제야 어렴풋이 이해할 것 같았다. 어느 날 꿈속에서 지현은 어린아이였다. 그녀를 휘감은 수백 필의 무명천을 풀기 위해 맴돌며 어머니를 부르다가 깨어났다.

향유가 중앙당 선전선동부의 연예담당자로 러시아 공연을 갔을 때 소련제 무기를 계약하러 그곳에 머물던 소좌와 우연히 만났다. 북한에 다시 돌아와 재회하지만 않았더라면 그녀의 인생에 크나큰 변화는 없었으리라. 아코디언에 자신을 맡기고 삶을 다시 시작해야 하는 향유나 K앞에서 자신을 열어 보이지 못해 괴로워하는 자신이나 처량하긴 마찬가지였다.

"언니, 건강하시구, 가끔 연습실에 놀러 오라요."

그녀는 아코디언을 차에 싣는다. 향유가 인사동을 아주 떠나는 것은 아니고 관철동의 '바다'라는 카페에서 토요일마다 연주를 한다. 지현은 눈시울이 뜨거워지려 한다. 그녀는 악기가 비에 젖지 않도록 향유에게 우산을 받쳐주었다. 향유는 차에 올라 창을 열고 손을 흔들어 보였다. 지현은 열려진 창문으로 그녀의 손을 힘주어 잡았다. 그녀의 이마에 빗방울이 떨어져 반짝 빛났다. 살아남으려는 자는 누구라도 자신만의 생존방법을 몸에 익히고 있다. 설사 향유를 다시는 못 보게 되더라도 그녀가 남한에서 자리를 잡아가는 모습을 보게 되어 다행이다. 그녀를 처음 보았을 때 호감을 느꼈던 것도 어머니의 음성을 닮은 이북 사투리와 특이한 억양 때문이었다. 그녀의 이마에 붙은 젖은 머리카락을 올려주자 향유가 웃었다. 차가 골목길을 무사히 빠져나간 후에 지현은 얼굴에 비를 맞으며 하늘을 보았다. 초록색 청동을 입힌 지붕이 보였다 마름자리가 축축해진다. 지현이 태어난 곳 바로 앞 집의 화단 앞에서 천천히 담배를 피운다. 노랗게 시든 개망초 씨방, 검푸르게 말라가던 과꽃 이파리, 모든 힘을 씨앗 속에 단단하게 갈무리하고 있는 분꽃이 비바람에 떨고 있다. 천도교회관의 칠이 벗겨진 초록색 지붕을 바라보았다. 초록색의 돔이 여섯 살짜리 계집아이 눈에는 뒷집의 마당에 있는 것처럼 가깝게 보였다. 지현은 그 집이 으리으리할 것 같았다. 꿈에서 그녀는 분홍색 원피스를 입고 레이스가 달린 양말을 신고 그 집 마당에서 뛰어 놀았다. 꿈속에선 늘 가족이 많았다. 언니, 동생, 엄마, 친구도 있었다. 어른이 된 후에야 그 초록색 돔의 지붕이 뒷집이 아니라 한참 떨어진 천도교 중앙대교당의 지붕이었다는 것을 알았다. 창피한 일이었다. 청동이 벗겨져 초록색 얼룩이 진 지붕이 비를 맞고 있다. 머리카락과 어깻죽지에 빗물이 스며들어 온몸이 으슬으슬 춥다. 지현은 가게로 들어와 마른 수건으로 머리를 닦는다. 굽꿉하게 말라가는 머리카락을 묶으며 다시 골목길을 바라본다.

　장대비가 하얗게 이내를 피워 올리며 쏟아진다. 한쪽 벽에는 그녀의 캐리커처가 걸려 있다. 웃고 있는 표정이며 환하게 드러난 고른 치열이 마치 꽃들이 사태져 피어있는 모습 같다. 자주 들르는 서양화가 N선생이 그려주었다. 평창동의 다라 아트 센타에서 열린 개인전 '유희 시리즈'에 지현은 꽃대를 피워 올린 관음소심을 안고 들렀었다. 캐리커처 위로 갈포지를 바른 벽에 기타가 걸려있다. 젊은층 손님들이 가끔 켜다가 가곤 했다. 그 옆으로 한국화를 그리는 L선생의 그림이 걸려 있다. 대기에 노출된 늪 위엔 부들이 떠 있고 흰 두루미가 앉았다. 그 옆으로 수련의 화사한 꽃과 잎사귀들이 출렁거린다. 건너편에는 냉 온수겸용 정수기가 있고 그 위에 부고장이 놓여 있다.

지현은 실내를 꼼꼼하게 훑었다. 소박하고 고즈넉한 사물들의 앉음새가 오늘 따라 침울해 보였다. 단골로 오시던 박 현 선생이 운명하셨다. 팔십오 세지만 정정하셨다. 그분은 처용무 보유자로 인간문화재다. 예고에서 오랫동안 제자를 양성해내고 작년에는 예악당에서 그의 무용극 중 명장면을 추린 갈라 공연이 열렸다. 지현은 피 선생과 참석했고 그분의 고깔 쓰고 장삼 입고 추는 승무며 소품인 가사호접과 참회, 부채춤을 감상했다. 법고소리에 맞추어 움직이는 한 동작 한 동작에 배인 슬픔과 소박한 춤사위에 흠뻑 취했었다. 독신으로 사시다가 결혼을 한지 채 삼 년이 못되어 운명을 달리 했다. 그분의 버선코가 허공으로 들어올려지면 승무를 추는 몸의 균형사이에서 압축된 절제미가 느껴졌다. 육체를 이루는 모든 것은 흐르는 물이요, 영혼을 이루는 모든 것은 꿈과 가품이라고 말했던 선생의 철학이 지현에게 인생의 의미 없음을 견디며 죽음과 대적하는 지혜를 심어 주었다.

  오늘은 일찍 문을 닫고 신촌 세브란스 영안실로 가봐야 한다. 제자와 결혼을 한 후에 부부가 함께 국화차를 마시러 들르곤 했다. 그분의 승무를 추는 모습이 어른거리다가 눈에 들어오는 것은 완자창의 한쪽 구석을 장식한 흰 빛깔의 소국이다. 이 가게는 천정은 기와집이었던 모습을 원형대로 살려 대들보며 서까래며 옛 정취 그대로다. 지현은 이 골목에서 살았지만 어렴풋이 뛰어놀던 것만 기억할 뿐이다. K도 남대문골 선비집안에서 태어났다. 꼿꼿하고 탐욕을 부리지 않는 성품이 지현의 마음에 들었다. K를 알게 된지 칠년째다. 혼자 키운

집착을 삭히는 일이 점차 괴롭기 시작하면서 그 때부터 술을 입에 대곤 했다. 처음엔 자신이 누군가를 사랑하고 흔들리는 걸 보는 것도 나쁘지 않다고 생각했는데 뿌리를 뽑아서 상대에게 옮겨 심고 싶어질 때면, 사랑하는 사람이 곁에 있어도 외롭다는 싯귀가 마음을 훑었다. 그녀는 취하면 가장 좋은 연애란 원조교제라고 소리를 지르며 객기를 부릴 때도 있었다. K는 아내가 치매 초기야, 넋두리처럼 중얼거렸다. 그저 혼자 장사하는 그녀를 보기 미안해서 과장되게 말한 것이려니, 그렇게 생각하면서도 K가 아내때문에 고통 받는 모습이 쓸쓸해 보였다. K에 관한 감정들은 뭉뚱그러져 서러움으로 다가왔다. 언젠가 K가 꽃병에 꽂아둔 백합의 향기를 맡다가 얼굴에 꽃가루를 묻혔다. 지현이 다가가 K의 코에 묻은, 계피색의 꽃가루를 털어내자 K가 그녀의 손목을 힘주어 잡았다. K는 고작 '완숙한 향기와 자태를 드러낸 백합에게 반했어요.' 그 말을 하곤 잡았던 손목을 놓았다.

토요일 휴무제를 실시하고부터 손님이 부쩍 줄었다. 직장인들은 대부분 야외로 빠지고 인사동은 학생들이나 중년부인들로 술렁거렸다. 풍금집이라고 소문이 나서 향수에 젖은 낯선 중년손님들도 찾아오지만 대부분은 예술인들의 모임터다. 정오쯤 가게에 나와서 화분에 물을 주고 음악을 튼 후에 스트레칭을 했다. 두 손을 쭉 펴고 허리를 굽혀가며 근육을 이완시키면 잠들어 있던 모든 관절이 깨어났다. 지현은 음식재료와 술을 주문하고 앞치마를 두른다. 어느 땐 파장한 후에 손님이 들이닥칠 때도 있다. 다시 주방으로 들어가 졸린 눈을 부비고 안주를 만들 때면 두 손을 벌려 확 손님을 밀어내고 자물쇠를 채우고 집에 가고 싶어졌다. 단골의 경우에는 영원히 손님을 놓치고 말기에 부득이한 사정이 있을 땐 손님에게 계산하기 좋게 빈 병은 탁자위에 올려놓고 가게 문을 닫고 가라고 열쇠를 내민다. 그들은 열쇠를 받아들고 지현을 흔쾌히 보내 줄 때도 있다. 다음 날 가게에 나와 보면 술에 취해 소파에 머리를 박고 자는 사람도 있고 더러는 가버리고 술병만 뒹굴 때도 있다. 전업작가일 경우 그 물질적 비참함은 말할 수가 없었고 어쩌다가 원고료가 생겨 외상값을 갚으려고 달려오지만 모자라기 일쑤였다. 대한민국에 과연 문화정책이 있는지 궁금했다. 지현은 마대걸레로 마루를 닦고 난 후에 냉동실에서 북어를 꺼내 국을 끓이고 새우잠이 든 가난한 소설가를 흔들어 깨웠다. 손님을 친동생이나 친구처럼 대하는 마음 때문에 덕을 본 적도 있다. 사년 전 집주인이 보증금과 월세를 한번에 삼십 퍼센트나 올렸던 적이 있었다. 단골손님인 문화부 기자들이 몰려가서 집 주인과 적정선에 합의를 보아 준 적이 있다. 그들은 지현을 친누나처럼 따랐고, 그녀도 그들이 몰려오면 감자를 강판에 갈아 튀김가루와 함께 개어놓았다가 푸짐하게 안주를 만들거나 메론을 보기 좋게 깎고 대구포와 치즈를 접시에 곁들여, 그녀가 선심을 쓸 때도 있었다.

"마리아는 몰라보게 예뻐졌어요, 연애하는 것 아냐?"

김 박사가 농을 던졌다. 국립대학 정신과 교수인데 가끔씩 제자들과 회식을 하고 이곳으로 몰려와 맥주를 마셨다. 김박사는 지현을 세례명으로 불렀다.

"성서에서 나오는 막달라 마리아는 창녀가 아니라 여사제라는 학설이 있어요. 그 당시 마리아가 창녀였다면 삼 개월치 봉급을 털어야만 살 수 있는 비싼 향유를 구해서 예수님의 발을 씻길 수가 없었다는 거지요."

새롭고도 유쾌한 해석이라서 지현은 고개를 끄덕거렸다.

향유, 나직하게 되뇌어 보았다. 탈북자 신 향유가 떠올랐다. 막달라 마리아가 성경에 창녀로 기록되어 희생양이 되듯이 향유도 자기만 살기 위해 조국과 가족을 배신했다는 오명을 새긴 채 살아가야 하는 불행한 여자가 아닐까. 신 향유를 보고 있노라면 그늘이 있는 것 같기도 하고 없는 것 같기도 한, 깊이 있는 표정에 왠지 정감이 묻어났다. 꿈속에서 누군가 지현을 부르는 소리에 엄마인줄 알고 돌아보니 향유의 목소리였다. 엄마가 아니었구나, 향유를 보면서 머쓱해져 있는데 K가 하얀 바지저고리를 입고 지현에게 찔레꽃 다발을 건네주었다. 이상한 꿈이었다. K를 볼 수 없는 일년이란 시간이 그녀가 얼마나 K에게 쏠려있는지 그 해답을 찾게 될 기회인지도 모른다. 사랑은 명료하던 의식을 얼마나 애매하게 만드는지, 지현은 혼자 온 손님이 마시다 놓고 간 술을 마저 따라 마셨다. 셔터를 내렸다. 외등의 불빛도 끄먹해진 깊은 밤, 지현은 침묵 서원을 한 수도자처럼 앞에 놓인 어둠을 밀어내며 천천히 걸음을 옮겼다. 자정 무렵의 인사동 골목에는 정적이 감돌고 간혹 택시가 승객을 태우려고 서행한다. 바닥에 자잘하게 흩어진 빗물이 전조등 불빛을 받아 싸구려 인조비늘처럼 반짝거렸다. 밤이 되면 술렁거리던 사람들은 사라지고 황량해진 거리는 어둠만이 내려앉는다. 결혼이 파투가 나고 불투명한 미래에 대한 불안이 농혈처럼 맺혀 있을 때 고향에 당도했다. 비록 술장사를 하지만 각계각층의 예술인이나 언론인이 모이는 자리로 기반을 굳혔다는 점에 지현은 큰 자부심을 가졌다. 골목어귀에 있던 학고재는 헐리고 콘크리트 더미가 쌓여 있었다. 종로구 북촌 일대에 역사문화탐방로가 조성된다.

서울시는 경복궁 동쪽 소격동에서 가회동, 재동을 지나 창덕궁 서쪽에 이르는 북촌 길 팔백여미터를 북촌의 역사 문화와 연계하는 거리로 조성하겠다고 밝혔다. 걸음이 자꾸 흔들렸다. 갤러리 '아트 사이드' 자리는 골동품가게가 있었다. 지현이 초등학교를 다닐 때, 친구 아버지는 그 자리에서 골동품상을 하고 있었다. 친구와 지현은 친구의 아버지가 안 계신 틈을 타 가게를 통해서 안채로 들어갈 때도 있었다. 그 집 마당에 핀 옥잠화는 향기가 짙었다. 눈이 크고 키가 작은 지현의 친구는 중학교에 가면서 헤어졌다. 그 후로 한번도 만나지도 못한 친구의 커다란 눈동자가 나타나 슬프게 웃었다. 눈에 얼비치는 친구의 모습 뒤로 상고머리를 한 계집아이도 보였다. 오늘은 취하고 싶다. 지현은 비틀거리며 걷다가 K를 잊기 위해서, 감정의 주름 없이 매끈하게 헤어지기 위해서 다시 누군가에게 집착해야 한다는 절박한 심정이 되었다.

"흐흥, 못된 양반, 뭐, 통일을 위해 고민 한다구."

지현은 제감정의 파고를 스스럼 없이 드러내보였다. 향유처럼 의지할 데 없는 탈북자도 견뎌내는데 정 외로우면 그녀와 만나 술잔을 기울이는 방법도 있잖아, '바다'에 가면 향유를 볼 수가 있지, 그녀는 취기를 느끼며 마음 고샅에 있는 애증을 숨김없이 드러내고 있다. 어렸을 적 환상적인 악기였던 아코디언을 가슴에 품은 채 한반도의 역사와 함께 역경을 겪어 온 노인들이 소년기에 들었던 그 소리를 부활해내려고 향유에게 지도받는 모습은 아름다웠다.

"이 푸웅진 세상을 마안났으니 너의 희망이 무엇이냐아, 부귀와 영화를 누렸으면 희이마앙이 조옥하알까아."

낯익은 노래 소리가 들려왔다. 한복을 입고 머리를 묶은 초로의 남자가 길가에 앉아 흥얼거리고 있고, 대금이 낡은 가죽 가방위에 놓여 있다. 지현은 인사동 네거리에서 걸음을 멈추었다. 우리은행 옆에 '동일가구' 라는 큰 가구점이 있었고 그 옆으로 엠비씨 방송국과 동일 미장원과 가구점 이층에 동일 다방이 있었다. 지금 그 자리에는 근사한 화랑이 서 있다. 그녀는 이곳에만 오면 온몸의 피가 빠져나간 듯 헛헛해졌다. 계집아이는 거리에서 놀다가 어머니를 발견하고 뒤쫓아 갔다. 어머니는 이층의 다방으로 데바삐 올라갔다. 어머니를 놀래켜 주려고 뒤쫓아 그곳으로 들어선 계집아이는 당황했다. 어머니 앞자리에는 아버지와는 다르게 신사복을 입은 남자가 차를 마시고 있었다. 계집아이는 뒷걸음질쳐 계단을 내려왔다. 며칠 뒤, 어머니는 집에서 사라졌다. 동일다방의 그 남자는 평양에서 약혼식을 올렸던 어머니의 약혼자였다. 지현은 그 후로 그 다방 앞을 지나갈 때면 개고기를 베어 파는 좌판을 맞닥뜨린 것처럼 숨을 안 쉬고 고개를 모로 돌린 채 황급히 빠져나갔다. 그 후로 아버지는 어머니의 흔적이 있는 그 집을 당길심있게 지켰다. 계집아이는 그 때, 다방에서 본 남자에 대해 누구에게도 말 한 적이 없다.

지현이 K와 결별하는 걸 허둥대는 것은 어머니가 떠난 후에 생긴 지병이다. 자신에게 가까이 오는 사람에게 한번 집착하면 대마루판에 가선 죽음에 닿을 듯 깊어졌다. 사춘기를 만족스럽게 보내지 못한 사람은 평생 행복을 느낄 수 없다는 말이 떠올랐다. K는 그녀의 겉모습을 헤집고 그 속내를 훔쳐보는 예리한 눈빛을 가졌다. 오늘 따라 저 깊은 곳에서 풀썩거리며 누군가를 흡수하려는 열정이, 허무룩하게 몸을 휘감았다. 계집아이 곁을 떠날 때 어머니는 사십 세였다. 사진첩의 군데군데에 기계충 앓는 아이의 머리통처럼 계집아이의 흔적을 떼어간 자국이 남아 있었다. 어머니는 아직도 그 사진을 간직하고 있을까. 인사동 블루스는 저녁 아홉시부터 열한시 사이에 절정을 이루었다. 향수병이 도진 손님들이 취기로 목청껏 젖히는 '두우만 가아앙 푸우른 무울은' 풍금의 반주까지 합세해서 인사동 골목 밖으로 기세 좋게 퍼져 나갔다. 신문사 기자들은 선배취객들이 이차로 몰려들면 화장실에 가는 척하고 슬쩍 사라졌다. 원로들은 못 이룬 첫사랑 얘기를 늘어놓거나 사회주의자였던 아버지 얘기를 하거나 세상에서 자기 아내가 가장 무섭다고 엄살을 떨다가 마지막에는 정치 얘기로 넘어갔다. "씨발, 북한에 자꾸 퍼준다고 욕 하는데 그래봤자 오천 억이야. 대우 김 우중이 말아먹은 돈이 얼만지 아슈? 20조 원이 넘어요."

지현은 이드거니 여유있는 표정으로 얘기를 들어 주었으나 이젠 그들의 얘기를 들을 기회도 사라지고 향유도 떠났다. 지현은 지분거리는 취객에게 냉소적으로 반응하면서도 K에 대한 마음을 표현하지 못하는 자신의 성격이 던적스럽게 느껴졌다. K도 커피 맛이 좋은 집을 찾아내 다시 정을 붙일게다. 향유를 태운 차가 사라지는 걸 바라볼 때부터 마음속에 격랑이 일었다. 조금만 참자. 박 현 선생 빈소에 가서 실컷 마시고 울리라. 어디선가 만수향 냄새가 흘러나왔다. 우리은행의 간이창구에 창백한 불빛만 깜빡거린다. 그 불빛에 '간따후꾸' 라는 포플린으로 된 원피스를 입은 계집아이가 곱다시 떠올랐다. 자잘한 꽃무늬가 그려진 원피스는 허리에서 커다란 리본을 묶게 되어 있었다.

   아버지는 풀어진 리본을 다시 묶어 주고 삼청동 산으로 데리고 가서 사진을 찍어 주었다. 아버지는 꽃밭에서 사진을 찍으면 꽃이 화려해서 지현이 얼굴이 예쁘게 나오지 않는다고 나무그늘에 세우기도 하고 풀밭에 앉히기도 했다. 어머니가 떠난 후 계집아이는 아버지 몰래 어머니가 자기를 데리러 올 것이라고 굳게 믿었으나 그 기대가 무너지자 그 후로 풍금에 손을 대지 않았다. 어머니의 영상과 호된 쌈박질을 벌여오다가 지칠 무렵 즈음에 아버지는 여자친구를 집으로 데리고 들어와 함께 살게 되었다. 아버지는 점점 살림이 어려워져 새어머니가 근근이 벌어서 생활했다. 그녀의 서글서글한 눈매와 눈웃음이 어머니와 닮았다. 지현에게 고여 있던 그리움이나 불만은 누구를 향해 터뜨려 볼 사이도 없이 세상과 사귀기가 급해졌다.

   초등학교 동창생이던 남자와 결혼을 했고 그 후에도 다니던 회사에서 일을 했다. 무리를 했는지 유산이 되었고 홀시어머니 소유로 된 집은 지현이 매달 생활비를 지불하고 하숙을 하는 처지였다. 유산 후 이 세상에 그녀의 소유로 된 것은 아무 것도 없다는 심한 우울증에 시달렸다. 남편은 이재에 밝은 어머니와 아내 사이에서 사랑받는 것만 즐겼지 아내를 배려하는 데는 인색했다. 항공회사에서 화물을 다루는 남편은 삼교대 근무로 늘 잠이 모자랐고, 그녀는 여전히 자신의 소유로 된 무엇인가를 갖지 못했다는 갈증에 시달렸다. 어느 날, 새벽녘을 전속력으로 지나가는 트럭의 소음을 들으며 집을 나섰다. 그녀의 어머니가 그랬듯이 누군가로부터 지령을 받은 것처럼 홀연히 움직였다. 발길 닿는대로 휘적거리며 걷다가 경적음에 놀라 뒤를 돌아보았다. 전조등 불빛이 지현의 얼굴을 되쏘았다. 몸을 피하며 강렬했던 비바람이 사위어간 여름의 밤하늘을 바라보았다. 캄캄한 하늘 한쪽에서 연기가 스멀거리며 피어오르고 슬픈 피리소리가 들려왔다. 살풀이춤을 추는 선생의 하얀 버선목이 얼비쳤다. 그는 긴 회랑의 한가운데를 긋고 한마리 비오리처럼 날아갔다. 염을 마친 뒤. 아홉 개의 구멍은 막혔고 사지는 결박되었을 터인데 저렇게 자유롭게 날아갈 수가 있을까. 승천하는 학 같던 자태를 다시는 만나지 못할 줄 알았는데, 지현은 맥이 빠지는 절망에 허방을 짚으며 고꾸라졌다. 여전히 그녀가 소유한 것은 아무 것도 없었다.

한 무리의 취객이 그녀를 스쳐갔다. 다시 일어서려는데 두 다리에 강한 힘이 실리는 것을 감지했다. 그녀는 천천히 발짝을 떼어보았다. 다리가 허공으로 들어올려지며 그녀의 몸이 공중으로 떠올랐다.

완 나잇 인 방콕

홍콩에 도착해서 다시 방콕행 비행기로 갈아탔다.
홍콩까진 세 시간이 걸렸고 이제 두 시간 정도 더 가면 방콕에 도착한다. 내 옆에는 이십세 가량의 청년 둘이 앉았다. 청년에게서 비릿한 쇳가루 냄새가 난다. 운동화도 더럽고 청바지는 무릎이 찢어져 속살이 보인다. 락가수 같기도 하고 가출한 청소년 같기도 하다. 조금 전 면세점의 화장품가게에서 샘플로 내놓은 향수를 뿌렸더니 옆 좌석에서 풍기는 냄새와 어우러져 머리가 아프다. 나는 신문을 펼쳤다.
대구 지하철 참사에 대한 기사가 지면을 가득 채웠다. 정신질환자가 저지른 불특정다수에 대한 복수극이었다. 눈을 감았다. 가슴이 고두 뛴다. 정도희가 떠오른다. 유난히 광채가 있는 눈빛이 어둠을 뚫고 내 눈을 찾아 다가온다. 나는 눈을 감았으나 그녀가 내눈을 헤집고 눈 속으로 들어온다. 호흡이 불규칙해지고 서서히 온몸이 뜨거워진다. 아직 원망이 남아있구나. 나는 중얼거린다. 더 이상 생각하지 않으려고 다른 기사로 시선을 옮겼다. 연예란의 가벼운 기사를 읽지만 불쾌한 기운은 고스란히 남아서 머릿속을 선회한다. 나는 와인을 주문해 마시고 잠을 청했다.
 돈무왕 국제공항에 도착했다.

 혼자 여행한다는 게 그렇게 어색한 줄 미처 몰랐다. 기내에서 스튜어디스가 피자를 먹을거냐 아니면 닭고기를 먹을거냐고 묻길래 닭고기라고 말했다. 뚜껑을 열어보니 닭고기 옆에 푸른색 국수가 있다. 팅팅 불어서 차마 입을 댈 수 없는 국수였다. 닭고기도 껍질 채 얹어 있어 비위가 상했다. 옆 좌석에 앉은 부부는 남편이 알아서 거뜬히 자기 음식과 바꿔 주었다. 문득 아쉬움이 스쳤다. 나는 할 수 없이 빵만 먹고 끼니를 때웠다. 떫은 홍차만 두 잔을 마셨다. 옆좌석의 청년이 버터를 먹지 않길래 그것마저 얻어 먹었다. 마치 칼로리를 저장해야 하는 전쟁터의 병사처럼 말이다. 맛있게 식사를 하는 것으로 비쳤는지 가이드가 내게 다가와 식사를 더 하겠느냐고 묻는다. 나는 고개를 가로저었다. 가이드의 나이는 나와 비슷해 보인다. 이번 여행은 거의 절망상태에서 출발했다. 무기력한 자신을 곧추세워보려는 의지도 없고 그렇다고 그대로 움직이지 않고 있기엔 의식이 너무 또렷해 괴로웠다.
 나는 직장에서 떨려났다. 직장을 잃게 되니 자신에게 슬몃 화가 올라와서 잊기위해 출발한 여행이었다. 하필이면 일행 중 삼분의 이가 부부동반이라니, 괴로워질 것 같다. 여대생 둘도 나처럼 세대 차이를 느끼는지 일행과 떨어지려고 하는 행동이 얼비친다. 가방을 열어 친구가 타지마할에서 보낸 엽서를 들여다보았다. 여행사에 근무하는데 소식이 좀 뜸하다 싶었더니 느닷없이 인도에서 엽서가 날아들었다. 그 친구 역시 독신이다. 언제 다 정리하고 인도를 어슬렁거리고 있는지 그러고 보니 소식이 없는지 반년이 지났다. 내게 시인을 폐업하고 가이드시험이나 보라고 권유하던 친구다. 그 때 직업을 그것으로 전환했다면 지금의 초라한 모습은 면하지 않았을까 생각해 본다. 친구는 왜 여행사를 그만 두었을까. 그녀는 나의 지금 상황을 모른다. 알면 내말대로 하지 그랬니 라고 핀잔을 줄까. 시인은 직업이 아니다. 그렇게 내가 맞받아 버릴까. 엽서에 딸려 나온 종이는 기내에서 스튜어디스가 준 작은 봉투다. 유니세프에 동전 남은 게 있으면 헌금하라는 봉투다. 여행을 마치고 올 때 주어야 하는 봉투일 것 같은데 나는 그냥 가방에 넣었다.

 홍콩에 도착해서 지금 타고 있는 방콕행 비행기로 갈아탔다. 혼자 여행을 한다는 게 이상스럽게 보일까. 혼자 중얼거린다.

 나는 무기력하나 기내에서 창밖으로 보이는 파아란 하늘과 세제거품 같은 구름은 바다처럼 넓고 평화롭다. 바다를 헤엄치는 고래등에 내가 타고 있다는 착각이 들게 했다. 구름은 숟갈로 한 수저 푹 떠서 얼굴에 바르면 곧 살갗으로 스며들 것 같다. 아니면 가슴에 놓으면 소리없이 녹아버릴 것 같다.

 나는 어쩌면 어머니의 자궁속으로 다시 들어가고 싶은지도 모른다. 뭉게구름은 뾰족한 산이 눈에 쌓인 것처럼 구불구불하게 산봉우리를 이루고 있다. 그곳에 훌쩍 뛰어 내리면 쿠션에 파묻히듯 하늘로 올라갈까. 아니면 내 체중때문에 구름은 금방 내려앉을까. 저래 보여도 단단해서 나를 태우고 그저 소리없이 흐를까. 창에 기대어 눈을 감는다. 비행기 날개의 이음새가 조금 열렸다가 닫히곤 한다. 아마 균형을 잡는 건 아닌가 하는 생각이 든다.

언뜻 새 한 마리를 본 것 같다. 결혼할 뻔 했던 남자에게 그만 헤어지자고 했을 때 배신감에 찬 음성으로 낮게 읊조렸다.

"자유? 새들도 결국은 자신이 그린 지도에 따라 움직이는 것에 불과해."

하늘을 나는 새조차 어딘가에 갇혀 있다는 것, 바로 출구가 없는 폐곡선이라는 것을 남자는 설득시키려고 애썼다. 우리의 권태와 좁혀질 수 없는 거리감을 비유해서 말이다. 그러나 나는 이겼고 새가 되었다. 적어도 정 도희라는 여자를 만나기 전까진 무리없이 잘 날았다.

비행기가 도착하자 일행은 화장실에서 옷을 갈아입고 샌들과 선글라스를 착용했다. 그리고 일행을 태운 버스는 파타야로 향했다. 아침 여섯시에 인천에 도착해서 파타야까지 왔을 때의 시각은 저녁 일곱시였다. 언제 출발하든 목적지에 당도할때 까지는 꼬박 하루가 걸린다. 나는 부부팀 사이에 끼여 어색하게 식사를 했다. 저녁식사는 하룻동안 먹은 음식 중에서 가장 나았다.

우리는 식사를 마치고 싸맛이라는 이름을 가진 현지 가이드를 만났다. 싸맛은 한국말로 '나는 할 수 있다'를 의미한다고 한다. 그는 우리를 특급호텔로 안내했다. 나는 지친 몸을 끌고 정해진 객실로 들어가 바지를 벗고 츄리닝으로 갈아입었다. 누군가가 노크를 했다. 열어보니 가이드였다. 무슨 일이냐고 눈으로 묻자, 방을 비워달라고 한다. 엉겁결에 우선 가방을 들고 나왔다. 일행 중에 중년부부와 노부부가 있었다. 그들이 배정받은 방은 두 가족이 함께 사용하는 열쇠가 하나 밖에 없는 스윗 룸이었다. 두 커플 중에 한 커플이 열쇠를 갖고 있어야 한다. 그러니까 두 커플이 함께 행동을 해야 하는 번거로움이 있다. 환갑 기념여행을 온 중년부부는 잠자코 그 방을 사용하려는데 노부부가 거부한 모양이다. 가이드는 할 수 없이 대학생팀과 혼자 온 나를 그 방으로 안내했다. 나는 밤중에 오죽하면 이런 일이 생기나 싶어 아무 말 없이 방을 옮겼다. 문제는 또 생겼다. 대학생이 자기들이 사용할 방에 들어가 보더니 트윈이 아니라 더블 베드라고 했다. 열심히 아르바이트해서 모은 돈을 투자해서 온 여행인데 더블베드는 불편해서 싫다고 단호하게 말했다.

  나는 그들에게 내가 했던 것처럼 양보를 강요할 수가 없었다. 세대 차이도 나고 어찌보면 내 희생심이 그들을 불편하게 했을 수도 있다. 노부부는 그 밤에 라일락여행사에 전화를 걸겠다며 응접실에 앉아 시위를 했다. 이미 일은 벌어진 것이다. 가이드는 얼굴이 상기되어 정신없이 왔다갔다 했다. 결국 가이드가 쓰기로 한 방을 대학생들에게 내어주고 가이드는 자기 가방을 들고 올라왔다. 나와 한 문을 사용하는 방을 택한 것이다. 이제 내가 그럴 수 없다고 하면 모든 일은 뒤엉키고 말 것이다. 더 이상의 갈등은 야기시키고 싶지가 않다. 나는 졸지에 외간남자와 한 거실을 사용하는 두개의 방에 나란히 묵게 되었으나 당황하지 않고 누그러진 표정을 지어 보였다. 사박 오일간 의 일정에서 이박은 파타야에 머물게 되어 있다. 그 이틀 동안 나는 가이드와 함께 그 방을 사용하게 된 셈이다. 양보심을 발휘하려던 나 는 그만 덫에 걸린 꿀처럼 난감해졌으나 내가 그건 안돼요 라고 다시 문제를 원점으로 돌릴 순 없었다. 가이드는 미안하다며 내 등 뒤에 인사를 하는 것 같았다.

　나는 직장에 사표를 내고 쉬기 위해 떠난 여행이다. 얼마나 피로했 는지 모른다. 엄청나게 어이없는 일을 당한 후라 나는 내 나머지 인 생은 베풀면서 살겠다고 수없이 다짐하는 중이었다. 내가 곤경에 처 했을 때 나를 믿어주는 사람이 없어 외로웠던 그 기억이 되살아나면 나는 복수하는 길을 모색했다. 그 기억에서 해방되는 길은 남이 나처 럼 곤경에 처했을 때 이해해주고 도와주는 일이라고 생각했다. 베풀 고 자신을 비우겠다는 나의 결심을 시험하는 첫 번째 관문인 것처럼 이런 일이 내게 다가온 것이다.

　내가 그녀를 만났던 것은 작년 여름학기였다.
　그러니까 꼭 일년 전 일이다. 나는 시를 가르치는 강사였다. 나를 가르치던 선생님이 방송국의 구성작가로 옮겨가면서 나는 선생님의 자리를 물려받았다. 강의는 처음이라 서툴렀지만 워낙 글쓰기를 좋 아해서 열정 하나로 밀고 나갔다. 시집을 낸 후에 내 주변에는 아무 래도 문인이나 예술계에 종사하는 사람들이 많이 모였다. 좋은 질의 사람이라고 말하긴 뭐해도 나는 주위사람들을 자연스레 믿게 되었다.

사건은 작년 가을에 시작되었다. 내가 근무하는 회사는 수많은 종류의 과목이 있어서 사무실에서 관리한다. 신문사 계열이라서 인기 있는 과목만 강좌를 여는 백화점하곤 좀 지향하는 방향이 달랐다. 어느 날 사무실의 문학 담당자가 부른다고 해서 내려갔다. 강의실은 오층에 있는데 워낙 사무실에 내려갈 일이 없어서 좀처럼 관리자와 마주치는 일이 없다. 담당자는 넌지시 말썽을 부리는 회원이 없느냐고 물었다. 어떤 익명의 제보자가 전화를 했고 내가 제보자의 사생활을 캐고 다닌다는 말을 했다는데 그런 일이 있느냐고 묻는다. 누군가가 나를 험담하는데 본인이 누구인가는 밝히지 않는다고 담당자는 말했다. 나는 처음에는 가볍게 들었다. 그 일이 있고 나서 한 달쯤 지났을 때 다시 직원이 나를 호출했다. 사무실 앞의 휴게실에서 커피 잔을 놓고 마주 앉았다. 그 여자가 다시 전화를 했는데 고소를 한다고 하니 주의하라고 했다. 무얼 주의한다는 말인가 나는 되묻고 싶었으나 꾹 참았다.

"목소리는 어땠나요?"

"앳되고 고운 음성이었어요."

덧붙여 직원이 말했다.

"그 여자는 아마 최 선생을 무척 좋아했는데 무슨 일인가로 상처를 받은 것 같던데요."

그럼 지금은 나오지 않는 회원일테고 상처를 받았다면 내게 직접 전화를 하지 않고 왜 숨어 사무실로 전화를 하는가 라고 묻고 싶은 것을 다시 꾹 참았다.

　나는 주임과 헤어져서 강의실에 들어왔다. 주임에게 두 번째 경고를 듣고는 수업시간에 그 말을 그대로 회원들에게 공개했다. 누군가 짚히는 사람이 없느냐는 뜻도 포함되어 있었다. 떳떳하게 자신을 밝히지 않는 익명의 여자가 과연 누굴까. 비겁한 여자임에는 틀림이 없다.

　나는 세 번째 시집이 작년 12월에 나왔고 단골로 가던 생맥주집을 빌려 출판기념회를 했다. 시인들과 내가 초청한 친지와 회원들이 참석한 조촐한 모임이었다. 그 즈음 우리 반에는 경사가 잇달아 생겼다. 우경수 씨가 신인으로 등단을 했다. 두 군데의 신문에 동시에 응모했는데 먼저 G신문사에서 연락이 왔다며 우경수는 내게 의논을 했다. 원래는 두 군데에 같은 작품을 응모하지 못하게 되어 있었다. 아직 한군데에선 연락이 오지 않았는데 이럴 땐 어떻게 해야 하느냐는 물음을 받고 그냥 수락하라고 했다. 양쪽에서 동시에 합격이 되긴 힘들고 동시에 투고하게 되어 있지 않으니 내 의견대로 해주길 바란다고 덧붙이자 그녀는 그러겠다고 했다. 그녀는 출판기념회 때 회원들과 이차로 간 술집에서 아마 그 얘기를 자랑삼아 늘어놓았던 것 같다.

　나는 손님들과 자리를 옮겨 회원들과 어울리지를 못했다. 우경수 씨는 그간의 일을 상세하게 말했다. 그 회원들 중에는 지금은 나오지 않는 회원들도 더러 나타났다. 출판기념회를 축하해주러 나온 시 지망생 들이다. 다음 날 우경수 씨가 내게 전화를 했다. 큰일이 났다고

G신문사에서 문화부기자가 전화를 했는데 제보가 들어왔다고 했다. 어떤 여자가 우경수 씨 이름을 대면서 두 군데에 동시에 작품을 응모했으니 떨어뜨리라고 했다고 한다. 문화부기자는 무슨 이런 일이 있느냐고, 대체 그런 손해나는 얘기를 왜 떠들고 다녔냐고 무섭게 야단을 치더라고 했다. 그러니까 이차 술좌석에서 누군가가 우경수 씨 얘기를 듣고 나서 그 다음 날 신문사에 제보했다는 거다. 나는 그런 일이 있을 수가 있겠느냐고 음성을 높였으나 우경수 씨는 술자리에서 일어난 일이 확실하다고, 그 자리에 있던 누군가의 짓이라고 우겼다. 누가 그런 짓을 했을까 떠오르는 사람이 없었다. 나하고 일년 이상 공부하는 회원들이라서 내가 대충 성격이며 품성을 알고 있다. 우경수씨는 회원들이 기념으로 해주는 금반지도 사양하고 그 후로 다시는 우리 반에 나타나지 않았다.

나는 은밀히 반장과 얘기를 해보았으나 딱히 짚히는 회원이 떠오르지 않았다. 혹시 작품을 제출했다가 혹평을 받았거나 인신공격을 당한, 그래서 원한을 사고 떠난 회원은 없었나 더듬어 보았다. 남의 시를 베껴서 창피를 당했던 회원이 있었지만 벌써 일년 전 일이었다. 이제와서 주도면밀하게 계획을 세워 골탕을 먹일 정도로 품성이 나쁜 사람은 아니었다. 시를 쓰는 사람이 결코 그런 해악을 끼칠 순 없었다. 우경수는 그 후로 나를 만날 일이 생기면 장소를 다른 곳으로 정했다. 너무 정떨어지는 일이라서 다시는 강의실에 오고 싶지 않다는 거였다. 나는 그녀를 오히려 위로해 줄 상황이었다. 그 때의 그 사건이 언뜻 생각났다. 나를 괴롭히는 인물이 우경수를 해코지했던 범인과 동일인은 아닐까 하는 생각이 불현듯 떠올랐으나 억측이라고 생각을 지웠다. 사이코가 아닌 다음에야 남의 잘되는 일에 계속 재를 뿌리는 일을 할 수가 있겠는가. 나의 과민함을 누구에게도 발설하지 않고 뭉뚱그렸다. 원인을 알 수 없는 사건에 휘말려서 괴로워지니까 별의별 생각이 다 떠오른 거라고 생각했다.

내가 회원의 사생활을 캐고 다닐 만큼 할 일이 없는 사람이란 말인가. 대체 누구의 짓일까. 오년째 강의를 하지만 딱히 짚이는 사람이 없다. 굳이 누군가를 떠올려 보려고 했지만 지금은 그만 둔 사람들이라서 의심하는 것도 괴로웠다. 사무실의 직원은 그녀가 소송을 할지도 모른다며 마음의 준비를 하라고 했다. 고소하다니, 그런 사람이 자신을 드러내지 않고 있단 말인가. 나는 화가 나기도 하고 우울하기도 하고 슬슬 고민에 빠졌다. 시달림을 당하자 우경수 씨에게 전화를 해서 물어보았다. 혹시 그때의 사건과 지금 내가 겪고 있는 사건이 동일범의 소행이 아닐까요? 그녀는 이미 겪고 난 후라 떨떠름하게 대꾸한다. 글쎄, 그럴 수도 있지만 누군지 모르니 어떻게 하겠어요? 그녀의 심드렁한 음성에는 이미 쇼크가 회복되었다는 뜻이 내비쳐 있다. 그 전화를 건 후에 나는 그 일을 그만 또 잊고 지냈다.

다음 날 아침 나는 아침식사를 하러 방을 나갈때 가이드가 있는 방을 노크했다. 내가 나가니 나중에 문을 닫고 나오라고 말해야 했다. 로얄 수트는 비서를 대동한 고위직 관리거나 가족이 사용하는 고급 룸이다. 혼자인 내겐 불편했다. 그는 다행히도 나와 함께 객실을 나오며 열쇠를 내게 내밀었다. 나는 그에게 갖고 있으라고 했다. 우리는 서로 난처한 가운데 빙긋 웃었다. 가이드의 하얀 이가 상큼하게 빛났다. 혼자 여행하느라 일행과 어울리기가 불편했는데 가이드가 나의 말벗이 되어 주어 다행이었다.

나는 그 후부터 장소를 옮길 때면 가장 위치가 좋은 좌석을 배정받았다. 파타야의 해변에서 바나나보트를 탈 때는 그와 함께 탔다. 이인승 보트라서 누군가와 함께 타야했다. 이제부터 가이드를 그 라고 부르고 싶다. 그는 제주도의 관광대학을 나온 토종제주도 남자다. 그의 선량한 웃음을 보노라면 언젠가 제주도에서 만났던 소년이 생각났다. 이태전에 나는 제주도에 갔다가 말을 탔다. 내가 탄 말을 모는 소년은 십육세 정도 되어 보였다. 자기가 말에게 이름을 지어주었는데 이름이 '데이트' 라고 했다. 어른 구두를 신은 소년은 구두가 헐렁해서 걸을 때마다 신이 벗겨졌다. 소년은 데이트라는 낱말에 환상을 갖고 있는 것 같았다. 나는 소년의 허름한 셔츠를 입은 등판과 헐렁해서 벗겨지는 구두를 보았다. 제주도에서 돌아온 후로도 그 승마장에 가서 소년을 다시 만나보고 싶다는 생각이 간절했으나 결국 못가고 말았다. 가이드를 보고 있자니 그 소년이 생각났다.

그는 태국이 좋다고 한다. 소승불교의 영향을 받은 나라라서 가난해도 순진성을 잃지 않는 점이 여유있어 마음에 든다고 한다. 그날 밤, 그가 노크를 하길래 문을 열어보니 적포도주를 들고 웃으며 서 있었다. 나는 잠이 오지 않는 중이라서 그를 들어오라고 했다. 머독이라는 와인인데 그는 글라스도 준비했다. 우리는 가볍게 한 잔 마셨다. 나는 어떤 일을 하다가 그만 좌절해서 아무 생각없이 떠나온 거라고 간략하게 내 얘기를 했다. 그도 역마살이 있어서 이렇게 돌아다니는게 자유롭고 마음이 편하다고 말한다. 같은 과를 나온 여자친구가 여행사에서 근무하는데 그는 그녀를 좋아한다고 했다. 그런데 그녀가 점점 외국으로 출장을 가는 횟수가 늘수록 명품 브랜드를 사는 취미가 도졌고 그 도가 지나치다고 했다. 그런 사치병에 걸린 채로 어떻게 내게 시집을 오겠느냐고 심각하게 말했다. 너무 지나치게 과민한 게 아니냐고 물었더니 뒷주머니에서 지갑을 보여주며 이건 발리제품인데 그녀가 선물했고, 티셔츠를 보여주며 이건 던힐인데 역시 그녀가 선물했다고 한다. 그는 그녀를 좋아하지만 그녀의 낭비벽이 무섭다고 한다. 그가 나보다 한 살 아래였다. 병이 비자 내가 가방에 넣어 온 팩 소주가 생각났지만 너무 취할까봐 꺼내지 않았다. 그는 자기 방으로 가고 나는 침대에 누워 픽 웃었다. 설령 그와 내가 정사를 한다고 해도 누구도 모른다. 이런 해프닝이 벌어지다니, 사치병과는 전혀 인연이 없는 나와 인연이 되려는지 아닌지는 더 두고 봐야겠다 생각을하며 잠이 들었다.

　호텔의 창에서 바다를 내려다보면 바닷물 색깔이 이토록 변화무쌍한가 싶을 정도로 온갖 푸른색이 다 드러난다. 바닷속 모래 또한 백모래여서 아침 하늘의 다양한 색깔이 그대로 비치는 모양이었다. 흰 구름이 떠 있는 곳은 흰 물결이 일고 연푸른 하늘 밑에 있는 바닷물은 연푸른 물결이 일었다. 나는 파타야 해변에서 바틱으로 된 반바지를 샀다. 바지가 젖어서 갈아입어야 했다. 썰물, 물이 밀려간 자리에 흰 모래펄이 길게 이어졌다.

나는 처음엔 모래펄을 따라 천천히 걸어가다가 나중엔 두 주먹을 불끈 쥐고 모래펄이 끝나는 곳에서 누군가 기다리기라도 하는 듯이 힘껏 뛰어갔다. 모래펄 끝까지 뛰어가보겠다는 건 생각뿐이었다. 십분을 달려갔는데도 모래펄이다. 한국인 부부가 물이 빠져 나간 자리에서 사진을 찍고 있었다. 그들은 내가 부탁하자 친절하게 셧타를 눌러주었다. 해변으로 스콜이 지나갔다. 비를 피해 잠깐 천막으로 들어섰다. 주위에 온통 안개가 끼었다. 나는 타올을 어깨에 걸친 채 비가 내리는 바다를 바라보았다. 공기 중에 이내같은 기운이 서려 있어서 빗줄기를 바라보고 있는 그의 모습은 외로워 보였다. 나와 언뜻 눈이 마주치자 내가 먼저 피했다. 비는 매우 거칠게 내렸다. 시계를 보았다. 내 손목시계가 가르치는 시각에서 항상 두 시간을 뺄 것, 그래야 현지시간이 나온다. 내 시계는 바늘을 돌릴 수가 없게 되어 있다. 한낮의 하늘이 어두침침하게 바뀌었다. 뜬금없이 '가난해도 운명이라고 믿고 사는 이 나라 사람들이 너무 좋아요.' 그의 말이 귓전에 울린다. 하루에 우리 돈으로 삼천 원이 있으면 세끼를 먹을 수가 있고 옷은 떨어질 때까지 입는다고 한다.

두 번째 날 일행은 파타야의 거리를 누볐다. 우선 식사를 마치고 스파(spa)에서 푹 쉬었다. 스파에는 이천 오백년 역사의 태국 전통 스타일부터 현대식으로 응용한 것까지 다양한 종류의 맛사지 프로그램을 갖추고 있었다. 스파에 들어가자 은은한 허브향이 감돌았다. 준

비된 가운으로 갈아입고 담당 테라피스트의 안내를 받아 방으로 들어섰다. 맛사지를 받는 동안 명상음악이 흐르고 곧이어 완나잇 인 방콕이 흘렀다. 팀라이스의 노래였다. 창밖에서 부는 바닷바람이 시원했다. 잠결에 몸에서 아로마 향기가 나는 걸 느꼈다. 그 곳을 나와 술집으로 들어갔다.

　칠십 년대의 스탠드바같이 생긴 거리의 선술집에서 맥주를 마셨다. 술집 안에는 중 고등학생처럼 앳띤 여자들이 많이 서 있다. 태국여자는 키가 작고 가무잡잡해서 한국여성보다 나이가 어려 보였다. 그녀들은 외국인이 와서 술을 마시면 함께 친구가 되어주기도 하고 춤도 춰주고 오락도 하고 노래도 불렀다. 그리고 마음이 맞으면 외국인과 함께 밤을 지내기도 한다. 그런 술집이 거리에 좌악 깔려있다. 외국인이 왜 이 나라를 좋아하는지 이제야 눈으로 확인을 한 기분이다. 일행이 앉은 자리의 맞은편에서 한창 킥복싱을 하고 있었다. 붉은 불빛 아래에서 작은 체구에 마른 몸집의 두 남자가 글러브를 끼고 쇼를 하고 있고 우리는 오렌지 쥬스를 마시며 그 모습을 지켜보았다. 주위에는 수십 개의 스탠드바가 늘어서 있고 혼자 앉아서 술을 마시는 유럽계 남자들이 눈에 띄었다. 게이와 어린 여자들이 많고 여행경비가 저렴한 이 곳을 관광객이 즐겨 찾는 이유가 이해되었다.

　우리는 호텔로 돌아와 제각각 객실로 돌아갔다. 냉장고에서 와인과 안주를 꺼내들고 가이드가 내 방을 노크했다. 문을 여니 가이드와 싸맛이 와인병을 들고 흔들어 보였다. 와인은 탐스럽고 관능적인 색채를 띠고 있었다. 우리는 잔을 가볍게 부딪쳤다.

나는 취하고 싶었다. 나는 그들이 듣거나 말거나 중얼거렸다. 여기 오게 된 동기며 내가 직장에 사표를 쓰게 된 경위를 슬슬 풀어놓았다. 취기를 느끼니 몸이 가볍고 기분이 상쾌해졌다. 긴장이 풀리며 어깨에 새가 앉아있는 것처럼 행복했다. 오랜만에 사람에 대해 신뢰를 느낄 수 있었다. 다시는 사람을 믿지 않기로 한 지 얼마나 되었다고, 나는 타고난 본래의 성격대로 사람을 잘 믿는 자신으로 되돌아가 있었다. 싸맛이 내게 무슨 사연이 있어 혼자 여행을 왔는지 알고 싶다고 했다. 나는 침대에 걸터앉고 싸맛과 가이드는 양반다리를 하고 바닥에 앉아 스낵을 먹으며 내 얘기를 들을 자세를 갖췄다.

그러던 어느 날이었다.
우리 반 회원들과 수업이 끝나고 차를 마시고 있었다.
"선생님, 저 좀 보시지요."
회원이 옷소매를 붙잡고 웃어보였다. 무슨 말인가 하려는 강렬한 눈빛이었다. 그녀는 시인이면서 고등학교 교사였다. 보라색 표지의 "사하라 사막"이란 그녀의 첫 시집을 나는 기억하고 있다. 서정적이고 열정이 넘치는 시였다.
"정 도희라는 여자를 기억하지요?"
"네 기억하지요."
"혹시 전화가 오면 농담같은 거 하지 마세요."
나는 눈을 키워 무슨 말이냐고 물었다.
그녀는 물을 한 모금 마시더니 미간을 찌푸린 채 천천히 말을 했다.

"아무래도 이상해요, 수업시간에 선생님이 자기를 지적해서 이상한 얘기를 물었대요, 자기를 태진아가 부른 노래 옥경이에 나오는 주인공 같다고 했대나, 그래서 문화방송국에 아는 피디가 있어서 그 사람에게 태진아와 옥경이에 대해 조사를 했대요."

나는 탁자에 손을 얹고 바짝 다가앉으며 시현을 쳐다보았다.

"그게 무슨 소리야?"

"선생님이 도희씨를 옥경이 같다고 말한 적이 있나요?"

"글쎄, 난 기억에 없는데, 그래서 그게 어쨌다는 건데,

"자기를 옥경이같다고 해서 옥경이라는 노래가 나오게 된 경위를 추적했다는 거지요."

나는 가만히 생각해 보았으나 짚히는 게 없었다.

"태진아의 사생활과 자기는 관계가 없다는 말도 하던데."

나는 기억을 더듬어 보았으나 딱히 짚히는게 없었다.

"혹시 요즘 시중에 베스트 셀러가 된 책이 있잖아요, 초록물고긴가 하구 장미의 향기인가 하구, 그런 책은 왜 읽으면 안 되느냐고 해서 독자의 비위를 맞추는 작품과 우리가 대중을 리드하는 의식은 구별된다고 말한 적은 있어요, 그러다가 뭐, 옥경이라는 유행가와 고전음악의 차이를 말했던 것 같네요."

시현은 그랬구나 하는 태도로 고개를 끄덕거렸다.

"그리구 또 하나 물어봐도 되겠어요?"

나는 조금씩 기분이 묘해졌다. 너무나 말이 되지 않는 억지라서 그런 것들이 심각하게 받아들여졌다는 도희라는 여자에 대해 화가 났

다. 불안한 기색은 시인도 마찬가지다. 그녀는 물 컵을 들어 다시 한 모금 마시더니 말문을 열었다.

"저어기, 선생님이 정 도희의 사생활을 캐고 다닌 적은 없지요."

"아아니"

나 역시 시현과 눈을 마주치고 있으나 생각은 저 멀리 달아나 어둠 속을 바라보았다.

"그럼 됐어요, 혹시 도희가 전화를 하면 농담하거나 하지 마세요, 아무리 생각해 봐도 또라이 같아요."

그녀는 자리에서 일어나려고 하자 내가 그녀를 잡았다. 언뜻 스치는 느낌이 있었다.

"잠깐 부탁이 있어요."

"뭔데요?"

그녀는 엉거주춤 자리에 도루 앉았다. 내가 사무실에서 협박전화를 하는 회원에게 시달리고 있잖아, 혹시 그녀가 도희씨가 아닐까 하는 생각이 드네, 지금 말한 것 중에서 사무실의 담당자와 일치하는 대목이 하나 있어, 선생이 자기 사생활을 캐고 다닌다는 점 말이야, 저어, 나하고 사무실에 가서 도희씨에게 전화를 걸어줘요, 사무실 직원이 그녀의 음성을 알고 있으니까 동일인이라면 나는 한결 마음이 가벼워져요, 아무래도 정 도희가 그 제보자 같은데,"

시현은 그러라며 사무실로 향했다.

정도희는 집에 없었다. 나와 사무실 직원과 시현은 그녀가 집으로 돌아올 때까지 기다렸다. 한 시간이 지난후에 시현이 전화를 해보니 그녀가 돌아와 있었다. 사무실에서 직원은 다른 책상의 전화로 시인과 도희가 전화하는 것을 수화기를 통해서 엿들었다. 나는 사무실 밖의 홀에서 그들을 기다렸다. 이윽고 그들이 사무실에서 나오고 시인이 고개 짓을 해보였다.

나는 가슴이 내려앉았다. 정 도희라는 여자는 내게 호감을 보이던 여자고 나와는 사이가 비교적 좋은 편이다. 한번도 자기가 쓴 시를 낸 적도 없고 평소에 예의바른 편이라 내가 좋아하는 여자였다. 주임은 전화음성을 확인해주고 나서 이제까지의 문제가 해결되어 다행이라는 듯 웃어 보였다. 반신반의하던 나는 우두망찰 그 자리에 앉아 허공만 바라보았다. 우선 나는 집으로 돌아왔다. 이런 일이 내게도 일어나다니, 기가 막혔다. 나는 그녀에게 무엇을 잘못했을까. 생각나는 것이 전혀 없다. 허, 참 이라는 말만 자꾸 입 사이에서 새어나왔다. 이유를 알 수 없는 사건도 생기는구나. 갈등이 있거나 이해관계에 놓이거나 무슨 계기가 있어야 사건이 터지는데, 이건 전혀 추적해 볼 수가 없다는 점이 기가 막혔다. 너무나 얌전하고 다소곳하며 몸가짐도 조신했던 여자가 주임에게 세 번이나 전화를 걸어서 나를 내쫓으라고 했다니, 오히려 자기를 선생이 괴롭힌다고 하소연 했다니, 이건 돌아버릴 지경이었다.

기가 막히다는 것 말고는 그녀가 당체 미워지질 않았다. 실감이 나지 않는 것이다. 주소록을 찾으니 정 도희라는 여자의 전화번호와 주소가 나온다. 나는 문득 그녀에게 전화를 해보고 싶었다. 전화를 했더니 그녀가 받는다. 나는 문제를 만들고 싶지 않아서 그녀의 음성을 듣고 수화기를 내려놓았다. 그녀가 다음 날 내게 전화를 했다. 그녀의 전화에는 발신번호 표시장치가 있어서 내게서 전화 온 걸 알 수가 있었다.

"선생님, 전 정도흰데, 선생님이 우리 집에 전화를 하셨더군요, 무슨 일인가해서 전화드렸는데요."

그녀는 늘 그렇듯 한 음절씩 또박또박 끊어서 서울 말씨로 정확하게 발음했다. 나는 칼자루를 쥐고 있다고 생각해서 의기양양해졌다.

"내가 왜 도희씨에게 전화했을 것 같아요?"

"글쎄, 모르겠는데요."

"혹시 내가 정 도희 씨에게 섭섭하게 한 게 있었나요? 있었다면 내게 전화해서 풀 일이지 왜 사무실에 여러 번 전화를 했나요?"

"뭐라구요? 내가 사무실에 전화를 했다구요?"

그녀는 음성이 커지고 흥분을 했다. 나는 그녀를 혼내주고 싶었으나 저쪽에서 오히려 기세등등하자 혼란에 빠졌다.

"누가 그래요, 내가 사무실에 전화를 했다구, 내 음성을 누가 녹음해 놨대요."

그녀는 음성을 높이더니 순식간에 쏘아부쳤다. 어찌나 침착한지 자기 목소리를 녹음했느냐는 말까지 곁들였다.

"다 알아요, 시치미 떼지 마세요, 난 나하고 평소에 작품으로 야단을 맞은 회원들 중의 한사람인가보다 했어요, 막연히 누굴까 상상했지만 정 도희인 줄은 정말 몰랐어요, 우린 사이가 좋았잖아요. 다신 그러지 말아요."

"이거 봐요, 고소할 거야, 난 안 그랬다구."

나는 고소라는 말에 화가 났다. 그녀가 예상외로 완강하게 잡아 떼길래 어제 있었던 얘기를 해주었다. 나는 정 도희가 죄를 시인하고 풀이 죽을 줄 알았다. 사람이 자기가 겪은 경험 외의 것은 예측하기 힘들다는 것을 그 때 깨달았다. 이왕 추궁하던 거니까 저쪽의 사죄를 받고 싶었다. 일이 엇나간다는 걸 눈치챘더라면 나는 정 도희를 건드리지 않았을 것이다.

나는 그녀가 정상인이라는 착각을 하고 있었다. 저쪽에서 사람 잡는다고 펄쩍 뛰길래 상대가 되지 않는다는 생각에 남편이 있으면 바꾸어 보라고 했다. 그녀는 내말에 정신을 잃은 것처럼 흥분했다. 오히려 당신 남편을 바꾸라고 호통을 쳤다. 그때 나는 아무리 화가 났어도 가족 중의 한사람을 들추며 얘기를 확산시키진 말았어야 했다. 그 말을 내뱉고 나서 나는 후회했다. 정신장애가 있는 사람을 경험해 본 일이 없었던 나로선 제 무덤을 파는 꼴이 되어 버렸다.

"지독하게 걸렸군요, 스토커라는 거지요? 그래도 인기있는 시인이니까 유명세를 타는군요, 부러운데요."

"끔찍한 소리."

나는 그를 향해 등에 받히고 있던 쿠션을 집어 던졌다.

"당해보지 않은 사람은 정말 몰라요, 그게 얼마나 무섭고 기막힌 일인지, 보통의 사람들은 이쪽도 잘못이 있으니까 당하는거라구 생각하기 쉬워요, 마른 하늘에 날벼락이란 건 있을 수 없다고 생각하지요, 바로 주위 사람들의 그 생각이 나를 미치게 한다구요, 가까운 가족까지도 내가 뭔가 그녀에게 상처를 입혀서 당하는 거라구 생각하는데, 정말 힘들었어요."

"그래서요, 마저 들어보기로 하죠."

그는 구두를 벗고 바닥에 비스듬히 누웠다. 나는 그를 향해 침대에 있던 베개를 던졌다. 그의 상체가 활처럼 일어서더니 그걸 잡았다. 나는 와인안주로 감자칩을 꺼내서 내밀었다. 그는 정말 내 얘기를 흥미있게 듣고 있는 것 같아서 나도 자세를 가다듬었다.

그녀가 드러내놓고 본격적인 발작을 시작한 것은 그 전화통화 이후였지요. 그녀는 매우 흥분했고 자기의 전화를 도청한 자를 고소하겠다고 했어요. 시현과 나는 설마 그녀가 그렇게까지야 나올까 하여 안심했는데…….

그 다음 날 그녀는 사무실에 전화를 해서 막무가내로 국장을 바꾸라고 했다. 그 예상치 못했던 일이 눈앞에 드디어 벌어지고 있었다. 그녀는 우선 사무실에 전화를 해서 녹음을 했느냐고 물었고 순진한 주임은 녹음하지 않았다고 말했다. 증거가 없다는 것을 알자 그녀는 이쪽을 골탕 먹이려고 으름장을 놓았다. 모두들 그녀보다 어리석고 순진했다. 아니 정상인이니까 그녀의 농간에 휘둘릴 수밖에 없었다.

이 사건을 밖으로 새나가지 않게 조용히 처리하라는 국장의 엄명이 떨어졌다. 주임은 이 사건을 종결하기 위해 만나자고 했고 약속한 시간에 모두들 커피숍으로 모였다. 주임은 먼저 정 도희를 향해 목소리를 착각해서 미안하다고 사과했다.

그녀는 약간 턱을 앞으로 내밀고 왜 멀쩡한 사람을 잡느냐고 초롱한 눈빛으로 대꾸했다. 세 명의 죄인 아닌 죄인은 그녀를 향해 미안한 표정을 지어보였다. 쥐를 잡기 위해 독을 깰 수 없다는 속담이 언뜻 스쳤다. 이번 만남 이후로 자기 음성이 공개되었으니 다시는 괴전화를 하지 않으리라는 믿음 때문에 그녀를 향해 거짓으로 고개를 수그릴 수 있었다. 그녀는 시종 반짝거리는 눈가에 재치를 달고 높은 음성으로 재잘거렸다. 최 선생이 수업시간에 많은 실수를 했고 자기에게 이루 말할 수 없이 상처를 주었으나 그 많은 얘기를 다 할 수가 없어 답답하다고 한숨을 폭 쉬었다. 그녀의 모습은 연기를 잘 소화하는 여배우처럼 앙징맞고 처연했다.

마치 엑소시스트라는 영화에 나오는 장면처럼, 어느 날 소녀는 얼굴이 일그러지며 시멘트를 개어놓은 것처럼 보이는 것을 입으로 토해놓았다. 돼지 창자 같은 것이 입에서 꾸역꾸역 쏟아졌다. 소녀는 굵고 찌든 목소리로 신부에게 겁을 주었다. 뱃구레가 들썩거리며 그 속에서 뭔가가 꿈틀거렸다. 그러자 소녀의 몸이 경련하면서 침대가 마구 들썩거렸다. 소녀를 치료하려고 성수를 뿌리던 신부는 십자가를 손에 쥔 채 열어놓은 창문으로 들이친 강풍에 휘말려 창밖으로 몸이 날아가 즉사했다. 악령이 성령을 참혹하게 이기는 장면이다. 그 장면이 기억나며 나는 진저리를 쳤다. 나는 시립정신병원에서 환자를 위해 일년쯤 봉사를 한 적이 있었다. 처음에는 좋은 얘기를 하려고 찾아갔으나 그들이 외부에서 찾아온 사람을 몹시 그리워하고 자기 얘기를 하고 싶어한다는 걸 알고부터 주로 그들의 얘기를 들어주었다. 앞자리에 앉아 있는 환자들은 비교적 상태가 양호한 편이었으나 뒷자리에는 가수면 상태에 빠져 있거나 퀭한 눈으로 넋이 나간 듯 허공을 바라보는 환자들도 보였다.

어떤 남자환자는 링거를 꽂은 채로 얘기하고 있는 내 옆으로 슬금슬금 다가와 나를 만지려고 했다. 그러면 남자간호사가 그를 덥석 안아서 어디론가 데리고 갔다. 나는 그들을 만나면서 인간이 갖고 있는 현시욕구가 얼마나 강한지 알게 되었다. 그들은 자기를 알리려고 애를 썼다. 정 도희도 남을 해코지하면서 자기존재를 알리고 싶은 걸까. 지체부자유한 사람을 떠올리며 그보다 천 번쯤 위험한 병에 시달리는 여자를 정면으로 바라보았다. 안됐다는 생각이 들었다. 눈빛이 지나치게 반짝거렸고 조롱 담긴 눈가에 웃음이 자르르 흐르는 것이 괴기스럽게 보였다. 이상하게도 그녀가 지껄이는 말이 모욕적으로 들리지 않았고 벌이 윙윙거리는 소리가 귓전을 맴돌았다. 몸의 한부분에 쥐가 나서 그 부분을 주무르는 것처럼 지루하게 그녀의 얘기를 들었다. 내 감각은 마비되어 갈등이나 분노가 생길 여지가 없었다. 내게도 이런 일이 닥치다니 어이가 없을 뿐이었다. 그녀는 한참동안 지껄이다가 의기양양해져 돌아갔다. 돌아가고 난 후에 주임은 내게 말했다.

"제게 전화로 하소연하던 그 내용들을 거의 다 리바이벌했어요. 제가 바봅니까? 음성도 못 알아듣게."

주임은 괴상한 여자의 말도 되지 않는 소리를 오래 참고 들어야 했던 자신이 못견디게 불쾌했는지 퉁명하게 내뱉었다. 시현만이 내손을 잡고 잘 넘겼다고 위로해주었다.

며칠 후에 정 도희에게서 다시 전화가 왔다. 이번에는 왜 그전에 자기 남편을 바꾸라고 했느냐고 덤벼들었다. 시집도 못간 주제라고 빈정거렸다. 그걸 꼬투리 잡아서 그 후부턴 나의 휴대폰과 집으로 연신 전화를 해댔다. 이젠 경어도 사양하고 너라고 하며 덤볐다. 어느 날인가 전철을 타기 위해 여의도 광장을 지나가고 있었다. 휴대폰을 받으니 다짜고짜로 욕이 튀어나왔다.

"이 개 같은 년아."

나는 그 후로 휴대폰을 아예 꺼 버렸다. 벨소리가 들리면 무서워졌다. 이런 일이 왜 생기는 걸까. 하필 내가 미친개에게 물렸을까. 개는 사람을 가려서 무는 게 아니다. 우울해졌다. 범인임을 알면서 일을 해결하기 위해 사과했건만 우리의 작전은 완전히 빗나갔다. 내 생각에 맞춰서 추리한 게 잘못이다. 내가 아니꼽게 보일 짓을 한 걸까 반성도 해보려고 했다. 아무리 우회해서 설명해도 때로는 야단을 칠 수도 있는데 그걸 고까와 할 인연조차 없었지 않은가. 입장 바꾸기 게임처럼 곰곰이 나는 생각에 빠졌다. 정 도희는 집으로 자주 전화를 했다. 어머니가 받으니 그녀는 나를 욕하면서 고소하겠다고 을렀다. 어머니는 내 얼굴을 바라보더니 혀를 찼다. 결혼 안하고 혼자 살더니 욕을 보는 거라고 엉뚱한 말을 했다.

그녀는 모든 말을 오류로 해석하고 생각없이 떠들었다. 어머니에게 "딸이 주임과는 깊은 관계야." 그런 말을 하기도 했다. 선무당처럼 집으로 전화해서 툭툭 내뱉는 저주에 어머니는 몸져 누웠다. 모두들 나를 의심의 눈빛으로 바라보았다. 가장 믿는 가족이 나를 그렇게 바라보는 심정은 정말 견디기 괴로웠다. 그러면서도 나는 속수무책으로 강의를 하러 문화센타로 나갔다. 강의실이 있는 오층으로 올라가는데 시현과 사무실에서 올라온 주임이 오층의 휴게실에서 얘기를 하고 있다가 나를 손짓해 불렀다. 가슴이 털썩 내려앉았다.

　전날 사무실이 발칵 뒤집혔다고 했다. 정 도희가 국장에게 전화를 했고 나를 자르지 않으면 가만두지 않겠다고 했으며 주임과 내가 중국에도 같이 간 사이라고 말했다고 한다. 주임은 그 얘기를 하면서 얼굴이 벌개졌다. 주임은 신혼생활중이고 나와는 석 달에 한 번 정도나 얼굴을 볼까 하는 사이다. 굳이 사무실에 내려갈 일이 없고 있어도 반장을 시켰다. 주임은 그런 전화가 국장 앞으로 걸려오자 무안하고 실망스러워 은근히 내게 불만을 표시했다. 나도 혼란에 빠졌다. 앞뒤 판단을 할 수가 없을 만큼 나는 피곤했다. 주임은 자리에서 일어서며 마지막 경고를 했다.

　"이 일을 더 이상 진전시키면 사무실에서 선생에게 책임을 묻겠습니다."

　그는 자기와 나에 대한 불미스러운 소문까지 사무실에 퍼지자 몸을 사리며 내게 적의 어린 시선을 보냈다. 나는 진딧물이 잔뜩 낀 붉나무 잎새처럼 숨을 쉴 수가 없었다. 이제 나는 도와줄 사람이 아무도 없구나 생각하니 불길한 징후가 눈앞을 어지럽힐 뿐이었다. 강사직을 내놓게 될지도 모르는 급박한 사태로 번져나갔다. 이 사건을 수습하지 않으면 물러나야 한다는 압박감보다 더 나를 힘들게 하는 것은 이런 일이 왜 하필 내게 닥쳤는가를 미련하게 파고드는 자신에게 있었다. 점점 나도 피해의식에 사로잡혀갔다.

나는 수업시간에 이 사건을 회원들에게 공개하고 수습하려고 노력했다. 사무실에 항의하겠다는 회원들의 강경한 태도도 있고, 우선 국장을 만나서 더 구체적으로 이쪽도 피해를 입고 있음을 설명하자는 의견도 나왔다.

나는 수업을 하지 못하고 마침내 그동안 쌓였던 억울함이 폭발해 눈물을 보였다. 간혹 연예인들이 스토커에게 시달린다는 기사를 보게 되면 그럴만한 일이 있었겠지 하며 가볍게 넘겼다. 스토커 때문에 이사를 가고 입원을 하고 시달리다 못해 숨어버리는 사태까지 나와도 건성으로 아니 흥미로 보아 넘겼다. 내가 당하고 보니 이건 원인도 없고 아무런 실마리도 없이 일방적으로 가해지는 폭력이다. 회원들의 의견대로 일단 사무실의 국장을 만나보았다. 국장은 사건에 대해 해명하자 도와주겠다고 했다.

나는 사무실에서 나와 경찰서로 갔다. 수사과장은 사촌오빠였다. 오빠를 만나 의견을 들었더니 혼내주자고 했다. 형사계에서 경험을 가진 자로서 느끼는 점이 있나 보다. 대개의 경우 범인을 보면 그의 어머니부터 자기 자식까지 세습된다고 하며 오빠는 그녀의 주소지를 파악하고 연화동 관할 강서경찰서에 전화를 해서 과장에게 동생이 갈 테니 도와달라고 얘기했다. 나는 드디어 칼을 뽑은 것이다. 문화센타 국장은 고소하기로 했다는 얘기를 듣고 앞으로 국장을 찾거나 혹은 주임에게 오는 전화는 일절 받지 않겠다고 했다. 오빠가 시키는

대로 나는 녹음기를 샀다. 세운상가를 돌아다닌 끝에 휴대폰 크기만 한 고성능 소형녹음기를 장만했다. 주인은 녹음을 하는 시범을 보여주고 건전지를 두 개 더 주었다. 전화기에 꽂고 녹음을 하니 음성이 선명하게 들렸다. 이제부턴 그녀의 전화를 오히려 내가 기다리게 되었다. 고대하던 전화는 녹음기를 산지 이틀 후에 걸려왔다.

 그녀는 이쪽에서 녹음하는 걸 아는 것처럼 차분하고 교양있게 처신했다. 순간 나는 누군가가 내가 녹음을 한다는 걸 그녀에게 알려주었을지도 모른다는 생각이 들었다. 험한 일을 당하자 주위 사람들에 대해 불신을 나타내는 자신을 보며 초라해졌다. 독이 오른 뱀처럼 움직이다가도 한순간에 모든 기력이 쇠진해졌다. 그녀는 내가 다음 학기 전까지 사표를 쓰지 않으면 자기가 강의를 훼방 놓으러 나타나겠다고 으름장을 놓았다. 마음대로 하라, 난 사표를 낼 이유가 없다고 하자, 그녀는 한음 낮아진 음성으로 나에게 괴로워서 자기 얼굴을 보며 수업을 할 수 있겠느냐고 물었다. 순간 심리학을 전공한 친구의 얼굴이 떠올랐다. "범인은 내게 정말로 피해를 봤다고 생각한다는 것을 기억해야 해." 나는 그만 둘 일이 없다고 그녀의 생떼를 단호하게 잘랐다. 그녀가 내게 욕을 한 것을 인정하게 하려고 나는 며칠 전에 있었던 일을 꺼냈다.

 "왜 험한 욕을 했지요?"

 "생각할수록 화가 치밀어서 그랬어요."

 정 도희는 오도깝스럽게 순순히 시인했다. 대체 이 여자는 나의 어떤 행동에 화가 났다고 진지하게 말하는지 어이가 없었다. 그 어느 것 한 가지도 기억할 수 없는 것을 그녀는 되풀이해 열거하며 상처받았다는 것이다. 나는 수없이 그 여자는 정상이 아니라고 입력시켜 놓고도 말을 할 때면 까맣게 잊어버리고 분노에 떨었다. 어렸을 적 방아깨비 다리 한 쪽을 떼어내고 좋아하던 아이의 모습과 개미굴 입구에서 팔각 성냥 통을 들고 불을 놓던 기억들이 머리 속을 기어 다녔다.

눈앞이 안보이고 노오란 절망의 늪으로 급격히 잦아드는 자신을 느꼈다. 내가 자괴감에 빠지자, 그럼 미친 개가 사람을 가려가며 물어요? 우경수 씨가 내게 되쏘았다. 내게 교만한 마음이 생겨 그걸 고치라고 이런 일이 생겼을거야, 불안감을 견디지 못해 나는 자주 혼자 중얼거렸다.

그녀와 전화를 한 내용을 담은 테잎을 들고 녹취해주는 사무실을 찾아갔다. 녹취 테잎과 고소장을 함께 제출해야 고소가 성립되었다. 그녀의 음성이 고스란히 담긴 테잎이 생기자 기운이 났다. 이제까지 초죽음이 되어 끌려 다니던 나는 사라지고 공격을 하게 되자 시퍼런 기운이 넘쳐났다. 그녀의 주소지가 있는 강서구의 경찰서로 찾아갔다. 과장은 내게 조신한 성품의 조사계 직원을 소개해 주었다. 조사계 직원의 책상에는 못다한 일들이 쌓여 있었다. 의자에 앉아 잠깐 기다리는 동안 나는 친구에게 휴대폰을 했다. 그녀는 마침 집에 있었다. 그 동안의 사건을 잘 알고 조언을 해주던 심리학을 전공한 친구다. 그쪽 계통에서 일을 해서 정신병을 앓는 사람의 증상을 본 것처럼 꿰뚫어 보았다. 경찰서에 있다고 하자 친구는 말렸다. 정 도희를 고소하는 게 바람직하지 않다는 거였다.

　나는 그녀의 말을 듣기로 했고 슬며시 그 자리를 빠져나왔다. 친구의 말 중에서 가장 섬뜩하게 들린 말이 귓전에 맴돌았다.

　"이쪽에선 그녀의 집착이 어서 빨리 다른 곳으로 옮겨가게 해 달라고 비는 수밖에 없어." 친구의 그 말은 너무나 기가 막혔다. 누군가가 나처럼 또 다시 상처를 입고 헤매어야 한다는 거다. 치유될 수는 없다는 말이다. 그녀는 어딘가를 굴러다니다가 어떤 사람에게 다시 들러붙어서 내게 보인 이런 집착을 보일 것이라는 얘기다. 달리 뭐라고 말할 수가 있겠는가. 동료가 등단한 것이 배가 아파서 그 신문사에 전화를 하고 선생이 자기반 회원의 사생활을 캐고 다닌다고 사무실에 전화를 하고 앞으론 누구를 잡고 그 긴 명줄이 끊어질 때까지 괴롭힐 것인가. 이건 악령이 살아있음이야, 나는 경찰서 마당의 긴 의자에 앉아 바람에 흔들리는 나무를 보며 중얼거렸다. 당한 만큼 고스란히 갚아줄 셈으로 아침에 경찰서로 올 때만 해도 의기양양했었다. 핸드백에서 고소장을 꺼내 두손으로 구겼다.

　오년 동안 전혀 이런 일이 일어나지 않은 게 신기하고 다행스러웠다. 헐리웃 영화의 연쇄살인범이 떠오른다. 창백한 얼굴에 미소까지 띄우며 침착하게 사람을 죽이는 범인이 잡혔는데 살인을 하는 이유가 없다. 그저 계속 사람을 죽이는 거다. 정 도희가 내게서 사라지면 누군가를 지목할 것이다. 마치 태풍처럼 계속 누군가를 찾아다닐 것이다. 누가 다음 차례인지는 모른다. 가족도 그녀의 병을 모를 지도 모른다니, 그동안 그녀가 보여준 침착한 태도가 소름끼치게 한다. 그녀와 말을 하다보면 늘 내가 흥분을 하고 그녀는 침착하다. 그녀의 병이 얼마나 진행된 상태인지는 누구도 모른다. 그녀는 내게 상처 입었다고 생각하는 것만은 분명하다. 그녀의 입장에서 나는 반드시 벌을 받아야 하는 죄인이다. 이건 몸이 부자유스러운 것보다 훨씬 악마적 저주를 받지 않았는가. 나는 고소를 취하하고도 몸이 야위어가고 말이 없어지고 우울해져 갔다. 사람을 기피하는 현상이 잦아졌다. 혼자 있다가도 놀라고 잠을 잘 때는 전기에 감전된 사람처럼 갑자기 부르르 떨며 일어나기도 했다.

  나는 아주 먼 길을 가고 있었다. 가다가 다리쉼을 하려고 짐을 푼 곳이 아름다운 정원이 있는 집의 뒷마당이었다. 일행은 그 집의 뒷마당에서 땀을 닦고 있었다. 나는 생전에 그렇게 아름다운 꽃을 본 일이 없었다. 너무나 빛이 고운 꽃들이 사방에 피어 있어서 입을 다물지 못했다. 우선 꽃의 색깔들이 처음 보는 것들이었다.

  나는 주변을 걸으며 꽃을 만지거나 냄새를 맡기도 하고 꺾기도 했다. 그 때 사방에서 선녀처럼 치렁치렁한 옷을 입고 나타난 여자들이 내게 속삭였다. 이곳은 당신이 머물 곳이 못 됩니다. 이곳은 뱀의 집입니다. 곧 뱀이 몰려옵니다. 그녀들의 눈빛은 선량하고 슬퍼보였다. 나는 그만 기가 질려 손에 들고 있던 꽃을 놓고 도망치려고 했다. 그 다음 장면은 일행들은 어디론가 사라지고 나는 하얀 사면의 벽에 갇혀 있었다. 언뜻 샤워실 같다고 생각했다. 그리고 아메바같은 무형질의 검은색 물질이 내 몸에 척 달라붙었다. 검고도 윤이 나는 그것은 정충같기도 하고 피를 빠는 거머리같기도 했다. 어깨에 붙은 것을 떨어내려고 나는 고개를 돌려 그곳을 보며 소리를 질렀다. 사방에서 염산냄새가 났다.

나는 도망치려고 애를 썼다. 천지가 눈이 부셔 눈을 떴다. 나는 잡혀먹었는지 아니면 무사히 도망을 쳤는지 잠에서 깨어 생각을 해보았지만 기억나지 않았다. 차마 자신이 잡아먹히는 장면을 볼 수가 없어 꿈에서조차 지워버렸는지도 모른다.

나는 그 신비로운 정원이 바로 악령이 우글거리는 소굴이었다는 것이 무엇을 전달하려는 계시였을거라고 생각했다. 눈에 보이는 세상의 어느 것이 악이고 어느 것이 선인가. 악한 것일수록 신비하고 아름다운 빛을 띄고 유혹한다는 말인지, 갑자기 쏟아진 우박을 맞은 듯 넋이 빠졌다.

싸맛과 가이드는 술이 모자라는지 방에서 나가더니 팩 소주를 가져왔다. 공동으로 사용하는 냉장고가 거실에 있었다. 열려진 문사이로 응접실 불이 켜지면서 그가 부스럭거리는 소리가 들렸다. 술에 취해 꾸역꾸역 토해내는 내 지난 얘기를 들으며 지루해져서 잠시 담배를 피우러 나갔는지도 모른다. 그는 돌아와서 탁자에 머리를 박고 꾸벅꾸벅 졸았다. 뒷얘기는 다음 날 마저 해주기로 하고 싸맛이 먼저 자기 방으로 돌아갔다. 일행 중에서 누구도 우리가 가까워진 것을 눈치채지 못한 것 같다.

그는 잔잔하게 웃으며 나를 바라보았고 짜릿하게 목젖을 넘어가는 알콜에 취해 나는 음성이 고조되었다. 그가 나를 누이고 불을 꺼준 것까지는 기억이 났다. 그 후에 모닝콜소리를 들었다. 언제까지 마셨는지 알 수가 없었다. 그의 입김이 내 귀에 후끈 전해졌던 것 같기도 하고 느껴지길 바랐던 것 같기도 하고 그가 내 얘기를 들어주어서 눈물을 흘린 것 같기도 하고 그가 내 얘기를 끝까지 지루하지 않게 듣게 하려고 다리를 꼬고 요염하게 앉아있던 것 같기도 하다. 혼미한 상태에서 나는 그에게 실수를 하고 싶을 수도 있었고 했는지도 모르겠다. 그렇게 전혀 예기치 않은 상황이 여행중에 벌어졌다.

우리는 이틀 후에 방콕으로 날아갔다. 사원을 보기 위해 루캄팍이라는 나룻배를 타고 달렸다. 차오프라야 강은 물결이 구불구불 흐르고 있었다. 배가 속도를 내자 물이 튀어 올라 옷이 젖었다. 후드득 쏟아지는 빛살의 물결은 마치 구렁이가 기어가는 것처럼 유연하고 부드럽게 흘렀다. 누렇고 혼탁한 강물에 돋을새김으로 떠오르는 시커먼 색깔의 물고기는 가물치같은 모양새였다. 용이 되지 못하고 이무기로 오래도록 한을 품은 물고기로 느껴졌다. 적개심이고 허탈감이고 이미 과거의 산물에 지나지 않았다. 가면을 쓴 그녀가 저 강에서 헤엄을 치며 하늘로 오르고 싶어 펄쩍 뛰어 본다. 그녀가 노는 저 강물도 병색을 띠고 있다. 큰 물고기는 배가 방향을 틀자 내가 앉은 자리의 왼쪽 물위를 차고 갑자기 튀어 올라 나를 놀라게 했다. 늘 자신이 서 있는 곳에서 떨며 불안해하는 나는 그럼 무엇일까. 도희는 그렇게 규정지을 수 있지만 자신은 더 알 수가 없다. 정작 도희를 이기게 해 준 것은 격렬한 운동이었다. 나는 한없이 걸었다. 나중엔 관절이 지쳐서 다리가 꺾어졌다. 정신이 아무 것도 생각할 수 없을 때까지 걸었다.

　불교국가에서 만난 인간의 삶과 풍경은 사람이 살아가는 실태를 정직하게 드러내주는 듯해서 마음이 편했다. 뒷좌석에 앉은 부부가 보인다. 환갑기념으로 여행을 왔다는 부인은 카메라로 강 풍경을 찍고 남편은 팩 소주를 꺼내 목을 축인다. 배 안 가득 싣고 온 삶의 무게가 부부의 모습에서 전해진다. 이 강물이 맑고 푸르렀다면 오히려 위선처럼 보일지도 모른다. 물속에서 가끔 몸을 날리는 물고기는 몸체가 시커멓다. 요란한 소리를 내며 보트가 근접해오더니 몽키 바나나를 내민다. 내민 손의 주인공은 백발의 노인이다. 앞니가 듬성듬성 남아있는 할아버지의 눈빛은 삶의 피곤이 덕지덕지 얼룩져 있었지만 철학자같이 보였다. 누군가가 그 바나나를 사서 하나를 자르고 뒷좌석으로 넘겼다. 나도 바나나를 들고 노인을 향해 웃어보였다. 노인을 실은 배에 더 이상 과일은 없었다.

　그는 이제 집으로 돌아갈 것이다. 배는 노인의 낡은 몸만 싣고 반대방향으로 질주했다. 배가 멀어지자 노인의 눈썹이 푸른색이었다는 기억이 살아났다. 수상가옥들이 더러 보였다. 물위에 떠있는 집을 보니 그곳이 내 고향처럼 그리워지며 사는 일이 까닭없이 눈물겹다. 살아온 날을 만지작이며 살아갈 날을 헤아려본다. 배가 머리를 돌린 후에도 내 시선은 물위의 집에서 떠나지 않았다. 원래 모든 집들은 그렇게 물위에 떠있었는지도 모른다. 언뜻 살림도구가 보였다. 낯익은 모습이다. 자궁속의 양수에 싸여 열 달을 지낸 습관대로 물결을 타고 살아가는 그들이 부럽다. 비가 오면 그대로 흔들리고 그 흔들림에서 오히려 정신은 흔들림을 다잡으려고 애쓰지 않을까 그런 생각이 든다. 나는 비를 좋아한다. 엑스터시를 피운 마약중독자처럼 나도 비를 만나면 평화와 나른한 안정감과 세상이 갑자기 내안으로 안겨오는 환락을 느낀다. 비가 내릴 때 화를 내거나 남을 괴롭힌 일이 거의 없다. 비는 내가 양수 속을 헤엄치듯이 나를 보호해주고 감미롭게 안아주었다. 조금씩 물결 따라 배가 움직이고 나도 흔들리면서 평화를 느낀다. 비가 오면 그들은 물위에 누워 무슨 생각을 할까. 세간이 언뜻 보이는 집도 있다. 엉성한 지붕과 물위에 떠있는 네 개의 기둥과 그 위에서 흔들리며 입 맞추는 부모와 그의 자식들, 그리고 보트는 달린다. 보트에서 쟈스민 꽃으로 목걸이를 만들어 파는 원주민여자를 만났다. 그녀는 가무잡잡한 얼굴에 선한 미소를 짓고 좌석을 돌며 손님들에게 일일이 목걸이를 걸어준다.

 나는 고개를 저었고 그녀는 그 다음 좌석에 앉은 손님을 향해 다가갔다. 꽃향기가 짙고 매혹적이었다. 보라색과 아이보리색의 조화가 차고 고혹적이다. 부두에 배가 도착했고 마악 내리는데 가이드가 내 목에 목걸이를 걸어준다. 그가 나를 주려고 샀나보다. 내 온몸이 흰 바탕에 보라색 무늬가 있는 화려한 꽃이 되었다. 쟈스민 꽃목걸이는 걸을 때마다 화려한 향기를 풍긴다. 갑자기 내가 아름답다는 생각이 든다. 이런 기분을 느낄 수 있다는 게 신기하고 아픈 곳이 치유되는 듯 하다. 저자거리를 뚫고 우리가 당도한 곳은 새벽사원이라고도 부르는 왓 아룬이었다. 아침에 보았던 화려하게 치장한 에머랄드 사원이나 사리탑들과 다르게 석탑이 잿빛 그대로 자연스러웠다.

나는 그 자태에서 풍기는 품위에 압도되었다. 오랜 풍파에도 불구하고 자연스러운 제색으로 당당하게 서 있는 탑이 마음에 들었다. 일행 중 한 부인이 허리를 곱송그려 절을 한다. 압도당한 마음을 추스르느라 꼼꼼히 사원을 돌아보았다. 돌로 만든 탑에 손을 대자 얼음처럼 싸늘한 회반죽의 질감이 느껴졌다. 무언가 내 가슴에 다가왔으면 하는 바램으로 사원을 돌아 내려와 뒤뜰에 섰다. 뜨거운 해가 노염을 푼 나무그늘 아래, 한 떼의 고양이가 누워서 한가롭게 잠을 자고 있다. 검은 돌비석과 무덤처럼 그 모습이 잘 어울렸다. 길게 누운 고양이의 옆모습과 엎드려서 고개를 두발 위에 올려놓은 채 눈을 감고 있는 고양이의 무리가 퍽 인상적이다. 늠름한 고목의 서늘한 그늘은 고양이의 아지트였다. 이리저리 흔들리는 잎새들이 한없이 나른하고 공허해 보였다. 꼬리뼈에 간직되어 있는 인간 이전에 대한 그리움같은 것이 내 몸을 결박 지었다.

검은 고양이들이 로마시대 궁녀들처럼 균형 잡힌 몸을 눕히고 몰려있고 유독 무리에서 떨어져 한 쪽에 길게 누워있는 고양이는 고야의 '벌거벗은 마하 부인' 같고 그 옆에서 나를 바라보는 고양이는 마네의 '올랭피아'에 나오는 검은 고양이와 비슷하다. 그들은 다음 세상에서 환생할 사람이 순서를 기다리고 있는 것 같다. 중세기 그림에서 본 듯한 고양이 무리를 속으로 세어 보았다. 한 명, 두 명, 세 명, 그렇게 많은 떼의 고양이를 만난 것도 필연같이 느껴졌다. 오래된 사원과 그 옆의 검은 고양이는 스케치하고 싶은 충동을 일으켰다. 일행 중의 한 부인은 그곳의 의자에 앉아 다리쉼을 하려는 남편을 급한 어조로 말리며 병균이 옮을 것 같다고 양지쪽으로 잡아당겼다. 그 균은 전생에서 묻어 온 열쇠일지도 모른다. 고양이들은 산고를 치른 어미처럼 늘어져있다. 진득한 침을 흘리고 연신 가쁜 숨을 몰아쉬며, 자신은 알 수 없는 다른 세상을 헤맬까. 도희라는 여자 역시 그 균이 묻어 이생에서 건강하게 살 수 없게 된 것은 아닐까, 그런 생각이 묵연하게 뇌리를 스쳐갔다.

  존재의 존엄함을 풍기고 있는 절과 고양이 눈의 홍채는 신령과 악령이 뒤엉켜 있는 듯 했다. 밤이 되고 달이 뜨면 이 풍경은 어떤 모습으로 변할까. 검은 고양이들은 울부짖을까. 고목의 가지사이로 뛰어 다니며 혹은 석탑을 돌며 새벽이 될 때까지 나름대로의 한을 풀기 위해 헤맬지도 모른다. 고양이 한마리가 내게 다가 왔다. 고양이의 눈빛에서 윤기가 돌았다. 그때 정 도희의 긴 머리채가 나무가지를 휘감더니 이윽고 내 몸을 친친 감았다. 나는 정 도희와 한 몸이 되어 정신이 몽롱해질 때까지 맴돌았다. 느티나무가지에 허벅다리를 베일 때마다 피가 흐른 부위가 시원하게 느껴졌다. 그녀의 숨결과 체온, 땀이 내 몸처럼 감지되며 나는 손등으로 이마를 닦았는데 그건 내 얼굴이 아니라 정 도희의 얼굴이었다. 어디선가 고양이의 앙칼진 울음소리가 들리고 찬바람이 내 뺨에 닿았다. 나에겐 누군가의 영혼에 어둠을 드리울 그 무언가가 없었다고 생각 했었는데, 그녀와 나는 전생에 얽힌 사연이 있었던 것 같다. 나는 바람소리를 들으며 그 정적의 일부가 되어 한참을 그곳에 머물렀다. 누군가 내 팔을 거세게 잡아 당겼다. 돌아보니 가이드가 활짝 웃고 있다.

'안 가요?'

주변에 있던 일행은 벌써 배를 타러 선착장을 향해 가고 나만 덩그라니 남아 있었다. 수십 번이나 태국이 좋아서 그저 이유없이 다녀갔다는 그, 수상가옥에서 살고 싶다고 말한 그가 내 옆에 서 있었다. 물위에 흔들리면서 섹스하고 싶고 흔들리면서 밥을 먹고 흔들리면서 아이들과 놀고 싶다고 했다. 그의 눈빛에 서늘한 바람이 가득 고였다.

방콕시내로 돌아가기 위해 다시 배에 올랐다. 한가로운 몸짓으로 비상하거나 하강하는 몇 마리의 새가 조성해내는 평화로운 풍경에도 불구하고 왠지 모르게 그 일대의 날 빛은 지나치게 투명해서 오히려 냉랭해 보였다. 어느 사원의 마당에 세워진 불상의 목덜미가 언뜻 스쳤다. 물위에 흔들리며 아침에 눈을 뜨고 매일 아침 부처의 뒷모습을 바라본다면 욕망이라는 괴물도 점차 삭을 것만 같다. 비오는 날은 집에 누워 비를 맞고 있는 부처의 뒷모습을 올려다보며 흔들리는 거다. 매순간 판단하고 선택해야 하는 세상살이에 적응되지 않아서 이곳으로 스며들어 몇 개월을 흘러 다녔다는 가이드의 마음이 실감되었다. 누구나 최초의 고향은 물과 친근하게 지내던 자궁속이다. 물위를 떠다니며 몸 자체가 늘 흔들리며 살고 싶다는 그의 얘기가 비로소 이해가 될 것 같다.

나는 대각선으로 메고 있던 여권가방을 열고 수첩을 꺼내 종이 한

장을 찢어 내 휴대폰 번호를 적었다. 그에 대한 호감이 바뀔까봐 배에서 내리자마자 쪽지를 건넸다.

그가 어디서 났는지 도인이 소를 몰고 가는 깊은 계곡이 그려진 부채로 바람을 만든다.

"가이드 시험을 보지 않을래요, 내꽈 같은데?"

"내 꽈?"

내가 눈을 키우며 되묻자 그가 엉너리를 쳤다.

"같은 부류란 말이지요."

아마 그는 내가 직장에 대한 고민을 심각하게 하는 줄로 안 것 같았다.

"내게 사람이 하나 필요해요, 보조가이드가 말이에요."

"내 옆에서 경험을 쌓으면서 시험을 치도록 해요, 내가 태국행은 문제없이 잡아놓을게요."

그의 눈빛 속에 담겨있는 주황색 불덩어리를 보았다. 나는 가까이 보려고 몸을 그가 있는 쪽으로 기울이는데 그가 무안한지 빠른 어조로 말하고 거두어 갔다. 그의 보조가이드라, 누군가는 나를 필요로 하기도 한다는 것이 속속들이 웅크렸던 마음을 풀어주었다. 그의 무례함이 왠지 기분 좋았다. 하마터면 우리도 싸맛처럼 부부가 되어 이 나라에 눌러 앉자구요. 그런 진한 농담이 나올 뻔 했다. 목구멍에 걸려 근질거리는 것은 농담이 아니라 고마움일지도 모른다. 진지하게 나를 염려해주는 그의 눈빛에서 나는 만삭이 된 어미 고양이같은 포만감을 느꼈다. 혹시 이 남자를 만나려고 나는 험한 길로 서둘러 온

건 아닐까 설핏 그런 생각도 들었다. 태국이라는 나라는 모든 걸 인연이라는 틀로 연관지어 생각하게 만들었다. 역시 사람을 믿는 게 불신보다 이롭다는 생각도 겹쳐 떠올랐다. 라사의 폭염을 감수하며 거리를 헤매고 있을 친구의 모습이 떠올랐다. 자신을 허섭쓰레기 몸탱이로 풀어놓고 지금은 어딜 헤매고 있을까. 너의 역마살에는 이 직업도 좋잖아? 돌아다니면서 시를 써야 진짜 맛들인 시가 나오지. 오래전에 친구가 들려준 말이다. 관광공사에서 치르는 자격증 시험을 볼까, 처음으로 심각하게 생각해보았다. 도마뱀이 잘린 꼬리를 원상태로 회복하듯 똬리를 틀고 있던 자신이 서서히 그 매듭을 풀고 있었다.

방콕에서 홍콩으로 날아가고 그곳에서 이틀동안 여행하고 그러면서 가끔씩 우리의 눈빛은 부딪혔다. 나는 귀국하던 날 비행기에서 내가 쓴 경비를 점검하고 있었다. 내 옆의 빈자리에 소리없이 그가 다가와 앉았다. 수첩에 기록하던 것을 그가 본 듯 웃는다.
"매사를 늘 꼼꼼하게 적어요?"
나는 대답하지 않고 수첩을 접었다. 그가 내 수첩을 펴서 볼펜으로 무엇인가를 적는다.
"공항에 도착해서 직행버스 288번 타는 곳 앞에서 기다리겠습니다."
그는 일어나서 통로로 사라졌다.
나는 그가 적은 수첩의 글씨를 다시 읽어 보았다.

지방시 화장품백이 17불, 가이드비가 40불, 바틱 반바지 22불, 해변에서 산 슬리퍼 4불, 시티투어와 안마가 57불, 홍콩야시장 옵션이 30불,
　남은 돈으로 시바스 리갈을 사고 한화 칠천 원이 있음.
　여기 오길 잘 했음, 위기라고 느낄 때 비로소 철저하게 자신으로 돌아온다. 모든 것은 거기에서 시작된다.

걷는 사람
뛰는 사람
바쁘게 차를 모는 사람
멈춰서도 초조하게 입술을 깨무는 사람
차를 마시면서도 양미간에 주름을 잡는 사람
그러나 이 모든 것들을 지켜보며
이 모든 것들 밖에 있는 또 다른 사람이 있다
그는 뛰는 법이 없이
서두르는 법이 없이
파란 신호등 앞에 가던 걸음을 멈추고 서서
생각에 잠긴다.
'어디로 간단 말인가
누구에게 간단 말인가
난 오늘 직장을 잃었다.'
그의 분주하던 주위가 순간 정지한다.

그는 얼굴을 들어 사람들을 본다.
사람들은 환한 빛 속에 있다가 순간 꺼져버린다.
거리는 한낮의 그림자들로 가득하다.
그는 목덜미에 서늘한 기운을 느끼며 뒤돌아본다.
뭉툭한 그림자가 그를 밟고 서 있다.

이철성의 시 '그림자'

　수첩에는 그런 것들이 적혀 있다.
　나는 짐을 찾은 후 일행 중 눈이 마주치는 사람들과 목례를 하고 그가 수첩에 적어놓은 곳으로 향했다. 나는 텅 빈 버스정류장에서 기다렸다. 가랑비가 흩뿌리며 이마에 닿았다. 콘크리트냄새가 물씬 풍겼다. 버스정류장에는 젊은 여자 둘이서 버스를 기다리며 신문을 본다. 덩치가 큰 버스는 창문마다 짙게 선팅을 해서 장의차처럼 음울하고 굼뜨게 움직였다. 신문도 보고 얘기도 하고 그러는 젊은 여자들의 모습을 바라보며 이제 한국에 왔구나, 그런 생각을 했다. 그들의 환한 웃음이 허공으로 퍼져나갔다. 이젠 좀 다른 인생을 살 수 있을 것 같은 느낌이 들었다.
　이제부터 정말 여행을 하고 싶다는 엉뚱한 생각을 떠올렸다. 집으로 가는 버스가 오지 않아서 조바심 난 여자처럼 나는 그 자리에서 맴돌았다. 갑자기 집이 아닌 어딘가로 떠나고 싶다는 맹렬한 기운이 나를 휘감았다. 그 설레임은 기막힌 아이디어가 떠오른 창작가의 것처럼 흥분이 되고 불안하기까지 했다. 비 때문인지도 모른다고 나는 중얼거렸다. 이제부터 진짜 여행을 하리라는 욕망이 스멀거리며 내 전신을 휘감았다.

나는 그 기운이 빠져나가지 않도록 두 주먹을 꼭 쥐었다. 그는 저만치서 여행 백을 끌며 다가오고 있다. 이마를 덮은 그의 머리카락이 바람에 다시 펄럭이고 있다. 코끼리 트래킹을 할 때 내 옆에 앉아 바람에 흔들리며 머리가 이마를 덮을 때의 모습이 떠올랐다. 이제는 그의 팔소매를 오래도록 잡고 있어도 무관할 것 같다.

"많이 기다렸어요?"

나는 고개를 끄덕이며 짙어오는 어둠 속에 비안개로 자욱한 사방을 둘러보았다. 빗물에 어룽지는 길은 비어 있고 콜탈을 칠해놓은 것처럼 번질거렸고 그 속에 어둠이 녹아 있었다. 저만치서 노란 불빛이 흔들리며 다가왔다. 장의차같은 버스를 보며 그가 말했다.

"이 비에 우리도 흔들리고 싶지 않아요? 방콕의 수상가옥처럼."

나는 고개를 주억거렸다. 이미 나는 물위에 떠 있었다.

어디선가 완 나잇 인 방콕의 노래소리가 들려왔다.

삼 개월 후,

동화작가인 후배가 휴대폰을 했다.

"혹시 아는 여자 중에 경국대 대학원에 다니는 사람 있나요? 지원 선배 친구라면서 내게 전화를 했어요. 지원이가 나를 무척 욕하고 다녀서 너무 딱해서 전화했다더군요. 혹시 그런 여자 아세요?"

"아니."

"정말 황당하고 그럴 리가 없는데 싶어서 전화했는데 역시……."

그는 시투렁히 말했다.

"목소리가 혹시 차분하고 서울 말씨에 삼십대쯤의 음성이던가요?"

"네, 맞아."

"작년에 고소하려다가 취하했는데, 아직 내 곁을 떠나지 않았군. 녹음해놓은 것도 갖고 있어. 아무튼 미안해, 꼭 작년 이맘때쯤 이었는데, 다시 도진 것 같아."

"혹시 그 녹음된 음성을 내가 들을 수 있을까요?"

"집에 가서 들려줄께."

나는 휴대폰의 폴더를 닫았다.

내 시집에 해설을 써주었던 후배, 정 도희는 아마 책에서 그의 이름을 외운 다음에 문인협회 같은 데에서 전화번호를 알아냈을 것이다. 후배 정체를 알리지 않는 여자가 대뜸 전화해서 자기를 비난한다고 말하자, 나를 만난 지가 일년이 넘었다고 한마디로 일축했다. 그가 고마웠다. 정 도희는 사람을 잘못 짚었다. 그녀는 아직 끌리는 집착의 상대를 찾지 못해 내게 머물러 있었다. 차오프라야강에서 본 등이 시커먼 물고기가 떠올랐다.

정 도희를 알 수는 없으나 그녀에게 상처를 주었던 기억이 앙금이 되어 잠들어 있다가 나를 보자 불현듯 되살아 났을 것이다. 나의 음성인지 얼굴인지 아니면 분위기인지 알 순 없지만 그녀는 자신도 모르게 적개심이 일어났고 응징해야겠다고, 다신 상처받지 않겠다고 별렀을 것이다.

  태풍은 바람을 몰고 다니다가 자기가 닿고 싶은 곳에 비를 내린다. 정 도희의 무의식의 언저리에 괴어있는 바람은 아직 내게 머물러서 꽃잎을 열고 있었다. 나는 그 음험한 꽃잎 속을 담담하게 들여다 보았다.

도쿄, 까마귀

나리따 공항에 도착하던 날, 오전에 비가 내렸다. 이제부터 무엇을 타고 어디서 내려야 선배가 알려준 숙소에 도착할 수 있는지 무척 당황스러웠다. 일본에 온 것은 처음이었으며 순전히 쉬고 싶다는 생각 때문이었으나 여행지를 잘못 선택했다는 생각이 들었다. 지하철 노선도를 들여다보며 나는 입을 다물지 못했다. 상형문자를 해독하려는 고고학자처럼 나는 하염없이 지하철 노선도를 바라보았다. 열 다섯 개의 지하철과 전철 노선이 엉킨 실타래처럼 얼기설기 이어져 있었다. 일본에서는 땅 속으로 달리는 열차만 지하철이라고 부르며 그 밖의 열차는 모두 전철이라고 한다. 노선 표에 표시된 역 가운데 둥근 칸에 이름이 들어가 있는 것은 모두 갈아탈 수 있는 역을 뜻한다는 것은 우리와 같다.

나는 전철을 타고 우에노 역까지 갔다. 그다음 도쿄 시내를 빙빙 도는 야마노떼센을 타고 일단 신쥬꾸 역에서 내렸다. 역주변의 택시 정류장으로 갔다. 여전히 으스름한 날씨였고 빗방울이 머리 위로 흩날리기 시작했다. 전철역 앞에 늘어서 있는 택시를 탔다. 내가 건네준 쪽지를 보고 기사는 호텔의 위치를 안다고 고개를 주억거렸다. 다행이었다. 나는 그제서야 긴장을 풀고 의자 깊숙이 몸을 구기박질렀다. 가로수가 음산하게 드리워져 있는 골목으로 접어들어 내가 묵기로 한 숙소 앞에 차가 도착했다.

빗방울은 점점 거세졌다. 재일본 한국 YMCA호텔은 한국인이 운영하는 중급 숙소였다. 선배가 단골로 이용하는 숙소라고 소개해 주었다. 동경시를 안내하는 지도를 보니 오쨔노미즈 역에서 도보로 7분 거리에 있고 스이도바시 역에서는 오분 거리에 위치해 있었다.

나는 후론트에서 예약했음을 알리고 열쇠를 받았다. 객실로 올라가는 엘리베이터를 타면서 보니 로비에는 유럽의 청년들같이 보이는 운동선수들이 유니폼을 입고 군데군데 모여 앉아 얘기하고 있었다. 승강기는 5라는 숫자에 빨간색의 불이 들어오면서 멈췄다. 문이 열리자 복도에 양탄자가 깔려있고 고서가 진열되어 있는 책장이 보였다. 오래된 책에서 나는 매캐한 냄새가 익숙하게 느껴져 나는 깊게 숨을 들이쉬었다. 과연 선배가 권할 만한 격조있는 분위기였다. 방은 비좁았다. 지극히 필요한 것만 있는 간결하고 절제된 공간이었다.

트렁크를 열고 옷을 갈아입는데 어디선가 소리가 들렸다. 새소리였다. 음산한 날씨와 골목에 드리워진 고목과 그 소리는 왠지 무거웠던 마음을 위로해주는 느낌이 들었다. 가라앉은 거리를 창밖으로 내려다보면서 나는 비로소 잘 왔다는 생각을 했다. 옷을 갈아입고 식사를 하러 거리로 나갔다. 거리는 한산했다. 우동집에 들어가 지나가는 사람들을 바라보았다. 건너편에 커피전문점이 보였다. 그 집은 마당에 의자를 마주보게 배치하지 않고 거리를 향해 일렬로 늘어놓았다. 유럽식 카페의 풍을 그대로 모방한 것 같았다. 비가 와서 그런지 빈 의자들이 쓸쓸해 보였다. 나는 식사를 하고 길을 건너 카페로 들어갔다. 에스페레소를 주문하고 거리풍경이 한눈에 들어오는 창가로 가서 앉았다.

처음으로 혼자 떠난 여행이었다. 일본어를 전공했지만 회화엔 자신이 없었다. 작년에 우울한 일이 많이 일어나 거의 정신을 차릴 수가 없었다. 올해 뜻밖의 돈이 들어오면서 여행을 결심하게 되었다. 시골에 있던 땅이 토지 수용령에 의해 돈이 되었다. 그 땅은 어머니가 재혼하면서 양부로부터 물려받았다. 그곳에 도시개발공사에서 아파트를 짓게 되었다고 보상금을 주었다. 시골까지 가지 않아도 되었다. 주택공사에 가서 소정의 서류를 제출하면 내 통장으로 입금이 되었다. 그 땅이 수용령 밖에 위치하지 않아서 다행이었다. 밖에 있었다면 한 평의 가격으로 내가 받은 돈의 이십 배쯤 되는 가격을 받을 수가 있다. 백만 평이 넘는 아파트단지의 가장자리에 상가건물이 들어설 테니까. 그렇게 되면 미워하던 의부의 재산을 거머쥐게 되어 괴로웠을텐데 내가 받은 돈은 양심에 찔리지 않을 만큼 적은 돈이었다. 고래를 잡으러 떠나는 여행은 아니지만 약간 흥분이 되었다. 오빠가 죽고 난 후, 나는 식도염으로 고생이 심했다. 오빠와 그리 좋은 사이가 아니었음에도 나는 한동안 우울증에 시달렸다. 아마 나와 상관없는 의부의 재산이 내게로 떨어진 데 대한 불편함이 자신을 감옥에 가

둔 것 같았다. 아직까지 유예기간이라 숨을 쉴 수가 없이 답답할 때가 더러 찾아왔다. 어느 날은 식도가 경련을 했다. 구렁이가 먹이를 몸으로 감아쥔 후에 힘으로 옥죄어 으스러뜨리듯 식도가 뻣뻣해지며 그 대찬 줄기가 머리끝까지 치뻗어 목을 쥐고 거실을 뛰어 다녔다. 다섯 살 때 동자승으로 절에 들어갔다가 서른다섯에 탈속했다는 스님은 식도에 막힌 기가 몰려있어서 그러는 거라고, 암이 될 수도 있다고 겁을 주었다. 빈 속인데도 식도에 경련이 오고 답답한 것이 이물질이 막혀있는 기분이 들었다. 이러다가 목을 잡고 쓰러지는 게 아닐까 하는 두려움이 들었다. 위내시경 결과 아무 이상이 없었고 재차 병원에 가서 호소하자 신경안정제를 처방해 주었다. 의사가 뭐라고 병명을 말했는데 잊어버렸다. 기다란 호스가 위속을 휘저을 때마다 토악질을 하고 싶어 온몸을 가능한 오무렸다. 모니터에 내 위장의 모습이 선명하게 찍히고 있는 중이었다.

"자아, 이제 십이지장을 봅시다."

호스가 좀 더 깊이 내장 속으로 들어가고 나는 아찔함으로 눈꼬리 짬에 눈물이 고였다.

자율신경계에 제동을 걸어서 죄책감으로부터 해방되려는 걸까, 나는 환자복을 벗고 옷을 갈아입으며 중얼거렸다. 의학상식을 가진 사람에게 치료방법에 대해 넌지시 물어보았다.

"마음을 열고 용서하세요, 화해하면 나을 것입니다." 추상적인 방법이었다.

어떤 한의사는 이렇게 말했다. "매핵기라고 하는데 목에 매화씨가 걸려있는 기분이 들며 마음을 비우면 나아집니다."

 어느 날 해당화에 대한 신문기사를 읽고 떠오르는 게 있어서 글을 썼다. 그 작품은 청탁도 없고 너무 음산해서 책상구석 어딘가에 틀어박혀 있었다. 그로부터 반년쯤 지난 뒤에 오빠는 급성간암에 걸렸다. 작품에서의 설정이 그대로 실현되었다. 그리고 꼭 삼 개월만에 오빠는 벽제 화장터의 뒷동산에 뿌려졌다. 평소에 간에 문제가 있지도 않았다. 스트레스가 급작스레 간으로 왔고 기초 체력이 약해진 오빠는 그 병을 견디지 못한 것이다. 동부 이촌동의 한 병원에 입원해 있을 때 나는 문병을 갔다. 오빠는 누워 있다가 나를 보고 간신히 한쪽 입술을 일그러뜨리며 웃어보였다. 내가 일어나 가려고하자 부탁을 했다. 뉴욕에 종신교수로 있는 친구에게 보낼 봉함엽서 두 장과 서점에서 쑥뜸으로 간을 치료하는 책을 사다 달라고 했다. 오빠는 쑥 뜸으로 간을 살려내고 싶은 의지가 있었던 것 같다.

 나는 베개 밑에 돈을 넣어주고 돌아섰고 그 두 가지 부탁을 들어주었다. 평소에 오빠에 대한 신뢰가 없었던 터라 그 후로 나는 더 이상 병실에 가지 않았다. 내가 오빠를 위해 간호를 해주길 바란다는 말이 들려왔으나 나는 모른 척했다. 오빠에게는 딸이 있고 헤어졌지만 유산때문인지 병원을 들락거리는 전처도 있었다. 내가 구태여 오빠를 위해 간호를 할 까닭이 없다. 이제 와서 혈연을 내세워 간호를 강요하는 오빠의 행동이 염치없는 일이라고 생각했다. 너무나 많은 배반감을 준 오빠이기에 나는 냉정해졌다. 나는 오빠의 장례식때만 병원에 나타났다. 갑자기 내가 해야 할 일에 대한 책임감이 마구 솟구쳐

올랐다. 무엇이라고 변명해야 할 말을 만들어내야 하는 유가족들의 울음소리를 들으며 나는 얼마간의 불편한 시간을 가져야 한다는 생각으로 몸을 떨었다.

오빠가 영구차에 실릴때 천주교신자들이 성가를 불러주었고 나는 울음을 터뜨렸다. 냉정하게 바라보던 나를 구제해 준 눈물에 대해 나는 얼마나 감사하는 줄 모른다. 그 이전에도 그 이후에도 눈물은 더 이상 나오지 않았다. 벽제로 가는 동안 버스 속은 조용했다. 아버지가 다른, 전쟁의 소용돌이에서 아버지의 얼굴도 모르는 채 태어난 이복 오빠가 이제 영원히 잠들기 위해 길을 떠난다. 공교롭게도 오빠가 가신 날은 현충일이었다. 오빠의 친구들은 오빠가 유골함에 담겨 나올 때까지 기다리느라고 공원의 벤치에 모여 있었다. 암을 극복하고 열렬한 기독교 신자가 된 C오빠, 이렇다 할 직업 없이도 약사부인덕에 잘 사는 G오빠, 위암수술로 위가 이제 절반만 남은 P오빠의 모습이 나무그늘에 가려져 침울해 보였다.

나는 오빠의 죽음을 바라볼 책임이 있는 자처럼 샅샅이 날아가 버리는 과정을 지켜보았다. 허무했다. 빵을 굽는 오븐처럼 생긴 틀 위에 여러 개의 관이 병렬했고 불가마속으로 들어갔다. 두어 시간을 기다리자 은색의 납골함에 담겨 나온 오빠를 보았다. 유언대로 한줌의 재는 까마귀가 떼를 지어 나는 유택동산에서 공기 중에 하얗게 뿌려졌다. 분진이 되어버린 영혼은 이제 남김없이 그 존재가 사라져 버렸다. 오빠의 죽음은 나와 무관하다. 어차피 사람은 죽게 되어 있고 남매가 나이 순서에 따라 죽은 것은 자연스러운 이치다. 나도 언젠가는 죽는다. 화장터에 오지 않았지만 어머니는 울고 계실 게다. 그건 어머니가 앓아야 할 몫이다. 나는 그 죽음이 간단하고 깨끗하게 정리되었다고 생각했다.

내가 식도염으로 고생만 하지 않았더라면 그대로 지나쳤을 것이다. 오빠의 죽음은 나와 무관한가. 아니면 내가 저주를 보내서 그 기를 받고 쓰러진 걸까, 아니면 오빠의 죽음을 내가 미리 예견했던 것일까. 세 가지 중에서 어느 한 가지에 해당될 것이 분명하다. 오빠의 죽음 이후로 나는 혼돈상태에 빠져들었다. 텔레파시가 오빠에게로 갔기 때문일까 아니면 오빠는 정신력이 쇠잔해져서 정신을 놓는 순간, 몸이 곧 정신을 뒤따라 간 것일까. 그것도 아니면 오빠의 죽음은 내 안의 악령이 바라는 대로 나의 저주와 우연히 맞아떨어진 것일까. 이것들이 규명되지 않는 한 아니, 그것으로부터 해방되지 않는 한 나의 병은 낫지 않을 것 같다.

나는 쓴맛이 강하게 풍기는 커피를 한 모금 입에 품었다. 워낙 약을 자주 먹어서 쓴맛의 느낌이 입에 익숙했다. 이때쯤이면 먹은 음식이 목에 걸려 신경이 곤두서야 할 텐데 오늘은 웬일로 그 불행감이 나를 스치고 지나갔다. 나는 손으로 목 언저리를 지그시 누르면서 안도감에 깊이 숨을 내쉬었다.

오빠에게 저주를 퍼부은 소설의 제목은 "해당화"였고 이렇게 시작되었다.

데모크라시호는 서서히 움직였다. 드디어 백령도를 향해 출발하는 것이다. 괭이 갈매기가 뱃머리에서 떼를 지어 원을 그리고 있다. 그들은 기서 가족을 환송하러 나온 것처럼 보였다. 언젠가 진도에서 구경한 씻김굿의 한 장면이 기서의 머리 속으로 떠오른다. 소복을 차려 입고 영혼을 위무하러 늘어선 여인의 처량한 몸놀림이 느껴진다. 기서는 갑판에서 담배를 피우고 좌석으로 돌아왔다. 하얀 물살을 가르며 배가 항해를 시작한다. 어머니는 창가에 앉아 편안한 자세로 몸을 의자 깊숙이 뉘었다. 형은 대형 화면 옆에서 승객을 향해 주의를 주고 있는 안내원을 바라보고 있다. 미니스커트를 입은 여자의 무릎은 새까맣다. 붉은색의 투피스에 달린 여러 개의 금색단추와 검은색 스타킹의 조화가 어쩐지 불길하다. 세모여객선에 대한 홍보영화가 나온다. 곧이어 본영화가 시작될 터이다. 기서는 슬그머니 자리에서 일어났다. 뱃전에 부는 바람이 옷깃을 파고 들어왔다. 상의를 여미고 하얗게 부서지는 물살과 또 다시 덤비는 파도의 출렁거림을 뚫어지게 바라보았다. 부서진 파도는 흰 거품을 삭히고 다시 시퍼런 본연의 모습으로 넘실댄다.

배를 보고 달려들었다가 허연 속살을 여지없이 스쿠류에 찢기고 다시 정신을 차려 덤벼드는 속절없는 집착이 영원히 합치할 수 없는 모자간의 애증같이 느껴진다. 뱃전을 맴도는 갈매기 떼의 모습이나 수없이 부서지며 다시 뒤쫓아 오는 물거품이 우리 가족의 얼룩진 역사처럼 처절하게 느껴졌다. 아니, 형과 어머니에게 저당잡힌 기서 자신의 운명처럼 허망한 마음이 들기도 했다. 부서진 물살의 부글거림 속에 형과 아버지의 얼굴이 겹쳤다가 다시 흩어졌다.

어머니는 젊은 날, 자식이 귀한 집에 아이를 대신 낳아주고 돈을 받아 연명하는 씨받이였다. 어머니는 전쟁의 소용돌이 중에 피난민들에 묻혀 쫓음 걸음으로 밀려 내려왔다. 어머니는 폭격으로 부모를 잃고 고아원에 들어갔다. 열 네 살짜리 계집아이는 조산원에서 산파의 시중을 드는 더부살이로 정착하게 되었다. 산파의 남편은 어머니를 탐욕스럽게 바라보았다. 전쟁고아가 된 계집아이의 배가 점점 불러오자 어머니는 그 집에서 쫓겨났다. 어머니의 자궁을 찾은 몇 번째 남자의 씨가 기서였는지, 혹은 형이 되었는지 어머니 자신은 알까. 어머니에게도 사랑의 열정은 따로 간직되었을까. 기서는 아버지도 어머니도 불확실하다는 불안감을 태어나면서부터 갖게 되었다. 어머니는 가끔 고향 마을의 곱게 핀 해당화를 그리워했다.

"사촌들과 모래무덤을 파면서 해질녘까지 마냥 뛰어다녔지. 강바람이 저고리 틈새로 들어와 으실으실해 질 때까지 지치지도 않고 고무줄놀이를 했어. 남한에서 반평생을 살면서도 해당화 핀 그 강변의 고즈넉한 모습을 만난 적이 한 번두 없어."

강원도 삼척시 맹방해수욕장에는 해마다 5월이 되면 해당화 1천여 주가 해변가를 향해 꽃망울을 터뜨린다. 여기서 고성까지 동해안 오백 리 바닷길에서 사라져가던 해당화가 되살아나고 있다. 해당화 복원사업 캠페인에 나선 우리 밀 살리기 운동본부는 탐색 끝에 그해 7월 근덕면 덕산리 높이 30미터의 나지막한 절벽에 핀 자생 해당화군을 발견했다. 절벽을 2~3미터 거꾸로 타고 내려가 한 움큼의 종자를 얻은 뒤 이를 발아시키려 했으나 실패했다. 해당화씨는 2년 동안 수면상태에 있다가 3년만에야 발아한다는 사실을 뒤늦게 알았다. 그래서 연구에 나선 게 휴면타파, 바닷가 고운 모래로 살짝 부벼 씨앗에 흠을 낸 뒤 겨울 풍상의 자극을 쏘여 2년을 기다리지 않고도 깨어나게 하는 것이다. 휴면타파 과정을 거친 종자를 11월에 오백리 바닷길에 심었고 해당화가 꽃망울을 터뜨렸다.

기서는 눈을 감고 소녀시절의 어머니가 해당화 핀 바닷가에서 뛰어노는 모습을 그려보았다.

기서가 작년 가을 양평의 아버지의 묘소를 찾아갔을 때, 군데군데 기계충을 앓은 듯 떗장이 벗겨진 무덤 두 개만이 덩그마니 남아 있고 묘자리 근처는 온통 밀어내어 흙더미로 여기저기 볼썽사납게 패어있었다. 검은 돌비석이 사라졌고 받침돌도 저만치 흙에 묻혀 나뒹굴었다. 여기저기 고사목이 흩어져 있고 버섯이 비늘처럼 자라고 있다. 밑둥이 부러져 뿌다귀로 남은 고사목에 딱정벌레가 오르내렸다. 기서는 고사목 앞에 쪼그리고 앉아 담배를 태웠다. 급속도로 들어선 대형 갈비집과 모텔, 공사중인 철재 골조 구조물이 쌓여 있어서 묘지중에 어느 것이 아버지의 산소인지 가늠이 되지 않았다. 기서는 허리를 곱송그려 두 개의 묘지에 차례로 절을 올린다. 그리고 산기슭으로 다시 내려가서 왼쪽 자드락길로 올라와 주위를 살핀다. 소나무가 벌채된 훤한 터기가 나섰다. 기서는 기억을 되살릴 수 없어 고개를 휘저었다. 아비를 잃었다는 당혹감에 이마에서 쉴 새 없이 땀이 흘러내렸다. 다시 산중턱을 내려와 이번에는 버스 정류장 앞에서 이차선 도로를 따라 주욱 걷다가 다시 오른편 길로 에둘러 걸었다. 역시 허사였다. 반복해서 길을 맴돌았지만 분간할 수 없었다. 기서가 직접 산소 옆에 심은 전나무도 없어졌고 비석도 사라졌다. 황망해진 채 털버덕 주저앉아 소주를 병째 들이켰다. 빈 뱃속이 싸아하니 아려왔다. 어느덧 해가 지고 상수리나무, 물푸레나무, 들메나무, 느릅나무들이 어슬녘의 쌀쌀한 바람을 실어 날랐다. 기서는 싸아한 냉기를 느끼며 흙이 묻은 코트를 털어 다시 꿰고 두 개의 무덤을 바라보다가 언덕길을 내려왔다. 이제 아비도 잃었고 형만 치우면 된다. 한 길은 어둠 속에 비어있고 목을 꺾은 가로등만 파르스름하게 빛났다.

서울로 돌아왔으나 기서는 아버지 찾는 작업을 뒤로 미루고 있었다. 내심으론 그 일이 걸렸으나 목에 걸린 가시의 통증이 시간이 흘러 점점 둔해지듯 견딜만 해졌다. 바쁘게 돌아가는 업무를 핑계로 그 후로 양평에 가지 않았다. 그러나 피로한 날은 바짝 신경이 곤두서 그 가책이 형과 어머니에게로 쏟아졌다. 극소량의 독을 화살촉 끝에 발라 호되게 목표를 향해 겨냥했다. 아버지의 유골을 방기해버린 죄책감이 그들을 몹시 증오하는 것으로 해소되었다. 깊이 담배연기를 빨아들이자 아삼히 떠오르는 아버지의 모습이 기서를 향해 풋잠 깬 듯한 웃음을 보낸다.

바닷바람에 얼굴이 얼얼해 왔다. 손으로 얼굴을 만져보았으나 마취에서 풀려나지 않은 피부처럼 감각이 없다. 밖에 나와 있는 승객은 기서 외엔 눈에 띄지 않는다. 자리로 돌아와 눈을 감았다. 화면에선 여자 G. I 가 혹독한 군사훈련을 받고 있다. 머리를 밀어버리고 군복을 입은 여주인공의 모습은 아마조네스 왕국의 수장같다. 에어리언의 여주인공으로 나온 낯익은 배우다. 형은 정신없이 영화에 빠져 있어 옆얼굴이 자못 심각하다. 어머니는 고개가 옆으로 기울어진 것이 벌써 잠이 든 것 같다. 기서는 눈을 감았다.

양평으로 달려가는 동안 버스에서 조금씩 마셨던 술기운이 일순간에 확 달아났다. 기서는 하는 수 없이 근처의 복덕방을 찾았다. 칠순을 넘긴 듯한 노인은 얘기를 듣더니 대체 몇 년만에 찾아왔느냐고 묻는다.
"십년만이요"
기서의 무르춤한 대답에 노인은 혀를 찼다.
"아버지의 산소를 확인하려면 두 개의 무덤을 파서 유골을 확인하는 방법밖에 없어, 어차피 개발구역이라 연고자가 나타나지 않으면 밀어버리려고 했으니까 정리도 할 겸 유골을 파보는 게 어때?"
노인의 수염이 바람에 하얗게 날렸다. 기서는 술잔을 허공에 들어 산소를 향해 뿌리며 입술을 깨물었다. 몸 속 깊은 곳을 가로지르고 있던, 팽팽하고 질긴 힘줄을 끊어내는 의식처럼 비장한 마음이 생긴다. 기서는 양평에서 돌아오던 날 밤, 포장마차에 들러 다짐했다. 아버지를 복원하려는 마음을 포기하자. 이제 다신 그곳에 가지 말자, 그의 가슴에 누구를 향한 분노인지 분명치 않은 들끓음이 맹렬한 기세로 솟구치려 하고 있다. 어머니에겐 알리지 않았다. 유독 형에게 정신이 팔려있는 어머니가 애처로워 혼자 삭혔다. 형만이 자식인 듯 별쭝나게 구는 어머니가 서운하기도 했다.

배의 움직임이 빈 속을 휘젓는지 메스껍고 속이 울렁거렸다. 가스가 찬 것처럼 숨을 쉴 수가 없었다. 주위의 공기가 낭낭하게 느껴져 더 이상 앉아 있을 수가 없어진 기서는 벌떡 일어나 매점으로 갔으나 멀미약은 없었다. 빌어먹을.

기서는 다시 뱃전으로 나왔다. 한 여자가 가즈런히 세운 무릎 사이에 고개를 빠뜨리고 앉아있다. 약혼자 영희가 떠오른다. 그녀가 아니었다면 형이 그렇게 눈엣가시는 아닐 수도 있었다. 그녀의 머리카락은 바람에 날려 온통 뒤엉켜 있다. 여자는 멀미로 고통스러운 것 같다. 허연 물거품 위로 얼비치던 아버지의 모습은 공기 중에 기포가 되어 영롱한 색깔로 떠다닌다. 이장하는 데 드는 비용이 없어서 모른 척 한 건 아니예요, 아버지도 제 마음 알죠, 지쳤어요, 기서는 물거품이 넘실대는 바다를 내려다보며 외쳤다. 뱃전에 기대어 고개를 숙이고 있던 여자가 기서의 목소리에 고개를 들었다. 약혼자 영희는 이미 기서와 한 몸이 된 지 일년이 넘었다. 형이 그렇게 되지만 않았더라도 이미 결혼을 했을 것이다. 형과 어머니의 생계를 책임져야 하는 기서의 부담이 워낙 막중했다. 영희는 요즘 들어 점점 기서에게서 멀어지려는 낌새를 보였다. 어느 날 기서가 옆집의 전화를 받고 달려갔을 때 어머니는 초죽음이 되어 있었다. 형은 발작이 시작되었다. 형의 발길질에 배를 맞은 어머니는 장파열로 죽었다가 살아났다. 형은 비굴하리만치 기서에겐 곰살맞게 굴었다. 아무도 없을 때만 어머니를 괴롭혔다. 매맞은 자국이 아니라면 믿기지 않을 만큼 교활하게 굴었다. 장파열 이후로 어머니는 허리를 펴지 못하고 구부정한 자세로 걸어다녔다. 기서는 한동안 주도면밀하게 형을 살폈다.

통합병원 의사는 정신감정 결과 퇴원해도 무방하다고 진단을 내렸으나 형은 금치산자가 되었다. 형의 재진을 의뢰하였으나 병원에선 무시했다. 기서의 가족이 형의 사건으로 벼랑끝에 내몰린 지 벌써 십 년째다. 형은 육사 졸업을 앞두고 정보국으로 교육을 받으러 다녔다. 전투정보과에 배치된 형은 어느 날 사고로 쓰러졌다. 보고실에서 상관에게 상황판에 그린 기획안을 설명하다가 뒷목이 뻐근하다며 그 자리에서 쓰러졌다. 소극적인 성격의 형이 강훈련의 시련을 극복하지 못했거나 더 내밀한 사고의 원인이 베일에 가려져 있거나, 지금까지 아무것도 규명되지 않았다. 정신과치료도 받아보았으나 형의 정신적인 파행은 차도가 없었다. 지난 세월이 순간마다 고비였다. 기서는 목이 매여 울분이 가시처럼 목에 걸리는 걸 감지한다. 아버지의 유골을 정리하는 일이 형의 발작보다 더 절실할 수는 없었다. 기서는 회선이 불량할 때의 전화음성처럼 들끓는 분노를 삭히는 일에 지쳐 있다. 어머니만이 지칠 줄을 모르고 형의 귓속에 속삭인다.

"내가 어미다, 제발 정신 차려라, 너는 지금 어미 곁에 있다. 아무것도 두려워하지 마라."

혹시 형은 피란시절의 폭격에 놀라는 기억을 떠올리고 있진 않을까. 말간 눈빛을 허공에 던지고 입 언저리를 실룩거려 뭔가를 말하려는 형에게 어머니는 성급하게 다그치곤 했다. 형은 금새 두려운 눈빛이 되어 입을 앙다문다. 투명하고 텅 빈 형의 눈동자에서 되새떼처럼 군무하는 배꽃의 회오리가 물결치고 있었다. 집안에만 틀어박혀 지낸 시간이 십년째인데, 형은 지금도 누군가가 자신을 미행하고 있다며 초저녁 무렵이면 불안하게 방안을 서성거린다. 형은 가끔씩 쥐들이 수선스레 오가는 어두운 보꾹을 쳐다보며 별을 세는 사람처럼 어느 한곳을 응시했다. 섣부른 접근을 거부하는 듯한 형의 눈매에서 총명함은 사라지고 본능과 광기만이 도드라져 보였다. 형의 이부자리에 배어있는 꿉꿉한 체취, 눅진하고 끈적거리는 방안의 공기 그리고 어머니의 음영이 짙게 드리운 거동들이 기서를 못 견디게 했다.

  형과 어머니의 몸에서 피를 모두 빼낸 후에 색종이 접기하듯 켜켜로 눌러 접어 북쪽의 물결 위에 힘껏 띄우고 싶다. 물거품들이 아우성치는 곳으로 던져 그들이 태어난 곳, 해당화가 피는 고운 모래밭이 한없이 펼쳐진 곳으로 돌아가게 하고 싶다. 모자는 수증기가 되어 어느 섬의 나무 사이를 떠돌거나 만나고 싶었던 사람의 눈가에 잠포록이 내려앉아 악으로 치받는 기서의 영혼을 잠재우고 영영 헤어져 각자의 고향으로 돌아갔으면 하고 바랬다. 형은 오랫동안 병상에 누워 있었다. 짓무른 상처에 욕창이 생기면 어머니는 기서의 귀에 채찍질을 했다.

  "피를 나눈 동기간이라곤 너희 둘밖에 없어. 형을 살려내야 돼."

  어머니는 눈을 휘번덕이며 목질린 짐승의 소리로 주술을 외웠다. 기서는 불끈 쥔 주먹으로 벽을 내리쳤다. 피가 흐르는 주먹이 차라리 시원하게 느껴졌다. 목젖으로 들큰한 물기가 쿨렁 내려갔다. 어머니가 읊조리는 주술은 마치 귀신우는 소리처럼 음험하게 기서의 발목에 매달렸다.

  형은 피난길에 부모를 잃고 헤매던 어머니가 조산원의 남자에게 겁탈을 당하며 밴 씨였다. 어차피 전쟁고아가 된 계집아이의 몸에 축복이 내릴 일은 없었다. 그 시절 뿌리 뽑힘은 누구나 겪는 일이었지만 이렇게 끈질기게 이어가는 숙명은 흔하지 않을 거라고 기서는 생각한다. 최초의 미혼모가 어머니였으리라. 어머니는 자신의 불안한 삶 때문에 기서에게 동기간의 화합을 강요했다. 기서는 어머니의 요구가 강할수록 허기지고 울적해졌다. 형의 병은 치유된다는 희망이 없었다. 기서는 얼마나 더 견디어야 하는지 알 수가 없었다. 형이 알루미늄 깡통처럼 만지는 대로 구겨지는 몸이 되어 기서에게 의지해 살아갈수록 그는 신경이 날카로워졌다. 형이 낯선 시선으로 가족이나 집안을 훑어볼 때면 어머니는 통곡을 했다. 형은 눈을 두릿거리며 살펴보다가 기서가 알은 체를 하면 희떱게 헤죽거렸다. 얼굴빛이 꺼멓게 죽은 형의 표정은 집안 분위기를 황막하고 을씨년스럽게 했다. 창문 너머로 음음한 저녁대기가 몰려들 때쯤이면 누군가가 자신을 감시한다고 기서에게 나가서 살피라고 옆구리를 찔렀다. 처음엔 형의 말대로 동네어귀를 한바퀴 돌아보았으나 전기줄에 앉아있던 새들이 구름이 몰려들고 있는 끄무레한 하늘 저켠으로 순식간에 사라져버렸을 뿐 기서의 집을 넘보는 인기척은 전혀 잡히지 않았다.

  어느 날인가는 온종일 집안에 틀어박혀 있는 형의 주머니에서 여덟 개의 손톱깎이가 쏟아졌다. 그 많은 것이 어디서 났을까, 손톱깎이를 어머니와 기서가 건드릴세라 다급히 주워 모으는 형의 눈빛은 목숨을 위협받는 짐승의 방어태세였다. 형의 손끝은 이로 물어뜯어서 온통 살갗에 피가 맺혀 있었다. 형은 삐지거나 비위가 상하면 이틀씩 곡기를 끊었고 일을 저질렀다. 마루 한구석에 어항이 있었다. 어머니가 사다 넣은 청거북 두 마리가 어느 날 등의 껍질이 벗겨져 잘게 가위로 잘려져 있었다.

그런가하면 곽 성냥 한통을 들고 마당에 나가 자기 이부자리를 홀랑 태우기도 했다. 식사중에 부엌으로 가서 새끼손가락을 칼로 내리쳐서 하얀 뼈가 보이기도 했다. 기서는 공고를 졸업하고 전자제품을 수출하는 회사에 입사했다.

기서의 월급으로 세 식구의 생활이 근근이 꾸려졌다. 어머니는 관절염으로 고통스러워했고 활동이 뜸해지더니 기서의 뒷바라지로 어느 사이 굳어졌다. 기서는 회식자리에서 알게 된 경리과 여직원과 데이트도 했으나 워낙 결혼을 말하기엔 끔찍한 환경이라 이쪽에서 슬금슬금 여자 곁을 떠날까 그런 궁리도 해보았다. 그럴수록 형이 원망스러웠다. 혈연을 끊는 의식이 가정법원에서 행해진다면 기서는 벌써 법적인 조치를 취했을 것이다. 직원들이 낚시나 경마나 자기 취미를 즐기는 시간에도 기서는 작업 외의 일을 더해야했다. 한달전 영희와 기서가 길거리에서 산 반지를 놓고 약혼식을 올렸다. 단 둘이서 올린 식이었다. 그녀는 마음이 고왔고 기서를 이해해주었다. 그녀를 데려다 주러 버스를 탔다. 그녀가 사는 동네의 가로등 불은 희게 빛났다. 그녀와 입맞춤을 하면서 기서는 단둘만이 사는 신혼의 방을 그려보았다. 기서는 이제 집안의 굴레에서 해방되고 싶었다.

어머니가 기서의 아버지를 만난 건 종로의 음식점에서였다. 아버지는 냉면집의 주방장이었고 어머니는 종업원이었다. 팔자땜은 못한다는 자학적인 타령이 어머니의 타액에 늘 고여 있었다. 아버지는 손버릇이 나쁜 종업원을 호되게 나무라고 난 후, 주방에 달린 뒷방에서 잠을 자다가 비명횡사했다. 앙심을 먹은 종업원이 창문을 타고 넘어와 해머로 잠들어 있는 아버지의 뒤통수를 강타했다. 신문의 사회면에 기사가 실렸고 아버지는 타원형의 사진틀 속에 갇혀 기서와의 마지막 작별을 했다. 기서는 그 후로 객사라는 말에 친근감을 느꼈다. 자신도 아버지처럼 낯선 시골길의 처마 아래 잠자듯 죽어있는 모습을 여러 번 만났다. 오수에 젖은 시골의 간이역이나 마지막 회 영화가 끝난 극장의 뒷골목에 들어서면 음습한 그 공간이 편안하게 다가왔다. 형이 무사히 자기 길로 나가 훌륭한 군인이 되었다면 어머니의 자부심은 명맥을 유지했을테고 기서는 형을 살해하고 싶은 욕구를 느끼지 않았을 터이다. 어머니는 혼신의 힘을 다해 형을 돌보았으나 형은 혼신의 힘을 다해 어머니에게 행패를 부렸다. 기서와 눈이 마주치면 형은 어머니를 향해 부리던 패악을 멈추고 뒷산으로 피하거나 이불속으로 숨었다.

어느 날인가는 어머니가 고리짝 깊숙이 보관했던 실크옷감을 마당에서 태우고 있는 형을 발견했다. 형이 장가들 때 며느리에게 주려던 옷감이었다. 어느 날인가 어머니가 형의 잠든 얼굴을 거친 손으로 어루더듬는 것을 보았을 때 그들에게 풍기는 은밀한, 피지 못하고 시들어버린 꽃망울을 보는 것처럼 처연했다. 형이 아프거나 학교에서 늦게 돌아오거나 하면 어머니는 함께 불안에 떨었다. 기서에게 보이는 관심은 형의 것에 비하면 새끼손가락만큼이나 될까. 한 맺힌 모자관계처럼 보이는 저 깊은 바닥에 연인에 대한 사랑 같은 감정까지 묻어났다. 형은 등뼈를 다친 척추동물이었다. 병원에서 퇴원한 후, 형은 기서의 카드를 몰래 훔치고 사흘째 소식이 두절되었다. 형이 사흘째 들어오지 않자 실종신고를 냈고 연락을 받고 파출소에 달려간 기서는 형의 쪼그리고 앉아 있는 모습을 보고 눈시울을 붉혔다.

여기저기에서 금융사고가 났고 기서는 그것을 막았다. 몸집이 작은 형은 기서의 한손에 잡힐 만큼 가볍다. 형의 목을 누르고 십분만 있으면 간단하게 끝날 것 같다. 그리고 그 옆에서 자신도 나란히 잠들고 싶었다. 기서는 그런 상상을 하다가 진저리를 쳤다. 집으로 돌아온 형을 붙잡고 어머니는 흐느꼈다. 울음소리는 진물만 나는 오래된 미나리단처럼 검고 척척하게 달라붙었다. 집안은 쑥대밭이 되었고 이윽고 정적이 찾아들자 형의 몸에 이불을 씌워주며 산발한 머리채를 훑었다. 잠든 형을 어루만지는 게 아니라 자신을 달래느라 숨죽여 울었다. 기서의 귀에는 가끔씩 어머니의 포탈과 앙칼진 넋두리가 벌레우는 소리처럼 맴돌았다. 기서가 섬득함을 느낄 만큼 눈에 날을 새우고 어머니를 쏘아보는 형의 시선은 어머니의 가슴속을 투과하는 자외선 같다. 살기 위해 어머니가 밖으로 돌 때 형은 책만 파는 사춘기 소년이었다. 형의 내면 깊은 곳에 숨어있던 증오가 지금에야 발현되는 건 아닐까 그런 의심이 문득 들었다.

"어머니, 백령도로 놀러 갈까요?"

"거기가 어디냐?"

"북쪽이요, 어머니 고향이 제일 가까운 섬이지요."

"왜 하필 섬이냐?"

"거긴 주민들 대부분이 이북 사람이랍니다. 제가 구경시켜 드리구 싶어요."

"너 회사에서 휴가 받았니?"

"형두 같이 가는 겁니다."

"그럼 그러자꾸나."

기서는 회사에 휴가신청을 냈고 월미도의 예매창구 앞에서 물안개 속으로 헤엄치는 훼리호를 바라보았다. 이박삼일 코스로 일정을 잡고 왕복표를 구입했다. 여름의 끝물이라 사용해버린 일회용 피임기구처럼 바닷가는 황량했다. 쾌속정으로 네 시간을 달려야 백령도에 도착한다. 주민보다 군인이 더 많은 섬, 그래서 아직은 손타지 않은 관광지이기도 하다. 형은 얇은 잠바에 모자를 눌러쓰고 기서의 뒤를 묵묵히 따라나섰다. 택시를 타고 월미도까지 달렸다.

"피서철도 다 지났는데 웬 여행이야?"

형이 야릇한 웃음을 흘리며 들뜬 어조로 물었다. 기서는 대답대신 고개를 외틀어 승선하려고 줄지어 있는 무리들을 바라보았다. 탑승객이 써내야 하는 승선자 명단에 기서는 형의 신상명세서를 대충 적어 내밀었다. 군복차림의 검사원은 형식적인 절차인지 대강 훑어보았다.

"야, 영화가 끝났어."

기서는 잠이 들었다가 형이 흔들어 깨우자 눈을 떴다. 기서와 눈이 마주친 형이 입가를 실룩이며 웃었다. 순간 형이 어머니를 학대할 때처럼 눈빛이 빛나는 걸 보았다. 등줄기에서 짜릿한 전류가 흘렀다. 안내원이 잠시 방송을 했다. 승객은 화장실을 가느라 분위기가 술렁거렸다. 다음 시작한 영화는 중국영화였다.

어머니는 잠들어 있고 형은 움직이는 화면을 노려보며 손톱을 물어뜯고 있다. 기서는 형의 옆모습을 지켜보았으나 형은 영화에 몰입해 있는 것이 아닌 듯했다. 한줄기 레이저 광선처럼 기서의 폐부를 꿰뚫던 형의 냉소가 섬뜩하게 되살아나서 그는 자리에서 일어났다. 아래층으로 내려가는 철판으로 된 계단을 힘주어 밟았다. 기서는 하얗게 갈라지며 거품을 일으키는 파도를 무심히 바라보았다. 으스스한 바람이 속살을 헤집으며 불길한 기운처럼 성욕이 솟구쳤다. 기서는 화장실로 들어가 문을 잠근 뒤에 수음을 했다. 선체가 흔들리며 그의 속눈썹도 초조하게 흔들렸다. 시계를 보았다. 두 시간쯤 더 가야 도착한다. 그는 주머니에서 수첩을 꺼냈다. 전화로 미리 예약해둔 민박집 전화번호며 영희의 집 전화번호, 양평의 부동산 노인의 주소며 기서와 인연이 있는 전화번호가 빼곡이 적혀 있다. 돌아오는 배편의 티켓도 다시 펼쳤다. 파도가 점점 거세어져 몸이 균형을 잡지 못하고 쓰러졌다. 순간 지린내가 역겹게 파고들어 목울대에서 신물이 올라왔다. 기서는 헛구역질을 하며 뱃전으로 나와 담배를 물었다.

아버지가 그 파도 속에서 자맥질을 한다. 바람이 불며 담배가 도중에 꺼져 버렸다. 그의 계획은 오차가 없이 진행되는데도 웬지 한없이 불안했다. 어느덧 대청도를 지나 백령도에 닿았다. 사람들이 더러 내리는 듯 술렁거렸다. 어머니는 잠을 되청하기 틀렸는지 구럭을 뒤져 무엇인가를 찾았다. 신문을 배달하는 소년이 사람들을 헤치고 가장 앞서서 내렸다. 휴가를 나온 군인들의 모습도 민첩했다. 배가 부두에 닿자 밧줄을 타고 둑 위로 기어올랐다. 행상하는 아주머니들이 까나리 액젓과 멸치 따위를 갖고 나와 승객들을 유혹했다. 어머니는 걸음이 느려지며 길가의 물건들을 호기심 가득한 눈으로 훑었다. 기서는 노모의 팔을 잡아당겼다. 근처의 식당으로 들어가 식사를 주문했다. 넓은 모래사장으로 차가 다니는 정경이 신기했다. 마냥 바다로 들어가면 차를 탄 채 자살도 가능하리라. 형은 밑반찬이 나오자 젓가락으로 멸치를 집어 올렸다.

"이게 까나리라는 거야?"

어머니가 고개를 끄덕거렸다. 이북사투리를 사용하는 주인장에게 어머니가 고향이 어디냐고 묻자 그는 황해도라고 대답했다. 이곳 섬에서 해병대로 제대하고 죽 눌러 살았다고 덧붙였다. 전쟁이 터졌을 때 이곳으로 피난을 왔다가 눌러앉게 된 사람이 전체주민의 칠십 퍼센트는 될 거라고 한다. 형은 부랑스럽게 턱을 내밀고 그들의 얘기엔 흥미가 없는 듯 멸치를 씹었다. 예약된 민박집에서 경운기를 타고 그들을 마중 나왔다. 달리면서 만나는 바다 내음이 상쾌했다. 규조토로 이루어진 모래사장은 비행기가 착륙할 수 있을 만큼 단단했다. 해변

뒤로 검푸른 해송이 눈에 들어왔다.

"저것이 해당화여."

어머니가 촌스러운 시골 술집의 여자가 화장을 한 것처럼 붉게 핀 꽃을 가리켰다. 민박집은 깨끗했다. 평상 뒤 수수울 앞에 감나무 한 그루가 서 있었다. 강아지가 짖다가 주인이 손사래를 치자 개집으로 자취를 감추었다. 접시꽃이 핀 마당에 간이용 탁자와 의자가 놓여 있다. 형은 그곳에 앉아 담배를 피웠다. 바람이 불자, 집 둘레의 큰키나무들이 몸을 떨었다. 그 사이로 하늘이 투명하게 다가왔다. 주인 역시 이북이 고향인 초로의 남자였다. 방으로 들어가 짐을 풀고 다리를 뻗었다.

"내일 두무진으로 가는 차편이 어떻게 되지요?"

기서가 묻자 그는 무르춤하게 대답했다.

"전화로 차를 부르면 우리 집으로 가이드겸 운전수가 달려오구요, 하루를 돌아보는데 십 만원 듭니다. 비수기라 가격이 절반이나 내려갔죠. 백령도에 와서 두무진을 구경하지 않으면 안 온거나 마찬가지지요."

어머니는 고향냄새를 실감하는지 저녁식사를 거의 하지 못했다. 밤이 되자 달맞이꽃이 핀 삽짝께만 밝다. 기서는 뒤척거리다가 손전등을 들고 바닷가로 나갔다. 바다냄새가 흠씬 그의 가슴으로 밀려들었다. 민박집으로 달려가면서 보았던 붉은 해당화 숲의 너울거림이 눈앞에 어른거리는 듯했다. 공기가 맑아 밥티같이 무수한 별들이 어지러이 널려 있었다. 이쪽의 부대에서 북쪽을 향해 띄우는 기구에 바람을 넣고 있느라 군부대의 담장 너머로 강렬한 불빛이 흘러나왔다. 기구는 바람을 타고 북쪽하늘로 날아올랐다. 남한을 선전하는 삐라가 기구에 담겨 있다. 기구는 비틀거리며 하늘을 향해 올라갔다. 그것은 첫걸음을 떼는 갓난아기의 모습처럼 굼뜨고 불안정해 보였다. 담장 너머로 기구가 올라갈 때마다 하늘에 가득했던 푸르른 어둠이 질겁을 하여 도망쳤다. 그러나 또 다른 불꽃이 터질 때까지의 그 짧은 순간순간에 어둠은 재빠르게 돌아와 허공을 장악하곤 했다.

다음 날, 어머니와 형은 아침 일찍 일어나 담배를 산다고 인근의 가게로 갔다. 형이 돌아오지 않자 어머니가 주인에게 위치를 물어 뒤쫓아 가더니 이번에는 둘 다 소식이 없다. 기서가 찾아가보니 구멍가게 주인 할머니와 얘기를 하느라고 일정을 까맣게 잊고 있었다. 어머니는 작은 가게를 하는 노인의 쪽방으로 아예 들어가 사변통의 얘기를 하느라 음성이 격앙된 상태였다. 기서가 불러도 손사래만 치면서 떠날 줄을 몰랐다. 형은 식품대 옆의 의자에서 캔맥주를 마시고 있었다. 기서는 화가 나서 어머니의 팔을 거세게 잡아끌었다. 어머니는 못내 아쉬운지 연신 가게를 뒤돌아보았다. 그루터기만 남은 옥수수밭이 보이고 수수깡의 늘어진 이파리가 바람에 흔들렸다. 채소밭에서 푸성귀를 솎아내는 일손들이 나누는 말소리가 귀에 익었다. 이북의 냄새가 생생히 살아있는 남쪽의 땅이었다. 주춤거리며 따라오던 어머니가 푸성귀 밭에서 아낙을 보자 다시 서려고 했다. 기서는 재차 어머니의 팔을 잡았다. 넋을 놓고 밭둑을 바라보던 어머니는 놀란 듯 발길을 멈추고 고함을 질렀다.

"천천히 좀 가자, 어미 팔 떨어진다."

어머니는 어린아이처럼 눈살을 찌푸리며 기서가 낚아챘던 팔을 주물렀다.

기서가 부른 택시가 집 앞에 와서 섰다. 운전사는 백령도에서 해병대근무를 마치고 제대한 젊은 청년이었다. 머리가 아직 자라지 않은 청년의 얼굴은 검게 그을러 듬직해 보였다. 그는 빨리 떠나자며 클랙슨을 울렸다. 차는 두무진으로 향했다. 해변가에서 잠시 차가 정차했다. 붉은 해당화가 바람에 너울대는 모습이 가슴을 시리게 했다. 소나무로 울을 친 집들과 소나무 가지에 다래덩굴이 길게 늘어져 있는 정경이 들어왔다. 날씨는 맑고 청명했다. 콩돌해수욕장이라는 해변에는 콩만한 돌들이 이킬로미터가 되는 해변을 메우고 있었다. 걸을 때마다 뽀드득거리는 소리가 정겹게 들려왔다. 인적이 없는 해변가 저쪽으로 꽃단지가 보였다. 해당화의 붉은색 꽃잎이 슬프게 햇빛에 부서지고 있다. 운전사는 한참을 달리다가 심청이가 다시 소생했다는 연화마을 앞에 멈추었다. 연꽃이 피는 작은 연못이 보였다. 풍뎅이가 연못에서 폴짝 뛰는 모습을 발견하고 어머니는 웃었다. 군인이 보초를 서고 있는 검문소를 지나 백년 전에 세워져 섬의 근세사가 새겨진 중화동 교회도 잠시 구경했다. 구한말에 유배를 온 충남 공주 태생의 김성진이라는 학자가 이곳에 터를 잡았다. 도민의 팔십 퍼센트가 기독교 신자인 것도 중화동 교회에서 시작된 기독교와 맥을 같이 한다며 기사는 이북의 억양을 섞어 설명했다. 어머니는 어느 새 교회에 들어가 기도를 올리고 있다. 삭정이가 되어버린 두 손을 가슴에 모았다. 그 손끝이 어머니의 입에 닿아 가늘게 떨리고 있다. 그 모습이 기서의 가슴을 예리하게 찔렀다.

　이윽고 두무진으로 들어가는 어귀에 도착했다. 횟집이 서있는 간간이 노래방과 술집도 보였다. 기서는 선대횟집이라는 곳에서 회를 사고 기사는 돌려보냈다. 슈퍼마켓에 들러 소주와 오징어도 샀다. 일행은 두무진의 정경을 보기 위해 걷기 시작했다. 어머니는 바람이 불자 머플러를 머리에 단단히 묶었다. 사홉 들이 소주 세 병은 형이 들었다. 팔월의 끝날인데 바람이 센 탓에 제법 싸늘하게 느껴졌다. 어머니는 두무진의 절경을 보기 위해 사람들이 올라간 궤적을 열심히 뒤따라갔다. 가파른 계단과 바위를 여러 차례 넘고 나서야 두무진의 기암절벽들이 우뚝선 용암바위에 도착했다. 어머니의 머플러가 바람에 너풀거렸다. 수평선 끝에 해가 걸려 있고 해안의 기암괴석 사이로 지는 낙조가 경이로움을 느끼게 했다. 손에 잡힐 듯 가까운 북녘 땅을 하염없이 바라보며 어머니는 붙박이가 되었다. 몇 천 년 동안 파도와 매서운 서풍에 깎인 바위들이 마치 장군들이 회의하는 모습 같다고 해서 두무진이라는 이름이 지어졌다. 기서가 서 있는 두무진항의 왼편 해안에 있는 통일전망대에서 십이킬로미터쯤 떨어진 장산곶의 모습이 눈에 선명하게 들어왔다. 어느 새 어머니는 바위에 털썩 엎드려 넋을 놓고 눈물을 흘리고 있다. 장산곶 앞바다는 효녀 심청이 빠졌던 인당수로 역사적 고증을 받은 곳이다. 이제야 헤엄쳐서 남쪽으로 넘어온 이북 피난민의 설움이 실감되었다. 굴곡이 있는 해안에서 가장 북쪽과 가깝게 이어진 곳은 북쪽의 육지와 불과 사킬로미터

밖에 떨어져있지 않았다. 어머니에겐 한서린 비극의 현장이다. 수증기가 공기 중에 기화해서 무지개색 기포를 터뜨렸다. 무지개를 타고 소복을 입은 여인이 너울거리며 춤을 추었다. 모자의 숙명적인 애증 관계를 풀기 위해 굿판이 벌어진다. 그들의 뇌수를 꺼내 햇빛에 말려도 그것들은 다시 싸우기 위해 덤빌 것이다. 자궁적출을 하고 어머니는 이제 형을 떠나 보내세요, 기서는 마음으로 외쳤다.

해안가에는 선대바위, 형제바위, 병풍바위가 장엄하게 펼쳐져 있다. 이제 이쯤에서 각자의 땅으로 돌아가기다. 남쪽에 그림자조차 남기지 않아야 했다. 기서는 사위를 둘러보았다. 여름의 잔서가 남은 바위는 햇빛이 쟁강거리며 부딪히고 있다. 초로의 부부가 마악 돌아서서 내려가고 있다. 남은 사람은 기서의 가족밖에 없다. 어머니는 눈시울이 붉어졌고 구부러진 허리는 한줌밖에 되지 않을 듯 잔약했다. 드문드문 널려있는 바위 밑으로 시퍼런 파도가 굽이쳤다. 형은 수영을 잘했다. 바위로 파도가 차올랐다. 순식간에 날씨가 흐려졌다. 어머니는 미동도 없이 북쪽을 바라보고 있고 형은 어느 새 소주를 따라 마시고 있다. 토요일 오후 서울은 지금쯤 한창 술렁거리고 있을 시간이다. 영희는 그가 없는 서울에서 지금쯤 무엇을 하고 있을까. 돌아가고 싶다. 비릿한 바다 내음이 갑자기 역겨워졌다. 영희와의 약속을 지키기 위해 기서는 돌아가야 했다. 자신도 모를 곳으로 돌아가고자 하는, 갑작스러운 향수랄까 참을 수 없는 그리움이 그를 서두르게 하고 있다.

장애자가 되어버린 형, 언젠가 기서가 다니던 회사 앞으로 찾아온 형과 술을 마셨다. 이차삼차까지 마시고 형제는 부둥켜안고 길거리에서 쓰러졌다. 다시 일어났을 때 무슨 노래인가를 목청껏 내지르고 택시를 잡으러 도로변으로 엉기적거리며 나섰다. 형이 두 팔을 흔들며 비칠거릴 때 저만치에서 두 개의 불빛이 달려왔다. 아스팔트 바닥에 어룽지는 불빛이 어지러웠다. 기서는 순간 술이 깨면서 형의 등을 힘껏 밀고 싶은 충동으로 얼른 한손을 다른 손으로 움켜잡았다. 그러면 안 된다는 생각에 떠밀려 움켜잡은 손을 사타구니사이에 넣고 빙글 돌았다. 아무 쓸모가 없는 몸집만 남은 형, 형이 갑자기 전조등 불빛을 보며 포효하고 있다. 그건 짐승의 울부짖음이다. 형과 기서는 엎치락뒤치락하며 도로에서 엉켜 울었다. 형이 몇 번 기서를 때렸으나 아무런 저항도 하지 않자 형은 기서를 잡았던 손을 풀었다.

　기서는 아예 병째 소주를 들이켰다. 형은 벌써 바위에 누워 하늘을 바라보며 시들시들 웃는다. 기서도 바위에 누웠다. 하늘이 눈 위로 살풋 내려앉았다.

　기서는 어머니를 들어 어깨에 메고 제일 높은 절벽 위에 섰다. 어머니는 발버둥쳤으나 기서는 꿈쩍도 하지 않았다. 어머니가 바다로 나비처럼 날아갔다. 기서는 된숨을 쉬며 형이 누워있는 바위로 다가갔다. 형은 모로 꼬꾸라진 채 움직임이 느껴지지 않았다. 짐꾼이 트럭에 실을 물건 앞에 서듯 기서는 형 앞에 담담히 다가섰다. 꽃사슴의 무리를 덮치는 사자처럼 형의 냄새를 맡아본다. 형은 잠이 든 듯 조용하다. 형을 업기 위해 기서는 한쪽 어깨를 형의 가슴께로 들이밀었다. 기서는 한참을 뒤척거리다가 겨우 형을 업을 수 있었다. 다시 전망대쪽으로 걸음을 떼었다. 북에서 따라와 손주를 괴롭히던 조모의 망령도 형과 함께 수장되리라. 기서의 발끝에 채인 소주병이 굴러 깨지는 소리가 났다. 형을 던지기 위해 기서의 어깨 모서리로 형의 몸집을 도두 세웠다. 순간 죽은 듯 축 처져 기서의 등에 늘어 붙어있던 형이 기서의 등을 두어번 두들겼다. 기서는 까무라칠 듯 놀라며 다급하게 고개를 외로 돌려 소리를 질렀다.

"혀엉, 형이야?"

기서는 어깨에 맨 몸체가 갑자기 꿈틀거리자 두려워졌다. 두 다리가 후들거리고 식은땀이 흘렀다. 그러나 이미 형을 던지기 위해 그의 몸은 앞으로 기운 자세였다. 겁에 질린 기서가 힘껏 형을 던지자 기서의 몸이 비칠거리며 앞으로 고꾸라졌다. 파도의 어중띤 소음들이 형의 몸체가 떨어지는 소리를 이내 삼켜버렸다. 그는 도망치듯 형이 앉아서 술을 마시던 그 바위로 달려가 바위 뒤에 숨었다. 전신이 떨리며 오한이 왔다. 돌팍에 까진 손바닥에서 선분따라 빨갛게 피가 흘렀다. 기서는 두 손으로 팔이며 자기의 몸을 만지며 진정하려고 애를 썼다. 사위는 고즈넉했다. 어디선가 갈매기들이 날아와 그의 주변을 선회했다. 저만치에 형이 마시던 소주병이 뒹굴고 있다. 동굴에서 나와 언덕을 기어오르던 초로의 남녀가 사라진 이후로 여긴 아무도 나타나지 않았다. 기서는 자꾸만 주위를 휘둘러보았다. 석양이 바다를 물들이고 누가 빠뜨렸는지 남자의 하얀 고무신 한 짝이 바위틈에 끼여 물살에 흔들리고 있다. 혹시 모자도 바위틈에 끼여 북쪽으로 흘러가지 못하고 있는 건 아닐까 걱정이 되었다. 등허리에서 기척을 내던 형의 체온이 아직도 선명히 남아있다. 이 일을 오차없이 진행하기 위해 얼마나 오랜 시간 신경을 썼는지 모른다. 담배를 입에 물었다. 라이터를 켰으나 불은 번번이 꺼졌다. 형은 이홉들이 소주를 두 병이나 마셨는데 어째서 그의 등을 두드렸을까 마시는 척만 했을까. 아, 그만 생각하자. 영희가 보고 싶다. 싸아한 냉기가 몸을 파고 들었다. 기서는 허적허적 바위를 딛고 발걸음을 도두 떼었다. 어디선가 쏙독새 울음소리가 다급하게 들렸다. 이젠 아무도 없는 거야, 아버지도 어머니도 형도.

그의 몸을 누군가 잡아당겼다. 기서는 화들짝 놀라 일어섰다.

"기서야, 이제 그만 가자"

눈을 뜨니 푸른 하늘이 보이고 연이어 자신의 팔을 잡고 흔드는 노모의 주름진 얼굴이 가까이 있다. 그는 식은땀을 흘리며 어머니가 건네는 웃저고리를 입고 구럭을 들었다. 너무도 선명한 꿈이었기에 기서는 걸음을 떼며 자꾸 뒤돌아보았다. 다리가 휘청거렸다. 형은 가벼운 걸음걸이로 내려와 저만치 선대횟집 입간판 옆의 돌곽에 앉아 있다. 이제 내일 아침 일찍 돌아가는 거다. 일은 실패했으나 한편으론 마음이 편했다. 그저 평범한 가족여행이었다.

다음 날, 신문에 이런 기사가 실렸다.

해군과 경찰관의 기지가 76명의 고귀한 생명을 구했다. 31일 오전 8시20분쯤 인천 옹진군 대청도 동남쪽 1마일 해상, 승무원 7명과 승객 70명을 태우고 백령도를 떠나 대청도를 거쳐 인천으로 가던 세모

해운 소속 정기여객선 데모크라시2호(선장. 편정관 396t급)기관실에서 검은 연기가 치솟으며 화재 경보음이 울렸다. 대청도를 떠난 지 불과 10분이 채 되지 않았다.

여객선 기관실 왼쪽 엔진에서 난 불은 섬유강화 플라스틱(FRP)으로 된 선체로 옮아붙어 순식간에 여객선 전체로 번졌다. 연기가 선실로 번져들자 승객들은 순간적으로 공포감에 사로잡혔다. 승객 일부가 놀라 비명을 지르기 시작했다. 기관장 김상철(54) 씨 등 승무원들이 소화기를 들고 불을 끄려다 불기운을 이기지 못하고 물러섰다. 그러나 마침 객실에 있던 인천 중부경찰서 대청출장소 소속 정정익(26)순경 등 경찰2명은 승무원들과 함께 승객들을 진정시킨 뒤 앞쪽 출구로 대피시켰다. 휴대폰을 이용, 해군에도 구조요청을 했다. 아이와 여자들을 먼저 나가도록 했고 자신들은 마지막으로 갑판으로 올라왔다. 내려간 해상기온과 강풍, 높은 파도가 몰아치는 공포에 잠시 서로를 껴안기도 했다.

사고가 발생한지 2분 만에 해군 고속정이 도착했다. 여객선을 근접 호위 중이던 해군 고속정 3척이 전력 질주해 온 것이다. 승객들은 고속정에 옮겨 탄 뒤 안도의 한숨을 내쉬었다. 사고가 발생한 지 10여 분 만에 구조 작전은 종료됐다. 화상이나 부상을 당한 사람은 없었으나 정신장애가 있는 남자가 화장실에서 안으로 문을 걸어잠가 구할 수가 없었다. 데모크라시 2호는 연료탱크가 폭발, 굉음과 함께 오전 10시40분쯤 침몰했다.

경찰청은 31일 인천 옹진군 대청면 앞바다에서 발생한 여객선 화재사건 당시 신속한 초동대처로 대형 참사를 막은 인천중부경찰서 정정익(26)순경을 경장으로 1계급 특진시키고 박태형(26)경장은 경찰청장 표창을 수여하기로 했다고 밝혔다.

소설은 이렇게 끝을 맺었다.
 나는 카페에서 나와 길을 걸었다. 삼십 분쯤 걸으니 어둑해진 거리에 네온이 화려하게 빛나기 시작했다. 거리의 사이사이에 있는 골목으로 들어가 보았다. 즐비하게 식당들이 늘어서있고 지금은 보기 드문 가스등이 서 있다. 대낮보다 화려한 네온과 가스등의 행렬은 눅눅해졌던 마음을 풀어주었다. 사거리에서 길을 건너기 위해 서 있었다. 엄청난 크기의 전광판이 움직이며 그 속에서 음악소리가 났다. 사방에서 소리가 흘러나와 도시는 소음으로 가득 찼다. 그 소리에 섞여 까마귀울음소리가 희미하게 흘렀다. 어디에서나 흔하게 그새를 볼 수 있다는 게 신기했고 일본에선 그새가 길조인 것은 아닌가 하는 생각이 들었다. 길거리에는 노란 머리에 까맣게 탄 빵처럼 어두운 색의 화운데이션을 바른 어린 소녀들이 줄지어 서 있었다. 문득 원조교제가 떠올랐다. 시골 어느 마을에서 서울로 무작정 상경한 것 같은 소녀들이 전철역부근에 길게 늘어져 있었다. 그들은 염색한 토끼털의 핸드백을 들고 미니스커트를 입었고 새까만 얼굴을 돋보이기 위한 화장인지 샤도우와 입술은 흰색으로 분장했다. 부츠는 통굽으로 십오 센티미터쯤 되는 높이였다. 저걸 신고 운전을 했다간 감각이 둔해 분명 사고가 나고야 말겠다는 생각이 들었다. 도깨비같은 화장과 붕 떠다니는 느낌이 드는 통굽의 구두와 모조손톱으로 치장한 나이 어린 여자들이 담배를 피우며 누군가를 열심히 기다리고 있었다. 그들은 화장하는 데만 두 시간 이상 걸린다고 하는 고가르족이었다. 지구촌은 이제 마음에 들면 어느 나라에 가서 살든 자유롭게 선택할 수 있는 시대가 온 것 같은 느낌이 들었다. 역전의 조그만 상점에서 나는 술 한 병을 샀다. 손가락으로 진열대의 병을 가리키자 여주인은 와인이라고 내게 말했다.

나는 고개를 끄덕거렸다. 이제부터 돌아서서 일직선으로 다시 걸으면 숙소가 나올 것이다. 나는 돌아서서 왔던 길로 되짚어 걸었다. 술을 마시고 피곤에 지쳐서 아무 생각없이 푹 자고 싶었다. 동경의 가 볼만한 곳을 구경하겠다는 생각은 별로 하지 않았다. 다만 출구가 막힌 듯한 답답함에서 벗어나려면 다른 곳으로 이동해보는 게 어떨까 그런 막연한 기대감만 갖고 떠났다.

내가 쓴 소설이 올가미가 되어 자신을 괴롭히게 될 줄은 전혀 짐작조차 하지 못했다. 오빠는 이혼을 한 후, 시골로 옮겨가 전원생활을 했다. 감나무 오백그루가 있는 들을 사들여 가꾸는 일로 소일했다. 모든 걸 정리하고 시골로 내려갔으나 진정 자유롭지는 않았던 것 같다. 아내들과 자식들까지 떠나버린 고독한 생활을 위로한 건 오빠가 기르는 다섯 마리의 개들뿐이었다. 언젠가 어머니를 뵈러갔다가 근처에 사는 오빠의 집에 들렀더니 마침 어미개가 강아지 여섯 마리를 낳았다. 강아지는 눈도 못 뜨고 어미 품에서 정신없이 젖을 빨고 있었다. 감나무가 줄지어 서있는 들에 실비가 내려 뿌연 비안개가 몽환적인 색채로 꿈틀거리고 있었다. 어미 개에게 사료를 주는 오빠의 뒷모습을 바라보며 꿈을 잃은 한 남자가 존재의 통증을 앓고 있는 것처럼 느꼈다. 평소에 간이 나쁘지 않았던 오빠가 급성간암이라는 선고를 받았다. 오빠의 정신이 어느 날 긴장을 놓아버렸고 급기야 몸이 그 뒤를 따라 풀어졌을지도 모른다. 능력이 떨어지고 의욕이 감소되는 터널 비전에 빠져들면 죽음으로만 뚫려있는 비관적인 사고로 치닫게 되고 출구가 없는 통로는 오직 죽음으로만 열리게 된다. 이건 너무 지나친 비약일지도 모른다. 성년이 된후, 우리는 각자의 삶에 지쳐 어머니를 통해서만 간헐적으로 소식을 듣는 정도였다.

  존재의 통증을 앓기는 나도 마찬가지였다. 나는 편자환이라는, 모든 염증에 잘 낫는다는 한약을 물을 마시지 않고 입에 털어 넣었다. 공복에 하루 세 번씩 육 개월 동안 복용했다. 얼굴이 길쭉한 한의사는 물 없이 마시라고 했다. 온종일 쓴 물이 입에 고여 있어서 혀에 깊숙이 박혀버린 맛은 온종일 모든 음식물에 쓴맛을 가미했다. 낫는 기색은 없었다. '알로에 베라' 라는 생약도 복용해 보았다. 아무런 효과가 없었다. 잘 소화되었던 음식도 잠들기 직전이라든가 혹은 혼자 있다든가 뭔가 골똘하게 생각할 때면 다시 목에 걸렸다. 이러다가 식도암에 걸려 나도 오빠를 따라가는 게 아닐까 하는 불길한 생각이 들었다. 식도염을 앓으면서 생리도 끊겼다. 식도염으로 병원을 출입하면서 내친 김에 내과와 산부인과에도 들렀다.

  "생리가 석달째 없어서요."
  "골다공증 검사와 유방암 검사, 그리고 자궁암 검사, 간 콩팥의 건

강상태를 다 체크한 뒤에 홀몬제를 복용하는 겁니다. 식도염을 앓고 있어서 지금으로선 홀몬제를 드릴 수 없지만 좀 두고 봅시다. 아직 폐경같진 않은데……."

의사는 코에 걸친 안경을 밀어 올리며 말끝을 흐렸다.

난소가 두꺼워져서 더 이상 생리가 나오지 않을 경우에 먹는다는 홀몬제는 생각보다 엄밀하게 체내상황을 테스트한 후에 결정되었다. 의사는 우선 검사결과를 지켜보자고 했다. 나는 약을 사갖고 네 정류장을 걸었다. 아파트사이에 생긴 산책로를 따라 정신없이 걸었다. 낙엽이 발등으로 떨어졌다. 낙엽은 우수수 떨어지지 않고 하나씩 쉬어가며 잎을 떨구었다. 어깨에 맨 가방을 열고 길에서 산 대추를 꺼내 입에 넣었다. 폭신한 과육이 이사이에서 단맛을 낸다. 세월은 잠깐 사이에 흘러갔다. 병원의 복도는 텅 비어 있었다. 내 나이 또래의 여자들이 웅크리고 대기실 의자에 앉아 있었다. 치료를 하러 온 여자들의 모습이 신산하게 보였다. 남자나이가 사십 중반이면 한창 아닐까. 여자의 삶이 더 빨리 지고 고단한 것 같다. 화장기 없고 온순한 인상의 간호사는 처방전을 주며 병원 정문에서 오른쪽으로 돌아가면 약국이 있다고 가르쳐 주었다.

약국에 들어가 처방전을 주고 의자에 앉아 기다렸다. 주사를 맞은 쪽의 엉덩이가 뻐근하도록 아팠다. 약사가 호명하는 대로 약을 받아왔다. 집에 도착하자 요란하게 전화벨이 울렸다. 처방전을 다시 보라는 약사의 말대로 가방을 열고 이름을 보니 내 이름이 아니었다. 내 이름으로 착각할 만큼 발음이 비슷했다. 다른 사람의 약을 받아왔으니 다시 가야 했다. 약사는 그 약을 먹으면 절대 안 된다고 했다. 수화기에서 '정신 차리고 살아' 그러며 질책하는 것 같았다. 내 몸이 가누기 힘이 드니까 오빠가 슬그머니 이해가 되었다. 나 역시 살다가 시련을 겪거나 병이 나면 부모에게 원망이 돌아가는 퇴행을 경험하곤 했다. 오빠가 모든 것을 어머니의 탓으로 돌렸던 것은 어리광이었다. 어머니는 현상소를 넘기고 이혼한 채 시골로 내려온 오빠와 여전히 불화했고 그 고통을 내게 낱낱이 고해바쳤다. 오빠를 이해할 수 없었던 어머니는 툭하면 내게 전화를 걸어 기이하고 정나미 떨어지는 오빠의 소행을 얘기하며 위로받으려고 했다. 모자간의 싸움은 너무 사소한 것이 발단이 되곤 했다.

"에미야, 어젠 오래비가 내 집에 와서 재떨이를 훔쳐갔다며 내놓으라고 난리를 쳤단다."

"어머니가 재떨이가 왜 필요하세요?"

나는 음성에 짜증을 섞어 다그치듯 물었다.

"집 고칠 때 사람이 와도 그렇고 가스통을 갈 때 남정네가 와도 그렇고 서울서 네가 와도 그렇고 손님이 와서 찾을까봐, 오래비가 안 쓰길래 가져왔지."

"장에 가서 하나 사지 그랬어요, 그게 얼마나 한다구 오빠를 건드렸어요."

외로움을 푸는 방법을 모르는 모자간의 다툼은 어떻게 보면 대화였다. 남들이 보기엔 영낙없는 싸움질이었으나 그건 외로움에 찌든 사람들의 거친 대화였다. 일반인이 수화로 말을 하는 것처럼 답답하고 어색했으나 궁합이 맞지 않는 모자간의 애틋한 애정표시였다면 과장된 해석일까. 북쪽에서 끝을 봤더라면 좋았을 것을, 일사후퇴때 피란을 내려온 것이 사고였다. 오빠의 아비는 빨갱이에게 끌려가 매를 맞고 죽었다는 말도 있고 지주의 아들로 머슴에게 대꼬챙이에 찔려 죽었다는 말도 들었다. 그들의 싸움을 신물나게 바라볼 때마다 혹은 혼절한 어머니를 입원시키고 한숨 돌릴 때마다 나는 혼자서 군시렁거렸다.

"오빠는 그 때 남쪽으로 오다가 폭격에 맞아 죽었어야 했어, 아무튼 이북내기 종자라는 건 쯧쯧"

그 두 사람은 각자의 집에서 혼자 살았지만 불과 백 미터쯤 떨어진 거리에서 서로 왕래하며 지냈다. 오빠는 이혼을 하고 아이 셋을 몽땅 전처에게 뺏기고 몹시 외롭게 살았다. 개를 키우고 너른 뜰에 연못을 파거나 화단을 만들며 소일했다. 어머니는 시골집에서 내가 통장으로 보내주는 돈으로 근근히 살았다. 그 둘은 싸움으로 밖에는 외로움과 애정을 표시할 줄 모르는 머저리같은 모자간이었다. 그들이 싸우는 것을 뜯어말리고 화해시키려고 교통정리를 하다보면 자신이 태어나지 말았어야 했다는 모멸감에 빠져들었다. 어머니와 오빠는 전쟁의 폭격을 온몸으로 받아버린 운없고 가엾은 따라지들이었다. 어머니에게 자식은 둘이었으나 오빠에게 쏟는 애정은 각별했다. 늘 어머니가 오빠의 일을 거들고 나선 탓일까. 오빠는 심성이 여리고 의지가 약했고 늘 일이 풀리지 않았다. 어머니가 갖고 있던 재산도 오빠에게 거의 쏟아 부었고 손바닥만한 전세방에서 겨우 나는 공부를 마쳤다.

덕분에 나는 독립적이 되었고 오빠만 유독 일이 꼬였다. 오빠는 평생 어머니의 비난과 간섭을 받으며 살았다. 오빠에겐 한 가지 특징이 있다. 결혼을 할 때마다 이상하게 주점이나 다방에서 일하던 종업원을 택했다.

이상의 소설 날개에 나오는 폐병쟁이 남자처럼 나중에는 여자에게 모욕을 받고 발길에 걷어 채였다. 오빠는 명문만 다닌 수재였으나 오빠의 행동을 보면 누구도 믿지 않을 것이다. 오빠의 유전자에 그런 속성이 들어 있어서 그럴 수밖에 없었던 것은 아닐까하는 생각까지 했다. 오빠의 첫 번째 부인은 오빠가 차린 디피점의 종업원이었다. 오빠는 영화감독이 되고 싶어 전공을 그쪽으로 택했다. 집에는 암실이 있었다. 어렸을 때 오빠가 없는 틈을 타 암실에 들어가 보았다. 어두운 그 밀실에서 나는 신비감을 느꼈다. 인화된 사진이 죽 빨랫줄에 빨래 걸리듯 걸려 있고 마치 테러리스트가 결사의 날을 가다리며 은닉하는 장소처럼 어둡고 음습했다. 오빠는 그곳에서 꿈을 꾸며 살았다. 카메라의 렌즈를 통해 세상을 바라보는 오빠는 나르시스트다. 타인이 지옥인 이유는 자기 도취를 방해하고 훼손하기 때문이다. 타인을 예의바르게 바깥에만 존재하게 하는 체제야말로 완벽하게 평화롭고 아름다운 세계였고 암실은 오빠만의 세계였다.

오빠의 꿈이었던 영화감독은 좌절되었고 그 대신 명동에 자그마한 사진 현상소를 차렸다. 렌즈를 통해서 바라본 세상은 신비하고 아름다웠다. 오빠는 환상의 세계에서 살았다. 누구도 자신의 내부로 틈입할 수 없는 자족적인 삶의 시스템을 구축하는 암실, 그곳의 암등에서 나오는 붉은빛은 자궁속처럼 침울해 보였다. 밧트에 인화지를 담그고 골고루 음영이 스며들게 하기 위해 핀셋으로 현상액을 저으면 물결소리가 들렸다. 오빠는 그 소리에서 양수 속을 헤엄치는 자신을 느꼈는지도 모른다. 아집과 폐쇄성안에 안주하고 싶었다면 오빠가 바라본 세상은 렌즈를 통해서만 빛을 발했을 것이다. 오빠의 유약함이나 비현실성이 어머니를 못견디게 했지만 그건 어머니와 무관하게 이루어진 세계는 아니라는 생각이 든다.

 사진은 빛으로 그리는 그림이지만 찍는 사람의 마음을 세밀하게 드러내는 작업이기도 했다. 암실에서 오빠는 진정 자유를 느꼈을지도 모른다. 오빠의 암실에는 확대기가 있었다. 필름을 끼우고 불을 켜면 이젤에 고정된 인화지에 필름의 피사체가 찍혔다. 그것을 현상액이 넘실대는 밧트에 담그면 염화산나트륨의 냄새가 코를 자극했다. 인화지에 서서히 용액이 스며들면서 피사체의 윤곽이 드러났다. 그 시간을 조절하기 위해 오빠는 수없이 같은 동작을 되풀이했다. 마음에 드는 사진이 나올 때까지 오빠는 암실에서 나오지 않았다. 언젠가는 내가 암실로 밤참을 갖다 주었다. 암등아래서 한쪽 팔을 베개삼아 잠든 오빠의 모습은 몹시 외로워보였다. 나는 담요를 덮어주고 암등을 꺼주었다. 오빠의 왕국은 캄캄해졌다. 오빠의 얼굴이 기쁨에 들떠있을 때는 마음에 드는 사진이 완성되었을 때였다. 마음에 드는 사진이 되면 흑백의 현상액에 칼라액을 넣어 빛을 까맣게 태우는 작업을 하기도 하고 빛을 막아 희게 하는 작업도 했으며 푸른 기운이 도는 분위기도 나타냈고 따뜻한 기운이 감도는 배경도 연출했다. 사진은 시간과 공간을 정지시켜 한 장의 사진으로 남지만 찍는 사람의 마음을 대변해 주었다. 오빠는 외로움을 쉬이 타는 소극적인 성격이었다. 오빠가 중학교를 졸업하던 날, 어머니는 카메라를 사주었고 그때부터 오빠는 사진에 심취했다. 고등학교 시절, 오빠는 사진 콘테스트에서 최우수상을 받았다. 그 사진은 크게 확대해서 마루에 걸어 놓았다.

  요사채의 문설주에 기대서 해바라기하는 동자승을 찍은 사진이었다. 추녀 끝에는 나무로 만든 새가 한 마리 매달려 있었다. 동자승의 모습이 외로워 보이면서도 청초하게 느껴졌다. 오빠는 카메라를 메고 며칠씩 훌쩍 사라지곤 했다. 어느 땐가는 바람을 찍으러 설악산으로 며칠씩 가기도 했고 언젠가는 처마 밑에서 두 어린이가 비를 피해 있는 모습을 담은 사진을 보았다. 빗물에 어룽지는 길은 비어있고 바삐 걸음을 움직이는 어른의 부지런한 발걸음이 두 어린이를 더 애틋하게 대비시켜 주는 사진이었다. 흑백사진이었는데 전체적으로 푸른색이 감돌아 더 처량하게 느껴졌다. 오빠는 그 사진을 찍는데 이년이 걸렸다. 장소를 물색한 후에 비가 오면 그 장소에 가서 무작정 기다렸다. 어느 날 우연히 남매가 비를 피해 오빠가 원하던 그 처마 밑에 서 있는 모습을 발견했고 드디어 오빠는 마음에 드는 사진을 찍을 수 있었다. 오빠의 마음은 사진을 통해 표현되었고 그 세계는 자신만이 들어갈 수 있는 폐쇄된 공간이었다. 암등을 켜놓고 현상액에 인화지를 담그고 핀셋을 들고 있는 오빠의 모습은 내 머리속에 영원히 각인되어 있었다. 오빠의 청년기는 사진을 찍고 인화하는 작업에 몰두했다. 어느 때인가 바람을 찍으러 오대산에 간다며 배낭을 지고 집을 나서는 오빠에게 내가 물었다.
"오빠, 바람을 어떻게 찍어요?"
"피사체를 무엇으로 사용했느냐에 따라 더 잘 드러나 보일 수도 있지, 내가 바람을 네게 보여 줄게. 사진은 빛으로 그리는 그림이니까 가능해."
빙긋 웃는 오빠의 등허리에 서늘한 고독이 드리워졌다.
나는 오빠가 그 후로 현상소를 차리게 된 거며 망하고 다시 무슨 사업인가를 시작한 것들을 소상히 기억하지 못한다. 두 번이나 어머니가 반대하는 결혼을 했으며 종당엔 두 번 다 이혼을 했다. 첫 번째 올케는 이혼을 한 뒤에 일본을 왕복하며 뭔가를 팔러 다닌다고 했으나 팔러 다닌 게 자기 몸이었다는 걸 나중에야 눈치챘다. 아니, 오빠는 알았을 것이다. 놀라운 것은 오빠가 지치지도 않고 다시 재혼을 했다는 거다. 그리고 그 다음 부인은 다방의 종업원이었다. 그 여자는 맹랑했다. 업소에서 입던 의상을 죄다 싸들고 시집을 왔다. 그녀의 한복은 평범한 의상이 아니라 스팡크가 달리거나 섶이 바투거나 어두운 색 일색이었고 드레스는 까만 벨벳에 가장자리에 토끼털을 달고 가슴이 깊이 패인 옷이었다. 샌들은 통굽으로 모두 굽이 높고 디자인이 특이했다. 어머니는 그런 며느리를 맞아들일 때마다 기절과 발작을 번갈아 했고 집안은 전쟁터 같았다. 오빠가 왜 그런 여자들을 아내로 삼았는지 그리고 번번이 결혼이 실패로 끝나는지 나는 알 수가 없었으나 오빠는 심한 애정결핍에 시달리지 않았나 하는 생각이 든다. 자기를 사랑해주는 여자면 아무 것도 가리지 않고 선택하는 마음의 뒤에는 무언가가 있을 것이다. 오빠의 여자 고르는 안목에 문제가 있다는 걸 알게 된 어머니는 어느 날인가 오빠를 포기하고 재혼을 하게 되었다.

 의부는 일사후퇴때 피란을 와서 부산에 머물 때 잠시 동거했던 아버지의 친구였다. 그러니까 의부는 아버지를 잘 알고 있었다. 아버지가 죽었을 때 어머니를 위로하던 친구였다. 그는 양은 그릇장수였으나 어머니와 한 고향 사람으로 그사이에 홀아비가 되었고 압력밥솥을 개발해서 알부자가 되었다. 어머니는 늘 일사후퇴때 핏덩어리를 안고 사선을 넘어온 불쌍한 내 아들이라고 구시렁거리던 타령을 멈추고 내 시선에 멈칫거림도 없이 냉큼 새로 시작한 신혼살림에 푹 빠져들었다. 어머니가 오빠에게 다시 집착하게 된 것은 의부가 죽고 난 다음부터였다. 어머니는 왜 오빠라면 맹목적이 되는 걸까. 오빠는 승마에서부터 아이스하키, 권투, 사진 촬영까지 다양한 취미를 갖고 있다. 모두 돈이 들어가는 화려한 취미였으나 불구처럼 키워지는 이유를 나는 알지 못했다. 나중에 친척이 말해 주었다. 오빠의 아버지는 주재소에 끌려가 매 맞아 죽은 지주의 아들이었고 그 아버지의 어머니는 신이 들려 집안의 골방에 갇혀 살았으며 아버지가 죽자 어머니는 친정으로 오빠를 임신한 채 야반도주했고 급기야 남쪽으로 넘어온 것이다. 그렇다면 오빠의 유전자에는 신들린 할머니의 피가 흐르고 있기 때문에 저토록 방황이 끝나지 않고 있는 것일까 아니면 아버지의 매 맞아 죽은 원혼이 억울해서 저승으로 가지 못하고 아들을 붙잡고 매달리는 것일까. 나는 모자가 맺어진 이북에서의 사건에 대해 알지 못한다. 전쟁도 모르고 부산 피난시절이 어떤 것인지도 모르겠고 법원리의 미군부대 근방에서 양키들 상대로 위스키장사를 다녔다는 얘기도 이해하지 못했다. 오빠는 반항을 했지만 내성적인 성격이라 표현을 못하고 오래도록 쌓여있었던 것 같다.

숙소에 도착하자 나는 샤워를 하러 욕실에 들어갔다. 속옷을 벗을 때 아직도 옷에서 약품냄새가 나는 듯 했다. 의사는 자궁경부에 상처가 있으니 치료하자고 했다. 자궁암 검사결과 B급으로 나왔다. A가 가장 양호하고 C급은 암이 될 가능성이 높다고 한다.
나는 폐경인가 알고 싶어 병원에 갔으나 그 문제는 잊은 듯 엉뚱한 치료와 검사로 매일 병원에 다니게 되었다. 자궁의 오른쪽에 보이는 물혹은 2.2센티미터라 별로 걱정하지 않아도 됩니다. 그 혹이 삼 센티가 넘으면 문제가 됩니다. 더구나 물혹은 사라질 가능성도 많습니다. 물혹이라 다행입니다. 근종은 딱딱하고 결국 떼어내야 하거든요. 대체적으로 자궁경부에 혹이 잘 생기는데 상처가 있을 경우에 암세포가 그곳에 달라붙어 자랄 수가 있거든요. 위벽에 가시가 박혀 상처가 났을 경우 그곳에 암이 자라는 것과 마찬가지 이유입니다. 레이저로 경부를 깨끗하게 한 번 깎도록 하지요. 나는 열흘 동안 병원에 다니며 치료를 받았다. 아직도 그때의 약냄새가 고스란히 후각에 붙어있다. 욕조에 다리를 세우고 앉아 샤워기를 어깨에 얹어놓고 고개를 파묻은 채 눈을 잠깐 붙였다. 뜨거운 물이 등을 타고 흘러 들떠있던 동경의 하루를 정리해 주었다. 물소리에 섞여 무슨 소리가 들렸다. 아아악, 아아악, 갓난아기의 애처로운 울음소리 같기도 하고 무언가 말하려하나 말이 되지 못하고 간헐적으로 소리가 끊기고 있었다.

나는 샤워를 멈추고 그 소리에 집중해 보았다. 까마귀소리였다. 순간 나는 머리 속을 확 찌르고 지나가는 생각에 온몸을 꼬깃꼬깃 말아 붙이고 뼈만 남은 손으로 내 철사같은 무릎을 있는 힘을 다해 끌어안았다. 샤워실에 들어온 까마귀소리, 저건 어디서부터 나를 뒤따라 온 것일까. 나는 타올을 걸친 채 창문께로 다가가 밖을 내려다보았다. 환청이었을까 아무 소리도 들리지 않았다. 얼음빛 하늘 한자락이 비낀 창문 밖으로 은행나무가 보였다. 나무는 잎을 절반이나 떨구고 있었다. 그 노란빛 위로 하늘이 보였다. 바람이 부는지 한차례 은행잎들이 휘익 공중으로 날렸다. 공중으로 흩어지는 은행잎이 내시선 속에서 빙그르 돌았다. 은행나무 밑으로 고등학교 건물도 빙그르 돌았다.

나는 와인을 가방에서 꺼내 놓기만 한 채 피곤해서 누웠다. 침대에 닿은 등허리로 따뜻한 느낌이 전해졌다. 아버지가 없는 자식은 등뼈 잃은 척추동물이라 한다. 편모에게 기대어 사는 자식의 입장에선 어머니는 성욕이 없는 사람으로 보이기를 원한다. 오빠도 어머니에게 배신감을 가졌었나 보다. 오빠는 일이 잘 안 풀리면 어머니에게 몹시 화를 냈으나 오히려 어머니는 아들이 하던 일이 잘 안돼 어머니의 품으로 안겨들면 기뻐하는 눈치였다. 언뜻 보면 어머니의 만족스러워하는 웃음은 기괴한 느낌이 들었다. 어머니는 모르모토를 관찰하고 보고서를 쓰는 과학자처럼 오빠를 나약하게 길들였다. 어머니는 이북에서 낳아 온 핏덩이라는 것이 오빠를 감싸는 맹목적인 이유였고 나는 어머니가 세운 법 사이에서 모자의 팽팽한 긴장관계를 완화시키는 판문점 같다는 생각이 들었다.

도쿄에서 만난 까마귀는 햇빛 아래서 갑자기, 계단을 오르다가 갑자기, 밤에 잠을 깨고 난 뒤 갑자기, 뭔가를 오래 쳐다보고 있는 사이, 그 사이 사이로 갑자기 찾아왔다. 그렇게 찾아와서는 쉬이 물러가지 않았다. 머리가 아프구나, 생각이 들면 온통 신경줄이 그리 쏠렸다. 강도가 점점 높아지고 나중에는 아픈 게 아니라 머릿속이 낱낱으로 분해되어 텅텅 울렸다. 오빠의 시신이 태워져 바람따라 흩어지던 날 벽제 화장터를 맴돌던 그 까마귀가 여기까지 날아온 것이다. 나는 와인을 한잔 마시겠다고 벼르며 여전히 누워있었다. 따뜻한 침대의 촉감이 감미롭게 다가왔다. 도쿄에 오자 식도염도 나은 것 같았다.

아침에 일어나 보니 불이 켜져 있었다. 나는 간편한 옷차림으로 외출을 했다. 간밤에 울던 까마귀가 자취를 감춘 하늘을 올려다보며 걸었다.

전철을 타고 우에노의 아메요꼬 시장에 갔다. 남대문시장의 두 배 크기의 시장이다. 우동집에서 간단하게 우동을 먹으며 거리를 살폈다. 물건을 하역하는 광경과 물건 값을 흥정하는 소리, 서민적이고 시끌벅적한 분위기가 흥미를 끌었다. 고가도로를 따라 길게 이어지는 제법 긴 시장을 살피며 돌아다녔다. 싼 값에 파는 면 셔츠와 괜찮은 악세사리가 눈에 들어왔다. 생선을 파는 골목엔 사람으로 넘쳐나서 걷기가 힘들 정도였다. 건어물 상점에서 오징어 여섯 마리를 천엔 주고 샀다. 오징어를 찢어 입에 넣고 우물거리며 걸어 다녔다. 사람들이 길게 늘어서 있는 빠찡꼬장 앞을 지나치다 보니 주부들의 모습이 의외로 많이 보였다. 장바구니를 든 부인도 보이고 핸드백을 든 내 또래의 아줌마들도 보인다. 아직 문을 열지 않은 가게 앞에 늘어서 있는 줄이 하필이면 도박장을 찾는 행렬이라니 좀 어이가 없었다. 어딘가 한곳에 집착해야만 하는 현대인의 중독현상이 우리보다 심각해 보였다. 악세사리 가게에서 귀걸이와 반지를 구경하고 껴보기도 했다. 주인은 나와 눈이 마주칠 때면 잔잔한 웃음을 보냈다. 싼 티셔츠를 파는 가게에서 옷을 들추며 마음에 드는 것을 골라 보기도 했다. 뽀빠이가 그려져 있는 셔츠를 들고 가격을 물어보니 우리 것보다 네 배는 비쌌다.

 나는 얌전히 셔츠를 내려놓고 가게를 나왔다. 외롭거나 허전할 때 자주 찾던 남대문시장과 다를 게 없었다. 활기차고 강한 생명력을 솟아나게 하는 시장 특유의 탄력이 내게도 전해졌다. 우에노 시장의 끝자리에 커피전문점이 있다. 노천의 의자에 나와 앉아 커피를 마셨다. 길 건너편에 다께야라는 쇼핑센타가 보이고 더러 한글로 된 간판도 보인다. 내 옆의 탁자에 남자가 선글라스를 끼고 샌드위치를 먹고 있다. 그도 나와 같은 방향으로 고개를 향해 있다.

 나는 커피를 마신 후에 쟁반을 커피집 내부에 가져다 놓고 가방을 어깨에 멨다. 옆의 남자에게 우에노 공원이 어느 방향으로 가야 있느냐고 물었다. 그는 안경을 벗으며 슬쩍 웃었다. 자기도 그 방향으로 가는 중이라고 한다. 그가 쟁반을 갖다 놓으려고 상점 안으로 들어갔다. 그가 나오는 동안 나는 지도책을 펴보았다. 그가 두 번째 신작로를 건너면서 내게 한국말로 물었다.

"한국에선 어디에 사십니까?"

나는 놀랍기도 하고 너무 반가워서 그의 팔을 잡았다. 남자의 키는 작은 편이었다. 하얗고 갸름한 얼굴과 가즈런히 빗은 머리가 영낙없는 일본인이었다. 그는 시간이 있다며 길을 안내해도 되겠느냐고 물었다. 나는 고개를 끄덕거렸다. '우에노꼬엔' 입구에는 벚나무가 앙상하게 가지를 늘어뜨리고 있다. 봉고차에 국회의원이 타고 있고 그는 확성기로 자기 정당의 자랑을 늘어놓고 있었다. 공원 주위에 있던 노인들이 그 소리를 들으러 몰려들었다.

"한국이나 일본이나 정치가들은 다를 게 없지요"

그는 봉고차를 돌아보며 말했다.

공원을 거닐다 보니 쇠락한 '기요미즈도'가 눈에 들어왔다. 그가 내 팔을 잡아끈다. 그 안을 들여다보니 어둠 속에서 작은 목조불상이 보인다.

"저 불상을 만지며 병이 낫기를 기원하면 소원이 풀려요"

미간을 찌푸리며 말하는 그의 눈빛이 마치 나의 내면을 빤히 알고 있는 듯한 표정이었다.

많은 사람들이 소원을 빌어서 불상의 코가 뭉뚝해지고 반들반들하게 닳아 있었다. 나는 불상에 손을 얹으며 '치유되고 싶어요' 빠르게 뇌고 돌아섰다.

　공원의 여기저기에서 새들이 울었다. 그들은 단답식 문답을 주고받는 것처럼 짧게 울고 그 울음을 다른 새가 받아서 또 짧게 울기를 반복했다. 가을인데도 잔디의 풀밭은 이상하도록 파랬다. 새들의 무리속에 섞인 까마귀도 볼 수 있었다. 온통 까매서 몸통의 구별이 없는 새가 작은 새들 사이에서 겅중거리며 다녔다. 까마귀가 울고 비라도 오면 공원은 음산하고 을씨년스러울 것 같았다.

　그는 신쥬꾸에 있는 빠찡꼬에서 아르바이트를 하며 대학에 다니고 있었다. 그는 한국에서 방송국계통에서 일했다고 한다. 코메디 프로에도 몇 번 출연했다고 한다. 나는 걷다가 서서 그의 얼굴을 정면으로 빤히 들여다보았으나 기억이 나지 않았다. 그가 다니는 일본대학이 바로 내 숙소 근처에 있다는 걸 알게 되었다. 나는 그에게 내가 머무는 숙소를 가르쳐 주었다. 그는 자기의 명함을 주면서 거기에 전화번호를 적어달라고 했다. 내가 그에게 식사를 사주고 싶다고 하자 그는 다음에 먹자며 아르바이트 갈 시간이 되었다고 전철역 쪽으로 사라졌다.

　그 다음 날 정오에 그가 나를 숙소로 찾아왔다. 숙소인 '신보쬬'에서 '간다' 까지는 걸어서 두 구역이라고 한다. 나는 그가 이끄는 대로 서점들이 즐비하게 늘어서 있는 '간다'의 헌책방을 돌았다. 고서점이 이대입구의 상가들처럼 한없이 길게 이어졌다. 한 서점에 들어갔다. 그가 책을 구경하는 내게 낮은 목소리로 속삭이듯 말했다.

　"일제시대를 거치며 우리나라에서 반출한 국보급 도서들이 심심찮

게 발견될 수도 있으니 잘 살펴보세요"

"난 만화책만 눈에 들어오는데요"

그는 엉뚱한 나의 대답에 손으로 가볍게 어깨를 쳤다.

재미로 산 책이 어느 날 값도 매길 수 없을 만큼 귀중한 책으로 돌변할 수도 있다는 말은 어느 정도 책을 볼 줄 아는 사람에게나 해당될 터였다. 나는 고서가 뿜어내는 열기에 주눅이 들어 서점을 나왔다. 그와 나는 그 거리에 어울리는 고풍스러운 커피숍을 찾아냈다. 점잖은 노인들이 신문을 보며 차를 마시고 있는 모습이 들어왔다. 우리는 거리가 보이는 창가로 앉았다. 탁자에 작은 아이비화분이 놓여 있고 갈색의 쉬폰 커튼 사이로 차분하게 거리풍경이 들어왔다. 내가 커피를 마시고 있는 동안 그는 수첩을 펼쳐 그림을 그렸다. 내 쪽으로 밀어놓은 그림을 보니 나의 캐리커처였다. 웃는 모습 뒤로 새가 보였다.

"이건?"

"까마귀예요, 일본에선 길조지요, 그대를 지켜주는 새."

우리는 눈이 마주쳤고 동시에 웃었다. 공기의 섬세한 펄럭임이 커피 향을 훅 몰아왔다. 그림을 그리기 위해 탁자에 올려놓은 그의 열 개의 손가락 하나하나가 리듬감을 갖고 서로 다르게 움직이고 있었고 나는 그의 손가락에서 오빠를 느끼고 있었다. 내가 어렸을 적에 오빠는 나를 카메라에 담기를 즐겼다. 경회루에서, 근정전에서, 종묘의 삭막한 나무들 사이에서 찍은 내 사진들을 시집올 때 오빠의 앨범에서 마구 뜯어왔다. 풀로 부친 사진을 뜯어낼 때마다 그 흔적이 남은 공간은 전쟁 뒤의 폐허처럼 삭막했다. 어느 날인가, 친정에 갔는데 오빠가 나를 조용히 불렀다. 방으로 들어갔더니 앉으라고 했다. '네 모습이 찍혔으면 네 것이냐? 당장 내 사진을 갖고 와.' 오빠는 너무 화가 북받쳤는지 방에 세워두었던 스키 한쪽을 집어 들더니 그것으로 나를 후려치려고 했다. 나는 줄행랑을 쳤고 친정걸음을 한동안 끊었다. 다시 가져다 놓은 그 사진들은 지금 어디에 있을까. 나는 노략질하다가 들킨 도적이었고, 한동안 오빠를 피해 다녔다. 오빠가 앨범정리를 할 때 옆에서 지켜보면 그렇게 정성스러울 수가 없었다. 앨범은 검정색 바탕의 두꺼운 도화지였다. 그 위에 사진을 부치고 그 밑에 노란색의 켄트지에 언제, 어디서 찍은 것임을 만년필로 간단하게 적어 넣었다. 사진을 다닥다닥 부치는 게 아니라 어느 땐 그 넓은 공간에 한 장만 부칠 때도 있었다. 사진의 분위기가 느껴지게 공간구성을 하고 세심하게 그때의 시간을 기록해 놓았다. 사진은 오빠의 분신이었다. 그의 손가락이 떠올린 오빠의 추억을 더듬으며 나도 탁자 위에 손을 올리고 그가 그리는 그림을 바라보았다. 그는 풍경화도 그리고 강아지가 모여 노는 모습도 그렸다. 그가 캐리커처를 내게 건네주었다.

"뭔가를 잃어보지 않은 사람은 늘 목적을 갖지만 상실을 아는 사람은 의지를 두지 않아요."

그의 음성은 긴 비단을 끌며 지하의 계단을 밟고 내려가는 듯 했다. 그의 손끝이 내게 닿자 손가락 사이로 거미줄 같은 의식이 빠져나가는 것이 느껴졌다. 나는 행운의 부적을 받아들듯이 수첩을 꺼내

갈피사이에 접어 넣었다. 그를 도쿄에서 만난 게 신비하게 느껴졌다. 그곳을 나와 전철을 타고 '에도 박물관'에 갔다. 네 개의 거대한 기둥이 건물을 떠받친 독특한 건축양식으로 지어졌다. 에도시대의 정통 건물을 복원한 모형을 감상하며 5층의 상설전시장으로 향했다. 마침 이집트의 골동품들이 전시되고 있었다. 우리는 박물관을 나와 공원에 앉았다. 가로수의 키가 낮은 탓인지 한결같이 그늘이 어둡게 드리워져 있다. 활엽수들의 기운과 이슬에 젖은 풋풋한 풀들의 냄새가 숨이 막히도록 싱그러웠다. 숨을 몇 번 들이키자 이내 뱃속이 가득 차는 포만감이 솟았다. 작고 예쁜 계집아이가 부모의 손을 잡고 걷고 있다.

그 다음 날, 우리는 신쥬꾸의 가부기에 있는 이류극장에 영화를 보러 갔다. 우리나라보다 느슨한 심의 덕분에 거의 잘리지 않은 영화를 볼 수 있었다. 영화를 보고 와서 보고서를 제출하는 것이 그의 과제라고 했다.

"이 극장에 애니메이션을 보러 자주 들러요."

그가 속삭이듯 말하며 내 손에 캔 커피를 쥐어 주었다. 컴컴한 극장 안에서 차가운 커피와 뜨거운 남자의 손끝이 함께 전달되자 야릇한 기분이 들었다. 그곳을 나와 '가이덴스시'라는 회전초밥 집에서 식사를 하고 거리를 쏘다녔다. 무작정 들어가 본 상점은 당황스럽게도 섹스용품을 파는 가게였다. 검은색의 가죽 속옷과 채찍, 각종 성기구가 정육점의 고기처럼 좁은 상점의 천정에 주렁주렁 매달려 있었다. 멋쟁이 여자들이 콘돔을 고르고 있다. 오색의 알록달록한 콘돔은 화려한 풍선을 연상시켰다.

　남자는 지루한지 상점 밖에서 담배를 피우고 있다. 그의 옆모습은 피곤해 보였다. 눈이 마주치자 그가 손짓으로 이제 그만 나오라고 했다. 그는 앞장서서 일본색 짙은 록을 공연하는 라이브 하우스로 나를 데려 갔으나 내부수리중이었다. 그는 낭패한 표정을 짓다가 그 옆의 서점으로 들어갔다. 그가 관심 있어 하는 책은 주로 미술에 관한 서적들이다. 그가 책을 살피는 동안 나는 이어폰을 끼고 음악을 들었다. 보첼리의 감미로운 음성이 온몸으로 부드럽게 흘러내렸다. 시디를 보니 가격이 턱없이 비쌌다. 나는 계산대 앞에 쌓여있는 각종 물건을 안내하는 책자를 갖고 나왔다. 서점을 나오며 뒤를 돌아보았다. 이어폰을 끼고 등을 보이고 있는 사람들이 한 무더기의 유령들처럼, 헛것들처럼 언제까지나 그곳에 서 있을 것처럼 불안하게 보였다. 그가 언제 샀는지 시디를 내게 내밀었다.

　"선물이예요"

　나는 말없이 목례를 했다. 그가 내손을 잡더니 네온사인이 휘황하게 돌아가는 골목으로 들어갔다. 야한 술집으로 안내하며 그는 이곳에 자주 오지 않는다는 묘한 변명을 했다. 입장권을 사는 표정이 소년처럼 귀엽다. 안은 어두웠다. 무대에 미희들이 올라와 춤을 추었다. 대부분 한국에서 온 여자라고 한다. 얼굴이 화끈거렸다. 내안에서 물결치는 소용돌이를 감추느라고 나는 맥주를 많이 마셨다. 무대 위의 여자가 보여주려는 것은 몸이 아니라 상처 난 마음은 아닐까 하는 생각이 들었다.

우리는 그의 숙소로 자리를 옮겼다. 그의 집은 아주 정결했다. 일곱 평이나 될까 말까한 작은 원룸이었으나 공간마다 수납장이 있어서 활용을 잘하고 있었다. 그의 싱글 침대 커버에는 푸른색의 바둑무늬가 그려져 있었다. 눈매가 시원스러운 일본 여배우의 브로마이드가 벽을 장식하고 있다. 그가 맥주를 냉장고에서 꺼내왔다. 캔이 부딪히는 순간 밖에서 까마귀소리를 들은 것 같다. 우리는 다시 사께라는 술을 마셨다. 섞어 마신 탓인지 몸을 가누지 못할 정도로 취했다. 나는 가디간을 벗어 머리에 괴고 바닥에 가로로 누워버렸다. 그가 베개를 갖고 와 받쳐주고 이마에 내려온 머리를 쓰다듬어 준 것까지만 기억이 난다. 내 이마에 닿는 감촉이 어머니의 손처럼 감미롭고 편안해서 나를 한없이 만져 주었으면 좋겠다는 생각을 했었다. 창문으로 들어오는 햇빛을 느끼며 내가 자리에서 일어났을 때 그의 방엔 나만 남아있었다. 뻐꾸기시계가 아홉 번을 울리고 방의 한쪽구석에 밥상이 차려져 있다. 다가가서 밥상보를 걷었다. 메모에는 아침을 먹고 열쇠는 신발장에 두라는 말과 자기는 오전수업이 있어서 실례를 하게 되었다고 적혀 있다.

나는 웃으며 반찬그릇의 뚜껑을 열어 보았다. 날채소에 고춧가루가 듬성듬성 박힌 김치를 담은 보시기는 소꿉장난을 할 때 놀던 그릇처럼 앙징맞다. 식어버린 미소시루와 노릇하게 튀겨진 생선이 한 토막 식탁에 놓여 있다. 나는 식사를 하지 않고 밖으로 나왔다. 하늘은 잔뜩 찌푸렸다. 까마귀가 머리위에서 두어 번 맴돌더니 날아가 버렸다.

나는 등 돌린 까마귀를 향해 아는 체를 하려고 손짓을 했다. 일부러 천천히 걸었다. 도쿄에 와서 누군가를 만나고 그 누군가가 남자며 너무나 자연스럽게 그와 돌아다녔다. 이런 일이 일어날 줄 상상이나 했던가. 그가 침대바닥에서 잔 흔적을 발견하자 나는 웃음이 비어져 나왔다. 어젯밤 내가 그에게 부탁을 했던 것 같다.

"내가 먼저 잠든 다음에 자세요."

그는 고개를 끄덕거리며 내 손을 그의 두 손안에 꼭 쥐어 주었다. 그는 방송국에서 연기를 하기 전에 서울에서 공업디자인과를 졸업했다. 결국 연기는 아무나 하는 게 아니라는 결론을 내렸고 전공을 살리기 위해 애니메이션을 공부하러 유학을 오게 되었다고 했다. 미혼이고 나보다 서너 살은 아래로 보였다. 그는 비온 뒤의 상량한 바람, 이제 마악 딴 과일의 향기처럼 내게 다가왔다. 오늘은 어디로 가야 하나, 갑자기 허둥거려지고 어깻살이 파이도록 외로움이 밀려왔다. 일단 내 임무는 걷는 일인 것처럼 마음의 준비를 하고 그의 집을 나왔다. 다리가 저절로 꺾일 때까지 거리를 헤매는 일이다. 전철을 여러 번 갈아타는 수고보다 잘못 타서 불안에 떠는 일이 더 힘들고 수치스러웠으나 가보고 싶은 곳이 있었다. 엄두가 나지 않아 포기하려고 했던 '하꼬네'로 향했다.

지도를 펼치고 보니 내가 서 있는 위치에서 세 번을 갈아타야 한다. 나는 우에노에서 내려 신간센으로 갈아탔다. 차창으로 보니 내 모습은 많이 늙었다. 오빠가 죽고 나자 갑자기 나타나기 시작한 흰머리 때문만은 아니다. 그냥 내가 몹시 늙어버렸음을 안다. 전에는 한

해씩 순차적으로 나이를 먹으면서 그에 맞춰 늙어간다고 생각했었다. 그러나 그 생각은 틀렸다. 어느 순간 돌이킬 수 없이 늙음으로 들어가버리는 것이다. 아무런 경고등도 없이 불쑥 나타나서 눈 깜짝할 사이에 빨아들인다.

나는 흐트러진 머리를 추스르며 지도를 꺼내 다시 점검을 했다. 종점에서 내려 하꼬네로 들어가는 등산열차로 옮겨 탔다. 똑바로 가던 열차가 구간을 지나면서 앞뒤로 방향을 바꿔 올라가곤 하는데 놀라웠다. '스위치 백'식의 전형적인 등산열차가 있다는 얘기를 중학교 지리시간에 들은 기억이 떠올랐다. 기차를 탄지 삼십 분쯤 지나자 유황성분을 함유한 기포가 보글보글 끓어오르고 있다. 미술관에서 내려 잠시 구경을 하고 케이블 카로 옮겼다. 열차는 한번에 많은 사람을 태울 수 있지만 로프웨이는 한정된 수만 탈 수 있어 사람들은 줄을 섰다. 화산활동으로 만들어진 130미터 높이의 대협곡 사이를 외줄에 대롱대롱 매달린 채 지나갔다. 아래를 보니 산내부에 갇혀 있던 수증기가 폭발하면서 만들어낸 화구가 보였다. 뽀얗게 올라오는 수증기와 진한 유황냄새, 끓어오르는 진흙, 기세등등하게 살아 움직이는 화산의 모습이 보이고 그 위로 까마귀가 날아가는 모습이 보인다. 좀 더 가니 지고꾸(지옥)라고 부르는 자연 연구로가 이어지고 지옥이라는 이름이 걸맞게 메케하게 퍼져 나오는 유황 연기와 안개처럼 눈앞을 가로막는 수증기에 휩싸인 산책로가 이어졌다. 두려움의 끝자락을 다 훑치지 못해서 나는 눈을 감았다. 부챗살 모양으로 활짝 펴진 후지산이 안개사이로 비쳤다. 케이블 카에서 내려 사람들은 유람선을 타러 흩어졌고 나는 구도까이도 스기나미끼라는 삼나무 가로수 길로 접어들었다. 둘레를 빽빽하게 둘러싼 삼나무 수령은 350년이라고 적혀 있다. 하늘이 보이지 않을 정도의 울창한 삼림이었다. 그 길에서 나는 귀에 익은 새소리를 들었다.

나는 이킬로미터의 그 길을 왕복하며 좀 전의 로프웨이에서 내려다 본 지고꾸를 생각했다. 청량한 공기와 정적이 감도는 신비스러운 삼나무숲길이나 지고꾸도 내안에 들어있다는, 까마귀에게 정성을 쏟으면 하얗고 깃털에 윤이 나는 작은 새가 될 수도 있을 거라는, 혼란스러운 생각끝에 나는 그만 그 숲 속에 주저앉아 울었다. 울 곳이 없어서 나는 여기까지 온 것인가, 나는 자신을 그만 학대하고 싶었다. 골수부터 발톱에 이르기까지 변하고 싶은 충동을 느꼈다. 무겁거나 진지한 대신 즉흥적이고 무책임하고 변덕스러운 사람으로 기억되고 기대되는 사람으로 말이다. 돌아오는 길에 너무 허탈해진 탓인지 숙소로 돌아올 때까지 전철을 두 번이나 잘못 타는 실수를 했다. 육십리는 걸었을까, 방문을 열자마자 무릎을 꿇고 쓰러졌다. 잠과 나 사이에 미농지 같은 종이 한 장이 가로놓여 있는 것 같았다. 미농지 저편으로 현실의 그림자들이 자꾸만 흘러갔다. 너무 멀어 손이 안 닿는, 그래도 조금만 뻗으면 잡힐 것 같아 간절히 안타까운 곳에서, 닿지도 솟아오르지도 못하는 의식을 헤집으면서 섞일듯 말 듯한 소리에, 나는 슬몃 눈을 떴다. 낮에 보았던 나무라곤 없는 유황산에서 오빠가 부르는 소리 같다.

나는 벌떡 일어나 커튼을 걷고 창밖을 휘둘러보았다. 맞은편의 고등학교 건물만 시꺼멓게 윤곽을 드러낼 뿐 거리는 정적에 깊숙이 물들어 있다. 저 골목 모퉁이께의 버드름하게 쏠린 나무에 오빠가 앉아 있을지도 모른다. 혹 무슨 말 못할 원을 품고 죽어서 갈 데로 못 가고 어리중천을 헤매는 원혼이 씌어, 그 한풀이 호소를 하러 여기까지 따라온 건 아닌가 하는 생각이 들었다. 탁자에 턱을 괴고 눈을 감았다. 부리서부터 발톱까지 온통 먹장인데다가 울음소리마저 업신여김을 받아 온 흉조, 그 까마귀가 부리로 내 가슴을 두드리며 부드럽게 품 안으로 파고들었다. 오로라, 일생에 한 번이나 두 번밖에는 나타나지 않는 그야말로 눈부신 정념의 빛이 새 주위를 에워싸고 있었다.

　나는 두 손을 모아 새를 영접하며 오빠의 영혼일지 모른다는 생각을 했다. 그렇다면 가슴 깊이 보듬어 나의 새로 길들여야겠다는 생각이 문득 떠올랐다. 죄책감을 가질 게 아니라 껴안고 함께 살면 어떨까. 빛은 죽음쪽에서만 비치고, 삶은 완전히 잠겨버려 며칠째 낯선 나라의 낯선 거리를 헤매고 다닌 끝에 한순간 그런 생각을 했다. 오빠는 이상주의자였고 심약했다. 현실에서의 패배는 누이에게 부끄러움으로 남았고 지금도 오빠는 내게 의지하고 싶어 연옥을 헤매고 있는 것 같았다. 삶의 냉기가 늘 한겨울처럼 등줄기를 파고들어서 한 줌 재로 날아가고 싶다고 유언했던 오빠를 뿌리던 날, 그 고단했던 날들의 메마른 외침처럼 화장터 뒷산에서도 까마귀 울음소리가 들렸다. 송장만 파먹고 산다는 저 새가 나는 이상하게 친근하게 느껴진다. 도쿄에 와서야 저 새소리의 의미를 알게 되다니 참 신비하다는 느낌이 들었다.

도쿄를 떠나는 날 아침에 비가 내렸다. 게처럼 기어 도착한 공항은 빙판처럼 고요했고 차가운 습기의 냄새가 미각으로 느껴지는 듯했다. 마치 날씨를 야금야금 먹는 것 같은 기분이 들었다. 억눌렸던 의식이 한올 한올 풀어지며 아메요꼬 시장에서 만난 남자의 웃는 모습이 설핏 비쳤다. 수첩을 꺼내 그 갈피사이에서 내 얼굴이 그려져 있는 캐리커처를 바라보았다. 나는 다시 수첩을 덮었다. 까마귀를 가슴에 보듬고 비행기에 올랐다.

무도증

　우산은 비우에, 뫼산, 비오는 산이라는 호를 가진 화가다. 나는 그를 만나기 위해 고속터미널 역에 도착했다. 약속장소인 엘지 주유소는 찾기 쉬웠다. 의외로 터미널근처에 주유소는 한 곳 밖에 없었기 때문이다. 주위를 훑어보았으나 내가 가장 먼저 왔는지 아무도 보이지 않는다.

　나는 주유소로 들어가 난로 앞 의자에 앉았다. 손님 나가주세요 하면 나갈 각오였으나 직원은 아무 말도 없었다. 창밖은 잔뜩 흐려있다. 전면유리로 되어 있어 건너편의 뉴코아 백화점과 장승처럼 서있는 아파트가 환하게 드러났다. 직원이 교대로 근무하는지 노란 머리를 한 여자가 숄더백을 메고 사무실로 들어왔다. 그녀는 구두를 벗고 운동화로 갈아 신은 다음 긴 머리를 곱창밴드로 묶고 유니폼을 입는다. 청소부 아주머니가 장갑꾸러미를 들고 사무실로 들어와 그것을 세고 있다. 나는 무릎위에 배낭을 올려놓은 채 딴 곳으로 시선을 옮겼다. 휘발유를 채운 차 운전자에게 돈을 받고 영수증을 끊느라 주유원이 부리나케 드나든다. 구석엔 철지난 크리스마스트리가 불을 반짝이며 졸고 있다. 나와 동행할 남자들은 우산의 동료들이다. 그 중에 내가 아는 사람은 우산뿐이다. 우산은 이혼을 하고 혼자 남매를 기르며 살고 있다. 우산의 이혼이 다리 건너 등불처럼 내겐 실감이 나지 않았는데 요즘 나는 그가 이해될 것만 같다.

　나는 어디론가 떠나고 싶었다. 체면불구하고 따라나서야겠다고 생각했다. 이민간 여동생이 이번 겨울에 와서 보름을 묵고 다시 뉴질랜드로 떠났다. 동생은 가디언이었다. 중학교 다니는 아이들 일곱 명을 인솔하고 떠났다. 유학생들이 날로 늘어나는 추세라 동생의 사업은 바쁘게 돌아갔다. 남편을 기다리던 예전의 모습에서 벗어나 적극적이고 활기차 보였다. 동생과는 가까운 사이였지만 차마 속내를 털어놓을 수가 없었다. '네 형부가 불능이야' 라고 말한다고 해서 내 문제가 해결되지도 않을뿐더러 입밖에 그 말을 내놓기 시작하면 나는 더 이상 가정을 지탱할 힘을 잃을 것만 같았다. 인천국제공항까지 동생을 배웅하고 돌아와서 바로 짐을 싸며 내일 아침 일찍 일어나야 한다고 다짐했다. 언제 올지 몰라서 이것저것 준비를 해놓았다. 식구래야 토니와 나, 단둘이다. 토니는 미라가 뉴질랜드로 유학을 떠나기 한 달 전에 우리의 가족이 되었다. 제부는 강남에서 유학원을 경영하고 동생은 유학생을 상대로 홈 스테이를 하며 살고 있다. 미라를 유학보내기로 한 것도 그곳에 동생이 있기 때문이었다.

　아침에 토니는 나를 따라나서는 줄 알고 있다가 내가 등산화를 신고 가방을 멘 후에 토니에게 인사를 하자 그만 실망을 했는지 멍한 표정으로 나를 올려다보았다. 토니는 갑자기 주름잡힌 코를 실룩거리다가 눈물이 그렁해진 모습으로 쓰러졌다. 현관문을 열고 나가다가 놀라서 토니를 덥석 안았다. 토니는 정신을 차리지 못하고 비실거렸다. 곧잘 차에 태워 데리고 다녔던 터라 자기도 으레 함께 가는 줄 알았다가 충격을 받은 모양이다. 나는 토니를 안고 병원으로 달려갔다. 수의사는 토니를 내게 입양해준 분이라 오래 전부터 안면이 있는 터였다. 갑자기 이런 증세를 보이는데 왜 그러느냐고 묻자 의사는 청진기로 진찰을 한 후 혀와 눈동자를 살피고 의자에서 일어났다.

"충격을 받았어요, 열도 있구……."

의사의 권유대로 내가 돌아올 때까지 입원을 시키기로 했다. 안정을 취하면 나아질 거라는 생각이 들어 나는 토니를 병원에 맡기고 돌아섰다. 토니는 목을 움츠린 채 눈을 감고 나를 바라보지 않았다. 토니는 강아지들이 옹기종기 모여 있는 우리 안에 들어가 구석진 자리에 웅크리고 앉았다. 몸을 돌려 벽을 향해 있는 모습이 어쩐지 내게 서운한 감정이 묻어있는 것 같아 가슴이 싸아하니 아려왔다. 우리 안은 집에서처럼 토니를 위한 담요가 깔려있지 않고 신문지 한 장이 달랑 놓여 바닥의 찬 기운이 그대로 전해질 것 같다. 자꾸만 뒷덜미를 잡아채는 것처럼 발걸음이 떼어지지 않았으나 찜부럭한 마음을 다잡고 병원 문을 나섰다. 약속을 취소할 순 없었다. 나는 병원을 나와 걸으면서 이해가 가기 전에 뭔가 확실히 해야겠다고 다시 결심한다. 토니의 급작스러운 발병으로 마음은 출렁거리고 발걸음이 조급해진다. 삼년 전에 이 병원에서 데려올 때 토니는 어미 퍼그의 가슴에서 젖을 빨고 있었다. 어미는 네 마리를 낳았고 그 중 가장 건강하고 영리한 토니를 내가 입양했다. 토니가 자라고 나서 보니 어미를 가장 많이 닮았다. 온통 세파에 찌든 할머니처럼 얼굴에 가로세로로 주름이 겹겹이 늘어진 얼굴이 고집스럽고, 보기만 해도 절로 웃음이 나왔다. 토니는 내가 하는 말은 대부분 알아들었다. 밀린 기사를 쓰는 동안은 나를 방해하지 않고 소파아래나 자기 집에 틀어박혀 나오지 않았다. 아무리 아파도 비틀거리며 기어이 자기 집에서 나와 베란다의 타일 위에 오줌을 누는 똘똘한 녀석이다. 내가 야단을 치면 금세 토라져서 나를 향해 등을 돌렸다. 심술궂은 시어미 등살에 구박덩이가 된 며느리처럼 청승살이 더께진 허리를 꼰 채 소파다리에 머리를 푹 박고 꿈쩍도 하지 않았다. 토니, 토니 불러도 반응이 없고 내가 가서 몸을 번쩍 들어 올려 가슴과 목을 쓸어주어야 눈꺼풀을 끔벅거리며 풀어졌다. 손님이 오면 행여나 주인을 해칠까봐 지나치게 경계태세를 하고 표정을 살폈다. N을 만나면서 한동안 소홀히 대했지만 토니는 불평도 없이 그저 내 눈빛만 기다리고 헤아리는 순종파다. 나도 점점 토니를 닮아 N이 불러주기를 고대하고 그의 눈빛이 기쁨으로 출렁이는가를 살피는 일에 골몰했다.

　N과의 관계에서 팽팽하게 조여오는 긴장감과 그것과 힘겨루기를 하는 갈등이 견디기 힘들어지면 나는 폭발할 것 같은 압박감을 느꼈고 마음은 젖은 옷을 입은 듯 불편했다. 조울증처럼 하루에도 여러 번 절망과 환희사이를 오르락거렸다. 자신을 무장해제하고 정리하고 싶었다. 마침 우산이 강릉으로 스케치여행을 떠난다고 했다. 동료들

과 떠나는데 동행하자고 했을 때 무작정 떠나 보자는 생각이 앞섰다. 우산은 내가 답답해지거나 삶이 실망스러워질 때 만나는 친구다. 그의 호처럼 그는 비오는 산을 무척 좋아한다. 사람이 호인이라 그의 화실엔 여러 직업의 사람들이 늘 들끓었다. 역술인, 화가, 문화부 기자, 그림을 배우는 주부들, 때때로 나는 그들과 술잔을 기울이며 얘기하기도 했다. 그는 내게 기운을 주고 위로가 되어 주지만 나는 충전이 되면 그를 떠난다. 떠나고 나면 다시 만날 때까지 생각이 전혀 나지 않는 친구다. 남녀가 친구가 되려면 첫째, 서로에게 섹스어필하지 않을 것이라 한다.

전혀 남자로 느껴지지 않는 남자, 나는 그에게 가끔씩은 여자로 보일까, 기대하지 않으면서도 설핏 그런 생각이 든다. 충전하기 위해 들르는 화실, 우울하거나 상처받았을 때만 찾아드는 곳이다. 우산을 만나면 머리로 치받던 열이 가라앉고 생각이 정리된다. 우산의 기를 받고 돌아서면서 나는 그에게 미안한 마음이 든다. 그러나 그에게 피해를 주지는 않는다. 시간을 안 지키는 친구에게 바람을 맞거나 아니면 몹시 나를 절망에 빠뜨리는 일이 발생했을 때 나는 대부분 전철을 타고 있었고 그 전철은 광화문을 지나가고 있다.

나는 광화문에서 갑자기 생각났다는 듯 후다닥 내리고 우산에게 전화를 한다.

선생님 뭐하세요? 그러면 우산은 친절하게도 어디예요? 하고 자상하게 묻는다. 여기 광화문이요. 그러면, 오세요. 라고 대답한다.

비오는 내 마음에 그가 그의 호처럼 우산이 되어준다. 국가재건최

무도증 187

고회의 건물을 지나 이젠 종로구청이 되어버린 수송초등학교 자리를 지나 여전히 초록색 간판이 걸린 한국일보 건물의 뒷골목으로 들어서면 낡고 허름한 골목의 막다른 집이 나오고 그곳이 우산의 작업실이다. 언제였던가 우산이 홍여사와 둘이 가는 북한산에도 깍두기로 따라붙었다. 홍여사는 우산과 가끔 만나는 여자친구다. 둘 다 이혼경력이 있는 독신들이다. 그때도 나는 N과 다투고 비장한 각오로 헤어질 결심을 했다. 그 결심을 하자 처음엔 희망에 찼고 그 다음엔 스멀스멀 기어드는 일산화탄소처럼 허전함에 취해 거의 탈진상태였다. 이러면 안 된다고 밖으로 무작정 튀어나왔는데 마땅히 갈 곳이 없었다. 그래서 그들이 은밀히 만나는 산행에 끼어 함께 산에 오르고 순두부집에서 막걸리를 마시고 그 음식점에서 공짜로 주는 콩비지까지 얻어갖고 돌아왔다.

그는 공교롭게도 내가 자란 곳, 중학동에 작업실을 갖고 있었다. 우산은 내가 전화를 하면 언제든지 '오세요'라고 대답한다. 오세요라고 하지 않았으면 나도 가지 않았을 것이다. '오세요'라고 해서 갔는데 어쩐지 끼어들 분위기가 아닐 때는 내가 한 잔을 샀다. 홍여사는 이혼하고 식당을 하며 혼자 살고 있다는 얘기를 들었다. 그녀는 성격이 활달하고 이멜다 여사의 헤어스타일처럼 늘 머리가 마악 손질을 끝낸 것처럼 요란하고 화려했다. 아무튼 우산의 화실은 내 마음에 들었다.

나는 그를 만나러 가기 위해 내가 어린 시절을 뛰어놀던 그 장소로 간다. 한국일보 후문쪽으로 내려가다 보면 중동고등학교 자리가 나오고 더 내려가면 숙명여고 담장이 나온다. 벽돌담위를 담쟁이 넝쿨이 아름답게 에워쌌다. 나는 작업실 천정에 뚫려 있는 창을 올려다보며 추억에 젖었다. 그 창으로 희뿌연 햇살이 비치고 일본 대사관의 앙상한 측백나무가지가 보인다.

그 위로 고양이가 지나 갈 때도 있다. 그 창이 늘 흐리게 보이는 게 마음에 들었다. 마음이 어두울 때 더 무거운 음악을 듣는 이치처럼 나는 고개를 치켜들고 창을 바라본다.

창 옆에 검은색 매직펜으로 고사성어가 적혀있다. 적혀있는 그 말은 작은 창으로 들어오는 햇빛을 받으니 내 작은 가슴이 충만하여라 대충 그런 뜻이다. 그 창과 잘 어울리는 문구다. 띄어쓰기를 무시하고 적힌 수많은 낙서도 보인다. 남편이 있는 구치소도 그렇게 글씨를 다닥다닥 붙여 썼다. 면담을 신청하는 대기실입구에 어서오십시오 그렇게 씌어 있었다. 남편은 환경보호법 위반으로 수감중이다. 그린벨트 안에 있는 남편의 공장 뒷마당에서 폐기물을 담은 드럼통이 수십 개 적발되었다. 쓰레기처리장이 부적합하다는 구청의 징계를 여러 번 받았으나 개선하지 않았다. 환경보존을 위한 비상대책이 없으면 삼십 년 내에 지구촌은 황폐될 것이니, 환경 월드컵에서도 승리를 하자는 캠페인이 강경하게 선포되었음에도 남편은 방관했다.

남편은 위법에 대한 처벌이 구속으로까지 가게 될 줄은 짐작하지 못했을 것이다. 십만 평이나 되는 그린 벨트 안에 일곱 개의 콘테이너 박스가 드문드문 간격을 두고 서 있었고, 너른 공터에는 생산된 물품들이 적재되어 있었다. 그 공장들이 법칙을 철저히 준수하며 가

동되는 것은 아니었다. 환경보호법에 정부가 투철한 개선 의지를 갖고 있었고, 위반할 시에 특별조치법으로 뿌리를 뽑기로 방침을 굳혔다는 것을 알고 있었다면 조심 했어야 했다. 남편은 무심히 흘려버린 탓에 고생을 하게 되었다. 그는 도덕불감증 환자며, 그걸 반복하는 습관이 든 사람이다. 늘 남편은 법규를 다 지키고 어떻게 사업을 운영하냐고 오히려 반문했다. 나는 남편과 대화하지 않은지 오래 되었다. 미라가 떠나자 더욱 거리감이 느껴졌다. 그럴 때면 집을 나와 거리를 헤매거나 광화문쪽으로 내달렸다. 우산의 작업실에는 그림을 그리는 회원들이 늘 있었다. 나는 그들과 섞여서 기분을 풀었다. 화실에는 우산의 그림이 여러 개 걸려 있다. 그의 그림은 외로움이 담겨 있으나 자기에게 주어진 테두리 안에서 최선을 다하지 그 밖의 모험은 하지 않는 느낌이 든다. 그를 만난 건 이혼을 한 후여서 그런지 늘 표정에 기운이 없다. 이혼을 하기 위해 위자료문제로 집을 팔고 아직까지 개인전을 열지 못한 처지다. 그는 개인전을 열지 못해서 혜택받지 못하는 여러 고충을 털어놓은 일이 있다.

   나는 오늘부터 사흘이 될지 나흘이 될지 불분명한 여행에 동참하기 위해 약속장소라는 강남의 주유소에 나타났다. 우산이 주유소 앞에서 서성거리는 모습이 사무실 난로가에서 설비쳤다. 나는 가방을 어깨에 메며 일어났다. 우산이 친구를 소개한다. 평상이라고 한다. 목례를 했다. 나머지 일행은 지금 오고 있는중 이라 한다. 우리는 날씨가 추워 지하상가 입구라고 쓰인 계단을 내려갔다. 싱그러운 향기가 코끝을 간지럽혔다. 상가 전체가 꽃집이었다. 꽃의 향기가 싱싱하고 생명력 넘치게 다가와 침울했던 기분이 훨씬 나아졌다. 농장직매 관엽, 실내와 조경공사전문, 개업식물, 경조화, 신부화를 파는 간판들이 즐비하다. 귀부인 화장품코너는 문을 열지 않았다. 경비반장이라고 가슴에 이름을 단 아저씨가 동료에게 눈이 온다고 소리를 지른다. 곧이어 염화칼슘이라고 쓰인 포대를 담은 밀대를 끌고 아저씨가 지나간다. 요란하게 바퀴 구르는 소리가 들린다. 수레는 복도사이를 빠져나간다. 복도에 나와 장미를 만지고 있는 남자가 보인다. 옆으로 가서 구경을 했다. 화환에 꽂을 꽃을 가위로 손질한 후에 화환에 꽂는다. 꽃을 다루는 사람은 아무래도 그 향기에 영향을 받지 않을까 궁금해하며 털모자를 삐딱하게 쓴 남자의 옆얼굴을 바라본다. 남자의 얼굴은 창백하다.

 나는 상가를 걸어 다니며 꽃구경을 한다. 조화도 요즘은 너무 잘 나온다. 파스텔톤의 세련된 색깔로 분위기를 고즈넉하게 만드는 효과가 있다. 북한에서 노래하는 소녀가 머리에 달고 나오는 조화같거나 혹은 단골네 무당 집에 가면 볼 수 있는 불길한 기운이 돌던 그런 원색이 아니다. 하늘색의 소국이 보인다. 냄새를 맡아보니 분명 생화다. 기를 때부터 계속 파란 물감을 탄 물을 주었거나 국화의 줄기에 파란 물을 주입시켰던가 보다. 하늘색으로 길들여진 국화가 본래의 기품을 잃은 것 같아 어쩐지 생경스럽다. N에게 길들여진 내 모습도 모텔을 수시로 드나드는 타락한 여자로 보일까봐 누가 나를 빤히 바라보면 흠칫 놀라 허리를 꼿꼿이 세웠다. 화분을 파는 곳도 굳게 문이 닫혀 있다. 크고 작은 항아리들이 나란히 늘어서 있다. 눈을 가까이 대고 가게 안을 들여다본다. 먼지로 부예진 진열장 저 속은 어두 침침하다. 각종 수반들을 포개어 놓았고 단지들이 가족묘지의 납골 함처럼 차곡차곡 쌓여 있다. 그 중엔 몸이 길고 입구가 몸통보다 넓은 새우젓 항아리도 보였다. 저것은 카페나 음식점입구에 놓고 마른 소재를 듬뿍 꽂아두면 어울릴 것 같다. 유리창에 얼비치는 내 모습이 유령같아 흘러내린 머리카락을 쓸어 올렸다. 그 옆 가게에는 노오란 색 백열구가 환하게 켜있다. 어제 팔던 꽃이 좌판에 흩어진 채 놓여 있다. 장미가 각각의 기다란 상자에 한 송이씩 누워있다. 어제의 아름다움을 자랑하던 장미는 오늘 아침에는 시든 채 가장자리 꽃잎이 새카맣게 말아 올려졌다. 그건 화장을 곱게 한 시체처럼 누워있다. 기다란 줄기끝에 굽실거리는 분홍색의 종이테이프를 잔뜩 구겨 넣어 장식을 했는데 마치 관속의 시신이 아직 남은 욕망때문에 수의를 반쯤 벗은 채로 누워있는 것 같았다. 남편의 모습이 얼비쳤다. 그는 담배를 많이 태운 탓인지 삼년 전인가부터 발기가 되지 않았다. 어쩌다가 기능이 회복되어도 식사중이거나 아니면 해가 중천에 떴을 때이거나 시와 때를 가리지 못했다. 마음대로 움직여주지 않는 그가 딱해서 침대로 햇빛이 쏟아지는 정오쯤 나는 아무런 흥분없이 누워 다리를 벌린 적도 있다.

 전 날 마신 역한 취기와 가뿐 숨소리와 다급한 듯 서두는 동작만이 귀에 서걱거렸다. 나는 창으로 넘실대는 빛살을 막느라 손차양을 하고 미간을 찌푸린 채 남편이 내게서 떨어져 나가기를 기다렸다. 남편은 내게 들어오지 못한 채 금새 사그러들었다. 남편은 급하게 볼 일이 있는 사람처럼 바지를 꿰고 집을 나갔다. 나는 침대에 진열된 실험용의 육체처럼 움직이지 않았다. '미안해' 남편의 갈라진 음성이 귓전을 어지럽게 했다. 그 말을 하지 않았더라면 덜 비참했을 것을, 나는 상처뿐인 승리자처럼 우울해졌다.

　나는 아직도 애벌레가 기어 다니는 듯한 이물감을 느꼈다. 내 허벅지에 물큰하고 오그라든 살덩어리의 온기가 닿아있다는 느낌이 참을 수 없이 불쾌했다. 그렇다고 뛰쳐나가서 외간 남자를 만나야 될 만큼 나는 예민하지 못했다. 워낙 남편이나 나 그 방면에 대해 무덤덤한 사이였다. 미라가 태어나고 아이를 키우며 세월을 보냈지 내가 남편에게 당당하게 관계를 요구한 기억이 없다. 우리가 살던 집은 경인고속도로 근처에 있었다. 아주 가끔 고속도로를 질주하는 새벽녘의 차 소리에 남편의 가슴을 파고들 때도 있었으나 그건 외로움 때문이지 성욕이 발동한 것과는 달랐다. 배란기가 되면 이삼 일간 남자가 그리워지곤 했으나 나름대로 해결하곤 했다. 남편의 발기부전을 적극적으로 치료해주고 싶은 생각이 없는 것이 더 심각한 문제였다. 남편을 향해서 아무 것도 능동적으로 움직이고 싶지 않다는 피로감, 나의 불만이 폭발한 것은 남편이 구치소에 들어가고 나서부터였다.

　나는 자제가 되지 않을 만큼 화가 치밀었다. 남편은 몸도 망가졌는데 이젠 기본적으로 지켜야 할 규범에도 허술했다는 게 용서가 되지 않았다. 이젠 구치소까지 간다? 나는 햇빛이 맹렬하게 내리쏘는 구치소담을 걷자니, 피로감이 몰려들었다. 기본적인 자기관리도 못하더니 나를 이젠 여기로 끌어들여? 나는 물 빠진 껌을 질겅거리듯 중얼거렸다. 상자 속에 누운 장미는 내가 침대위에 누운 모습 같기도 하고 발기가 되어 반쯤 하의를 벗은 채 달려드는 남편의 모습이기도 했다. 꽃은 시들면 그 즉시로 비참해진다. 눈이 녹은 후에 질퍽해진 길거리를 미간을 찌푸리며 걸을 때와 같다. 인간의 욕망이 바닥을 드러내고나면 아마 그런 모습으로 남을 것 같다. 나는 그 가게를 외면하며 빠르게 지나갔다.

저런 모습으로 남겨질 날이 올 것만 같은 절망감이 몰려들고 다시 우울해지려고 했다. 눈이 녹은 후에 질퍽해진 길거리를 보는 것처럼, 나는 쇼윈도에 비친 배낭을 멘 여자를 눈살을 찌푸린 채 바라보았다.

남편은 구치소에 수감되어 있고 어제 나는 면회를 다녀왔다. 사식으로 땅콩과 우유를 넣고 소설책 코리아 게이트 상하권을 넣었다. 한겨울에 시퍼런 색깔의 밍크이불을 사서 남편에게 전달했다. 붉은색의 집기는 반입금지로 되어 있다. 이미 나와 남편사이는 어제의 싱싱하던 장미가 아니라 이미 가장자리 꽃잎이 새까맣게 말라버려 정리되기를 기다리는 저 좌판의 장미 같았다. 시체처럼 누운 장미 그건 남편의 모습이기도 하고 내 모습이기도 하다. 남의 남자를 탐하고 있는 나와 감옥에 있는 남편의 늙어가는 모습이 새카맣게 말라버린 장미를 닮았다. 살아 있되, 주검처럼 차디찬 것이 아니라면 손가락이라도 움직여 보고 싶지 않을까. 사는 게 버거운 지금, N의 유혹을 외면하고 한밤중에 일어나 불안에 떠는 것보다 언제 나올지 모르는 남편을 잠시 잊고 내가 살아있다는 걸 느껴보는 게 나쁜 일인가. 기다리는 것은 참기 힘든 노역이다. 남편에 대한 기대가 아니라 해도 허방을 짚은 것처럼 자주 넘어졌다. 조화를 파는 가게를 지나자니 통로의 대리석 기둥에 연밥이 매달려 있는 게 보인다. 구멍이 숭숭 뚫린 연밥의 색깔은 고동색이다. 저승꽃이 피어난 듯 음험하게 보인다. 송송 뚫린 구멍마다 시체의 악취가 풍기는 듯하다. 주검을 마주하듯 나는 그것을 바라본다. 야자수나 바나나나무의 열매는 조화인 것이 금방 구별되는데 연밥은 자연재료이면서도 어쩐지 마주하기에 불길하다는 느낌이 든다. 연밥을 지탱하는 깡마른 줄기는 너무 말라있어 목이 부러지지 않도록 세심하게 다루어야겠다. 나는 그 근뎅거리는 가는 줄기를 부러뜨리고 싶은 충동을 느끼며 가게 주인이 있는가 살핀다.

"금년 들어 첨 오는 눈이여."

나는 놀라 뒤를 돌아본다. 조금전 마주쳤던 경비아저씨의 탁한 음성이 내 뒤에 나타났다. 눈이 와서 좋다는 뜻 같지는 않고 적적하던 차에 지상의 날씨를 동료에게 알려주는 것 같다. 일행이 도착했다는 휴대폰이 울렸다. 우리는 가방을 메고 다시 주유소 앞으로 나가서 차를 기다렸다. 눈은 봄날 홀씨가 날리듯 힘없이 풀썩거리고 있다. 그때 차가 마악 도착했다. 검정색의 싼타모였다. 일행과 인사를 하고 차에 올랐다. 구 인승이라는데 트렁크에 화구가 잔뜩 들어있어서 짐을 넣을 공간이 없다. 가방을 무릎에 안고 있거나 창가의 구석에 밀어놓을 수밖에 없다. 여섯 명이 탔는데 맨 뒷좌석에 탄 나와 우산은 비좁았다. 둘째 칸에 탄 남자들이 자기 공간을 넉넉하게 확보한 까닭이다. 겨우 나를 끼워주었으니 모른척 할 수밖에 없다. 운전은 일주 선생이 했다. 그는 강릉의 대학에 교수로 재직중이다. 모두들 화가고 나만 외톨이다. 처음보는 남자들과 동행하는 길에 눈이 내리고 있다. 나와 우산은 서로 마주보며 웃는다. 그들이 우리를 힐끔 바라본다. 눈빛에 어떤 의심이 담겨있든 상관하지 않기로 했다. 일행에게 폐를 끼치지 않겠다는 생각뿐이다. 절실하게 혼자 있고 싶었다. 어딘가로 떠나야만 생각을 정리할 수 있을 것 같았다. 맨 뒷좌석이라 그들의 호기심어린 시선을 피할 수가 있어 안심이 된다. 그들이 회비를 걷어서 뒤로 보낸다. 그 돈 위에 나도 얼른 회비를 꺼내 합쳤다. 우산이 총무라고 한다. 그는 뒷주머니에 돈을 넣는다. 차는 용인쯤에서 꼼짝을 않고 서 있다. 앞뒤를 전혀 분간할 수 없을 정도로 눈이 내린다. 와이퍼를 급회전시켜도 소용없다. 이렇게 되면 강릉에 가지 못하고 마는 것이 아닌가 걱정이 되었다. 마치 내가 가고자 하는 목적지가 강릉인 것처럼 말이다. 평상이란 호를 가진 화가가 창문을 열고 눈 내리는 풍경을 찍는다. 그때마다 찬바람이 창으로 휘몰아쳐 들어왔다. 히터의 더운 바람이 뒷좌석에는 미치지 않는다. 찬 기운이 들어오자 나는 목을 움츠린다. 가방에서 머플러를 꺼내 목에 감는다. 목에 두른 그 머플러에서 N의 체취가 난다. 강릉에서 우리일행을 기다리는 사람이 있는가 보다. 핸즈프리에 걸려있는 일주의 휴대폰에서 상대방의 음성이 선명하게 차안에 울려 퍼진다.

"어디쯤 오셨습니까?"

저쪽에서 묻는다. 우산이 내게 작은 소리로 말한다. 강릉의 문화원에서 화가들을 초청했다고, 지금 횟집에서 우리가 오기를 기다리고 있다고 한다. 차는 용인의 휴게소에서 멈추었고 과자와 생수를 사고 다시 차에 올랐다. 우산이 음악을 틀라고 하자 앞에서 테잎을 넣었다. 카페 메들리가 흐른다. 분위기가 끈적거리자 눈 오는 풍경이 좀 탁해진다. 무한한 상상력이 반감되어 그 신비감이 줄든 말든 우산은 노래에 젖어 흥얼거리며 고개장단도 한다. 감상을 끊으려는 작업에 들어가기 위한 여행인데 이런 음악이 나오면 나는 마음을 다잡을 수밖에 없다. 한달만 안보면 잊혀질 거라고 주기도문 외우듯 하며 창밖을 본다. 창문을 열고 쌓인 눈 속에 N과의 기억을 덮어버리고 싶었다. 그러자 다른 하나의 자신이 누군가 다른 남자가 생긴 것도 아닌데 그냥 흘러가면 안 되겠느냐고 타협한다. 나는 고개를 흔든다. 고개를 흔드는데 콧날이 시큰해진다.

  나는 자신의 연약함을 경멸했고 갈등하는 자신이 던적스러웠다. 내 앞좌석의 해당은 창문을 열고 계속 풍경을 사진기에 담는다. 토니가 따라와서 눈밭에 뒹구는 상상을 한다. 그 녀석은 정신없이 뛰어다닐 것이다. 휴대폰을 꺼내 병원의 전화번호를 눌렀으나 신호만 울렸다. 토니가 그렇게 충격을 받을 줄은 몰랐다. 해당이 갑자기 창밖을 향해 소리를 지른다. 와아아, 저들은 소년처럼 좋아한다. 하긴 아름다운 경치만 찾아다니며 화폭에 담는 화가들인데 뜻밖의 폭설을 만나 얼마나 황홀할 것인가. 차가 어기적거리며 조금씩 움직인다. 저들의 호를 용인쯤 왔을 때 다 외웠다. 해당, 일주, 우산, 이정, 평상, 나는 혼자 중얼거렸다. 대관령에 도착한 시각은 서울을 떠난 지 꼬박 다섯 시간만이었다. 만약에 고속도로에서 하루를 지새워도 불평할 마음은 없었다. 나는 말 못할 고민에 빠져 짓눌려 있었다. 예상했던 것보다 오히려 바르게 도착했다는 생각이 들었다. 남들도 불륜이란 것에 합류한다고 그게 요즘 풍토라고 잡지사 선배는 소곤거렸다. 체육관에서 볼링을 배우다가 저쪽에 온 남자팀과 내기게임을 치고 난 뒤에 합류 되기도 하고 패키지 여행을 다녀온 뒤에 사진을 교환하느라 인사동의 술집에서 만나 인연이 되기도 하고 수영을 배우다가 회식자리에서 수영코치와 혹은 야외로 카메라를 들고 촬영을 나갔다가 언 몸을 녹이느라고 한 잔 마신 후에 노래방에 가서 인연이 되기도 한다. 모두들 사람이 그리워서 일어난 일이다.

  내가 근무하는 잡지사에서는 일년에 한번 정기적으로 "아내의 남자친구"라는 기사를 쓰기로 했다. 나 역시 죄책감과 그걸 무시하려는 용기가 늘 팽팽히 힘겨루기를 했다. N을 만나 사랑을 느끼고 괴로움 속에서도 희망을 확인한다. N이 혹시 가볍게 나를 다루지는 않는가 의심하기도 했다. 언젠가는 이 만남이 끝나주기를 바라기도 하고 어느 때는 영원하기를 바랬다. 상반된 마음이 어울려 잘도 지냈다. 배란기때의 만남은 내가 그를 육체적으로 탐하는 것 같다가 내가 일에 지쳤을 때의 N의 요구는 나를 자기모멸에 빠지게도 했다. 나는 모든 걸 규명하려고 기를 쓰면서 에너지를 방출시켰다. 아무 것도 규명되지 않는 것을 갖고 머리싸움을 하는 돼지처럼 말이다. 머플러에서 N의 냄새만 느껴져도 그는 내속에서 한번에 쑤욱 자라 가슴에 한껏 차오르는 에어리언처럼 내 존재를 흔든다. 나는 속수무책으로 자신을 바라본다. 대관령은 터널이 뚫려서 예전처럼 아흔 아홉 개의 꾸불꾸불한 길을 위해 핸들을 꺾지 않아도 된다. 터널로 들어가며 보니 예전의 구도로는 산의 일부가 되어 이미 누구도 가지 않는 길이 되었다. 옛길을 운전하던 정취는 느낄 수 없지만 안개 낀 날, 운전대를 잡고 곡예를 하던 그 긴장은 면하게 되었다. 하얀 백설의 세상 속으로 우리는 입장했다. 해당이 사진을 찍을 때마다 우산은 뒷좌석에서 소리를 친다.

"거리는 무한대로 놓고, 조리개는 5. 6 샷타, 속도는 250분의 일초"

창문으로 눈보라가 들이치자 차는 설산을 찍기 위해 이면도로에 정차했다. 세상이 하얀 풍경 속에서 숨을 멈췄다. 어디선가 눈 쌓인 나뭇가지가 흔들리며 꺾어지는 소리가 들린 듯하다. 나도 먼 산을 향해 섰다. 몸은 얼어오는데 마음은 비로소 환하게 열렸다. 눈의 결정들을 물고 있는 따순 햇빛이 느껴졌다. 세상의 그 모든 흔적들이 하얗게 덮여 장관을 이루고 있다. 차로 돌아오자 익숙한 사람의 냄새로 얼었던 몸이 서서히 풀렸다. 외로울 때 사람의 몸이 얼마나 위로가 되는지 나는 잘 알고 있다. 공장으로 남편을 찾아온다는 구청직원의 얘기를 들은 적이 있다. 어느 날 내게 남편이 아는 형사가 있느냐고 물었다. 왜 구청에서 나를 찾는지 모르겠다고 심각하게 말했다. 나는 오래된 친구인 김 형사에게 남편의 이름을 알려주면서 알아봐 달라고 했다. 김 형사의 대답은 심각했다. 남편의 공장이 있는 그린벨트 지역이 환경보호법 위반에 걸렸으니 수사과장과 의논하는 것이 낫겠다고 했다. 나는 과장실로 달려갔다. 과장은 CNN방송을 보고 있다가 자리에서 일어났다. 그는 내 얘기를 듣고 직원을 불러 남편의 신원조회를 의뢰했고 냉장고에서 요구르트를 꺼내 탁자에 올려놓았다. 그는 경찰대학을 나온 후 대구에서 근무하다가 이곳으로 발령받았다. 우람한 체격에 눈빛이 강한 남자였다. 그는 남편의 공장이 있는 송파구의 경찰서에 전화를 해서 무슨 일로 찾는지 알고 싶다고 했으나 저쪽에서 어물거렸다. 그는 예감이 좋지 않으니 피신하는 것이 낫겠다고 알려 주었다. 그의 후각이 그렇게 느꼈다면 그건 위험하다는 신호다. 나는 그 자리에서 차마 전화를 하지 못하고 화장실로 달려갔다. 남편은 내말을 듣고 황급히 몸을 피했다. 무슨 첩보영화에서 본 것처럼 민첩하게 움직였다.

  그의 말은 적중했다. 남편이 피신한지 불과 이십 분만에 두형사가 공장으로 들이 닥쳤고 그로부터 남편은 집에 들어오지 않고 여관에 숨어 지냈다. N을 마주 보기에 부끄러워 나는 고개를 바로 들지 못했다. 남편은 이와 비슷한 일로 가끔 가족을 놀래키곤 했다. 신원조회서를 주욱 훑어본 N이 미간을 찌푸리며 담배를 물었다. N의 눈빛에 나는 화살을 맞은 것처럼 굳어졌다. N이 나를 바라보던 눈빛이 이런 남자와 살았어요? 라고 묻는 것 같아 고개를 들기 싫었다. 온몸의 세포가 갑자기 열을 뿜어내며 머릿속이 들끓었다. 우리는 간첩처럼 주위를 살핀 후에 집에서 떨어진 접선장소에서 슬며시 만났다. 남편은 집에도 공장에도 나타나지 않았고 나는 남편에게 옷이며 충전기, 면도기가 들어있는 가방을 건네주었다. 차도 조회할까봐 타지 않고 걸어 다녔다. 남편은 연말이라 여관마다 따블로 숙박비를 받는다고 투덜거렸다. 자기관리가 소홀한 남편은 도덕불감증에 걸려 규칙위반에 대한 두려움이 별로 없었다. 그 증세가 가끔씩 나타나 사람을 놀래켰지만 이번 경우는 너무 부주의했다. 그린벨트 지역에는 수십 개의 공장이 있었고 구청에서 떴다는 소문이 돌았지만 남편은 아랑곳없이 일을 하다가 사건을 만들고야 말았다. 남들처럼 이삼일 공장 문을 닫고 있었더라면 화를 모면했을지도 모른다. 미라는 여동생이 이민가 있는 뉴질랜드로 작년에 유학을 떠나며 내 귀에 대고 살짝 속삭였다. '엄마가 아빠랑 살기 싫으면 내게 와.' 눈치가 말짱한 계집아이다. 차라리 이런 모습을 미라에게 보이지 않게 되어 다행스럽다. 12월까지만 피신해 있으면 환경보호 강조기간이 해제된다고 했으나 1월이 시작되자 그 기간은 연장되었다. 오히려 위법을 저지른 자를 2월말까지 색출하는 특별법이 만들어졌다. 남편은 지쳐 있었다. 집으로 공문을 띄우던 담당형사는 남편이 피신한 걸 눈치채고 자진출두하면 감량해줄 의사가 있다고 꾀었다. 남편은 그 말대로 자진해서 조사를 받았으나 까다롭게 생긴 여판사는 감량은 커녕 두 번이나 같은 죄목으로 입건되었다며 1년의 징역형을 언도했다. 서부지청의 법정에서 재판이 진행되었고 먼 발치에서 두 손을 묶인 채 판사 앞에 선 남편의 후줄근한 뒷모습을 보았다. 더 이상 저 등판에 연민을 느끼지 않을거야, 수치와 모멸이 스멀거리며 온몸을 기어 다녔다.

그가 돌아오면 내가 집을 나가겠다고 벼르며 그 창피함을 극복하려고 힘주어 눈을 감았다. 나는 그동안의 긴장이 풀리며 몸살을 앓았고 법정에서 의식을 잃었다. N은 그 과정을 죽 지켜보았고 며칠이 지난 후, 내게 저녁식사를 하자는 전화를 했다. N은 육사생도처럼 절도있는 행동과 매너로 예의를 갖추고 나를 조심스럽게 대했다. 강렬하고 날카로운 눈빛과 운동으로 다져진 늠름함이 남자다웠다. 무엇보다도 실의에 빠져 있던 내게 그는 의지가 되어 주었다. 그는 지방에 근무할 때 조직폭력배에게 협박도 당해보고 시체실에서 토막난 시신을 정밀검사하기도 했다. 내게 지나치게 남자를 방어하는 유전인자가 있다고 힐난하기도 했다. N의 절도 있는 행동이 나를 안심시켰다. 나는 그의 호의에 점점 끌려 들어갔다. N을 만나면 헛헛증에 걸린 사람처럼 자주 먹었고 자주 길을 쏘다녔다. 다리가 아파 더 이상 걸을 수가 없을 때까지 함께 걸었다. 이주일에 한번씩 만났고 어느 땐 연달아 이틀 동안 데이트를 하기도 했다. 어느 날인가는 연합통신사 기자를 동행하기도 했으며 행주치마을 두르고 곱창 집에 앉아서 사건들의 뒷얘기를 하기도 하고 세간에 떠들썩하던 코미디언이 대학생을 추행한 사건의 얘기를 듣기도 했다. 연예인의 대마초와 엑스터시 사건에 관해서도 표면에 떠오른 기사외의 흥미있는 뒷얘기를 들을 수가 있었다.

그런가하면 데모대의 습격때문에 24시간 보초를 서야하는 괴로움도 이해하게 되었다 서해안 고속도로를 타고 안면도에 가서 새우를 구워 먹으며 저녁노을을 바라보기도 하고 개심사에 가서 연꽃이 핀 연못위의 외나무다리를 건너기도 했다. 다음엔 동백이 핀 한려수도를 가기로 했다. 그와 헤어져 집으로 돌아올 때면 걱정마, 난 빠지지 않았어, 라고 되뇌었다. 남편이 돌아올 때까지만 N과 만나자, 고통 속에 있느니 차라리 바람을 쐬는게 낫지 않겠느냐며 산란한 시험에

든 자신과 타협했다. 그를 만나고 돌아와 상쾌한 마음으로 일할 수 있었고 죄책감때문에 복잡해지려는 마음이 생기면 나는 일에 매달렸다. 아마 N을 깊이 알게 되면서 일상은 해체되고 다시 파편을 모아 꿰매고 그러는 반복을 했던 것 같다. 잡지사에서 인터뷰를 하고 기사를 쓰는 일과 미라에게 메일을 보내는 일 등은 그를 중심축으로 해서 돌아갔다.

가끔씩 불안을 느낄 때면 아직은 괜찮아, 괜찮아 중얼거렸으나 언제부터 그 수위를 넘어섰는지 기억나지 않는다. 나는 저만큼 너무 멀리 그 경계를 넘어와 있었다. 동생은 고백을 듣고 난 후 '절교해' 한 마디로 말을 매조졌다. 무안하고 서러웠다. '지금 벗어나지 않으면 언니는 잔인하게 망가질 거야.' 크리스찬인 동생은 덧붙이고 공항의 게이트 너머로 사라졌다. 오줌 눈 아이가 소금 꾸러가는 것처럼 나는 쫓기듯 강릉으로 내달렸다.

창밖으로 스치는 나뭇가지에 눈이 쌓여 가지가 곧 부러질 듯 휘어져 있다. 두두둑, 가슴 저 깊은 곳에서 무엇인가 부러지는 소리가 들렸다. 소나무가지에 눈이 얹힌 모습이 포대기에 폭 쌓여 외출 나온 아기처럼 온기가 느껴진다. N을 생각하다가 문득 옆을 보니 우산도 창밖에 눈을 주고 있다. 우정, 그와 나의 관계가 아름답다고 생각되었다. 아무런 갈등도 느낄 필요가 없는 그런 사이, 아마 영원히 당당하게 만날 수 있을 것 같은 느낌, 그것으로 만족할 때의 예전으로 돌아가고 싶다. 나는 퍼즐조각을 잃어버려 제대로 그림을 맞추지 못한 기분으로 우산의 옆모습을 바라본다. 일주는 강릉으로 들어서는 길을 놓쳐 주문진방향으로 달리고 있었다. 고속도로라서 이제 방향을 바꿀 수가 없다. 일주가 갈림길에서 잘못 들어서게 된 것은 그 때 마침 울린 휴대폰 때문이었다. 일행은 그때 걸려 온 전화의 주인공인 일주의 제자를 비난했다. 조수석에 탄 이정이 특히 흥분을 했다. 마침 그때 전화가 오니 일주가 헷갈려서 전화를 받다가 길을 잘못 들어섰다는 것이다. 일주는 그 제자의 집에 들러 강릉에 가기로 했다. 그녀는 스승이 눈길에서 지체하는 것도 모르고 기다림에 지쳐서 잠깐 절에 다녀오겠다고 일주에게 전화를 했다. 일주는 그녀가 사는 곳으로 들어섰다가 눈보라에 운전을 할 수가 없어 방향을 틀었다. 일이 꼬인 것이다.

　일주는 가지 못하게 된 자기사정을 그녀의 휴대폰에 저장했고, 그걸 들은 그녀가 마침 일주가 강릉으로 들어서려고 할 때 전화를 한 것이다. 일주는 자기의 실수는 순전히 조수석에 앉은 이정이 임무를 소홀히 했기 때문이라고 우겼다. 차 안은 갑자기 옥신각신했다. 이정은 일행 중에서 가장 체격이 우람하다. 그게 왜 나 때문이냐고 맞받아칠 때마다 우렁찬 음성이 분위기를 압도했다. 모든 게 그 잘난 제자때문이라고 여전히 비난했다. 뒷좌석에선 말없이 내리는 눈처럼 운전수와 조수의 말다툼에 소리없이 웃었다. 소년들처럼 다투는 모습이 너무 심심해서 그냥 한 번 소리를 지르고 싶었던 참인 것처럼 느껴졌다. 스승이 온다는데 절에 잠깐 다녀온다는 말이 예의가 없다는둥 앞으로 한 달 동안 체본만 가르치라는 둥 투덜거렸다. 뒤에서 해당이 신세를 지느니 우릴 기다리는 강릉으로 빨리 가는 게 더 낫다고 응수해서 겨우 조용해졌다. 우산은 배낭에 얼굴을 대고 잠이 들었다. 나는 하염없이 창밖을 바라보았다. 우산은 홀아비다. 아이가 둘 있고 이혼한지 오년쯤 되었다. 우산에게 홍여사가 있긴 한데 그녀는 혼자 살면서도 선뜻 우산과 결혼할 의사를 내비치지 않는다.

나는 둘이 가끔씩 만나서 데이트하는 정도로만 알고 있다. 그 미망인을 우산의 작업실에서 두어번 본 일이 있었다. 홍여사가 잠시 자리를 떴을 때 어떤 사이냐고 물었더니 우산은 아무 사이도 아니라고 일축했다. 그녀는 북한산에 동행했을 때 우산의 입에 김밥도 넣어주었다. 아무 사이도 아닌데 김밥을 넣어주느냐고 했더니 그는 시푸르게 부어서 대답했다.

"그러게 염장만 지르니 환장하겠어."

우산은 불만스럽다는 투로 되쏘았다. 세상일이 뜻대로 움직여주지 않는 것은 우산에게도 마찬가지였다. 차는 양양까지 가서 강릉으로 내려왔다. 우리가 묵기로 한 통나무집의 모습이 인테리어잡지에 소개되는 집처럼 근사하다. 그 집의 현관에 짐을 내려놓고 일행은 다시 차에 올랐다. 일행은 통나무집 주인의 차를 나눠 탔다. 집주인은 일주의 제자로 이번 국전에서 입선을 했다. 우산과 해당이 날이 저물기 전에 스케치를 해야한다고 서둘렀다. 승합차에 나눠 탄 일행도 석양의 바다를 놓치면 안 된다고 화첩을 들고 흩어졌다. 나는 차 속에 혼자남아 주인이 틀어준 음악을 들으며 을씨년스러운 겨울의 풍경을 보았다. 떼기밭둑에는 녹지 않은 눈이 드문드문 박혀 있고 냇가의 살얼음이 보인다. 이곳이 경포대의 중심축인지 놀이기구들도 보이고 호텔도 보인다. 놀이공원의 텅 빈 뜨락이 노을에 불그스레하다. 인적이 끊긴 회전목마와 바이킹, 한때는 그곳을 울리는 함성이 있었을 테고 터져 나오는 탄성에 서 있던 자리에서 펄쩍 뛰어오르던 시절이 내게도 있었다. 지금은 얼어버린 놀이기구가 공룡의 화석처럼 을씨년스럽다. 우산과 평상이 스케치 북을 들고 차에 올랐다. 화가들은 어떤 풍경이 마음에 들까. 나는 텅 빈 밭의 쓸쓸함이나 앙상한 소나무 사이로 스미는 햇살, 절벽 바위틈에 자란 적송을 볼 때 감탄한다. 차 안에 음악이 흐른다. 평상이 누군가에게 휴대폰을 걸더니 서울은 차량이 통제될 정도로 눈이 왔다고 알린다. 그는 여자와 통화를 하다가 뒷좌석에 앉은 내얼굴에 느닷없이 휴대폰을 불쑥 들이밀었다. 통화 중인 여자는 애인이거나 여자친구인가 보다. 여자와 여행을 한다는 오해를 불러일으키려는 속셈인 것 같다.

나는 엉겁결에 마주한 일이라 아무 말도 하지 못했다. 마흔이 된 남자 다섯 명이 차안에서 떠든다. 유치한 장난도 하고 천진한 소년들처럼 군것질감을 갖고 다툰다. 마음을 열고 얘기하면 어디서나 투명한 웃음을 듣게 되나 보다. N과의 꿈같이 흘러간 시간을 주으려고 나는 눈을 감는다. 우리는 사랑을 하고 난 후에도 뒷골목의 허름한 선술집에서 골목의 벽에 바짝 대어놓은 원탁 앞에 앉아 모기에 종아리를 물리면서 얘기를 했다. 광화문 피맛골에는 에어컨이나 환풍기가 돌아가며 후끈한 열기를 뿜어냈다. 자정이 넘어서까지 술을 파는 싼 술집이 그 골목에 있었다. 우리는 더위도 불편함도 느끼지 못했다. 가끔씩 경찰서에서 N을 찾는 비상전화가 울려 그만 일어서기도 했지만, 우리는 동심으로 돌아가 아쉬운 듯 손을 흔들며 헤어졌다. 비는 나보다 N이 더 좋아했다. 좋아한다기보다 비를 보면 눈이 풀리고 사람이 이상해졌다. N은 아주 어렸을 적에 어머니를 잃고 재혼한 아버지 아래서 장남으로 성장했다. 어머니가 가시고 사십구제도 채 못지내고 들어온 새어머니를 대하며 십오세의 소년이던 N은 아버지에 대한 분노로 고통이 컸다. 비가 계속 내리는 장마철이면 N은 심하게 우울증을 앓았다. 한밤중에 잠들지 못하고 서성거리는 몽유병자처럼 처연하고 고통스럽게 날을 새우기도 했다. 차는 경포대의 횟집에 멈췄다. 우리를 기다리던 강릉의 문화원장과 박물관장, 그리고 일주선생의 제자들과 통나무집 주인이 차례로 자기소개를 했다. 나는 D신문사에 다니다가 프리랜서로 뛰는 T라고 우산이 대신 소개했다. 나는 자리에서 반쯤 일어나서 목례를 했다. 식사를 하며 술잔이 오가고 두 잔을 거푸 마시고나서야 노곤함이 풀렸다. 강릉은 서울보다 한 발 늦게 눈이 내렸다. 처음에는 민들레 홀씨처럼 날리더니 드디어 눈발이 되어 탐스럽게 흩날렸다. 눈발이 흩어지는 정경이 가로등의 주황색 불빛을 배경으로 은은하고 고즈넉하게 보였다. 세상의 여백이 하얗게 지워지는 광경은 적막했다.

  나도 어둠의 일부가 되어 함께 침잠하고 있다는 자각은 의외로 마음을 편안하게 만들었다. 다리를 상 밑으로 뻗고 편안한 자세를 취했다. 누군가가 노래를 불렀다. 연분홍 치마가 봄바람에 휘날리더라. 오늘도 옷고름 입에 물고……. 감미롭게 귓전을 맴도는 그 노래를 따라 나도 흥얼거렸다. 불콰해진 모습으로 눈이 내리는 풍경을 바라보니 흥겨워졌다. 눈을 가득 맞고 늘어진 호랑가시나무의 모습이나 니끼다 소나무의 문양이 취기에 운치를 더해주었다. 횟집의 이층을 송두리째 빌렸다는 주최측의 배려는 살뜰했다. 박물관장은 한학을 전공했다며 고전에 나오는 한시를 사투리로 읊어서 사람을 웃겼다. 강릉에서 태어난 유명 화가의 후일담이며 풍물제 얘기며 내년 단오제 행사에 초대하겠다는 얘기들이 오갔다. 사람수가 많자 분위기는 어느덧 두 패로 갈라져 수런거렸다. 문화원 원장은 그림 한 점을 얻기 위해 계속 청을 넣고 한쪽에선 연변족 흉내를 내는 코미디언의 흉내를 내느라 시끌벅적했다. 들큰한 술이 입안을 적실 때마다 창밖의 관목 숲이 어둠 속에 가라앉는 시간의 흐름을 지켜보느라 나는 눈을 크게 떴다. 취기때문인지 어느 새 무시로 드나드는 N의 환영은 눈이 오면 눈때문에 술에 취하면 그 술때문에 틈을 비집고 들어와 어느듯 나를 장악했다. 얼마 전에 N과 잘 가는 '빠스카'에서 생맥주를 마시고 예정된 코스대로 쉴 곳을 찾았다.

   N은 그날따라 불안해 보였다. 우리는 거의 한달만에 만났으나 아무런 감흥을 느낄 새도 없이 전쟁을 치르듯 사랑을 해치웠다. N은 어딘가에 전화를 했고 서둘러 옷을 입었다. 밖은 아직 해가 있었으나 서둘러 헤어졌다. 몹시 추운 날이었지만 나는 아쉬움에 몸이 어는 것도 잊고 무작정 걸었다. 집에 오자 목이 아프고 두통이 왔다. 모멸감을 몸으로 상쇄시켜보려고 애꿎은 몸을 학대한 탓이다. 몸이 너무 아파서 인근 소아과에 갔다. 의사는 편도선이 부었다고 며칠 다니라고 하며 고통에 예민한 편이라고 했다. 그 말이 병원을 나오는데 등에

없어졌다. 의사가 말한 고통이라는 것이 육체적인 것만을 말하는 것 같지 않아 꼭두가 근질거렸다. 작년 추석 무렵이었을 것이다. 그는 나를 호출했고 나는 행주치마를 벗어던지고 나물 다듬던 것도 식탁에 버려둔 채 달려 나갔다. 그 발걸음은 다시는 집으로 돌아오지 않을지도 모르는 위험한 발놀림이었다. 그날은 원고를 보내주는 일과 시어머니의 기제사와 겹쳐 정신없이 바쁜 날이었다. 그는 나를 만나자마자 한적한 골목의 구석진 곳으로 데리고 갔다. 국제여관이라고 씌어진 간판은 현관문의 까만 유리창에 씌어져 있었다. 그 여관은 이름과는 다르게 오래된 집이었다. 그 골목에는 꽃이 다 떨어지고 마악 잎이 나려는 목련이 한그루 서 있었다. 욕실의 드문드문 떨어져 나간 타일과 샤워손잡이도 고장이 나있고 천정의 육십 촉짜리 알전구가 얼마나 낡은 숙소인지를 말해 주었다. 나는 내 존재의 부피가 그렇게밖에 값을 쳐주지 않는다는 비감함이 들어 침대 끝에 누워 몸을 말고 눈을 감았다.

 나를 덮치는 불빛을 보고 싶지 않았다. N은 샤워후의 물기가 제대로 닦여지지 않은 몸으로 다가왔다. 갑자기 섹스가 교양없는 행동처럼 느껴졌다. 몸은 제지하려는 정신때문에 쉽게 녹아들지 못했다. 입안이 바짝말라 나는 당황스러웠다. 자기를 분출하려는 욕망은 어디로 사라졌는지 알 수 없었다. N 역시 나의 그런 불안을 감지하고 있을까. 나는 일어나서 어둠 속을 더듬었다. 천천히 탁자로 다가가서 모텔에서 준비해 둔 일회용커피를 뜯고 더운 물을 부어 커피를 만들었다. 마악 한 모금 마시려는데 그가 벗어놓은 바지에서 볼레로가 터졌다. 그가 황급히 바지옆구리를 뒤졌다. 휴대폰의 폴더를 열고 나야, 응. 그래? 음성의 크기가 점점 강해졌다. 그가 플립을 닫더니 총출동이야 한마디를 남기고 으슥한 골목의 끝으로 사라졌다. 나는 누런 색깔로 변한 목련꽃 잎을 밟으며 N이 사라진 반대방향으로 몸을 틀었다. N은 여의도 광장의 데모진압대를 지휘하러 갔을 것이다. 국회의사당, 한나라당이 그가 근무하는 관할 구역이다. 언젠가 윤중로의 벚꽃을 보러 가자고 했다가 면박을 맞았다. 몇 걸음 떼지도 못한 채 부하들에게 들킬 거야, 그는 빠르게 속삭이듯 말했다. 누군 일하고 누군 데이트하냐고 하면 뭐라고 대답하지, 그는 머쓱해진 나를 구제하듯 어깨에 손을 얹으며 웃어보였다. 만사를 제쳐놓고 달려왔음에도 그는 자기 일을 하러 냉냉하게 사라졌다.

  나는 마치 부르면 달려와 꽃이 되겠다는 구절처럼 아직도 그의 시종처럼 다소곳하게 앉아 있다. 왜 내게는 그가 우선순위인가. 나도 일이 있고 남편과 미라가 있고 토니도 있는데 나는 마치 그를 만나기 위해 모든 시간을 비워둔 여자처럼 전화만 오면 한가했다는 얼굴로 달려가는가. 나를 유혹한 것은 그가 먼저였는데 지금 나는 생활보호대상자처럼 그에게 의탁 하려고 한다. 그가 주는 적선을 받아야 살 수 있는 것처럼 사정없이 구겨졌다. 번번이 부서져서 돌아서는 나, 늘 뒤에 서서 서성거려야 하는 나, 수모를 견디며 그를 껴안으려는 나는, 무엇을 원하는 것인지 알고자 마냥 걸었다. 나는 숨겨진 여자인가, 남자의 배설구인가, 아니면 기혼자들끼리의 연애규칙도 모르고 생떼를 쓰는 성질 고약한 여자인가. 걷다가 제일은행 본점 옆에 생긴 스타박스에 들어가 커피를 마셨다. 느티나무에서 반짝이는 작은 전구들이 깜빡거릴 때마다 슬픔은 더해갔다. 설탕을 타지 않은 커피는 사약처럼 검다. 사약을 마시는 기분으로 커피를 마시며 N을 안 만날 결심을 했다. 가슴에 홈이 팬다. 누구도 잡지 않고 혼자 서고 싶다. 가끔 친구를 만나 그에 대해 섭섭한 걸 잊곤 했으나 친구의 옷소매를 스스로 놓고 다시 N에게로 돌아갔다. 친구로는 안 되는 마력이 이성 간에는 존재한다. 아파트 옥상에 올라가 뛰어내릴 용기가 없는 한 세월이 흘러야 한다.

누군가를 좋아한다는 일이 이렇게 복잡하고 힘들다니, 사랑을 해 본 사람만이 이 고통을 알 수 있을 것이다. 나는 힘없이 하루를 견딘다. 실제로 겉은 멀쩡하다. 길 없는 길로 들어서려는 나를, 바라보며 기사를 쓰다가 가끔씩 넋을 놓고 있다. 어깨에서 힘이 빠진다. 남편을 면회하러 일요일 아침 일찍 길을 나섰다. 청소부 아저씨가 빈병을 모아 마대자루에 담는데 병이 부딪히는 소리가 투명하고 아름답게 들린다. 오랜만에 컨디션이 좋아져서 그 소리를 듣기 위해 천천히 걷는다. 남편은 한 평 남짓한 공간에서 몸을 접고 있는 동안 살이 올랐다. 촛점없이 허공중에 흔들리는 눈빛과 피둥피둥한 얼굴이 생경하게 다가왔다. 저러다가 말하는 법을 잊어버리진 않을까. 저렇게 사람을 가축처럼 만들 수도 있구나 그런 생각이 들자 내가 갇혀있는 듯 비참해졌다. 십분 간의 면회가 끝났음을 알리는 벨이 울리고 나는 푸른색 페인트가 칠해진 그 방을 쫓기듯 빠져나오며 나는 그의 아내로 무엇을 해 주었나 그런 자괴감이 들었다. 잗다란 생각들이 끊임없이 일어나며 죄책감이라는 꼬리를 물고 다녔다. 구치소의 큰 문이 양옆으로 열리며 마당으로 생김치 냄새를 풍기는 트럭이 들어와 짐을 부린다. 구치소 마당의 한 옆에 있는 동물원의 우리 안에는 아무 것도 보이지 않는다. 욕망 뒤에 말라붙은 정액처럼 허망하고 비릿한 동물의 체취만 코를 자극했다. 한참을 그러고 서 있었지만 새도 원숭이도 전혀 나오지 않는다. 텅 빈 동물원의 정경이 그 어떤 걸로도 이미 채우기 틀려버린 남편과 나의 관계처럼 삭막해 보였다. 추위에 얼어붙은 의자에 앉아서 면회온 사람들을 바라보았다. 절절한 사연이 저마다 있을 것이다. 그중에 나도 끼어있다. 지금의 내 모습이 최선인지 우울해지려는 자신을 다잡아 세우려고 나는 의자에서 일어났다. 구치소를 나오는데 보초를 서던 경비교도대원이 내가 맡기고 들어갔던 주민등록증을 말없이 내어 준다.

  나는 등록증의 사진을 보며 걸음을 뗀다. 사진속의 모습과 지금의 나는 많이 달라졌다. 경비교도대원이 경례를 했다. 돌아보니 누군가 까만 세단을 타고 구치소로 들어온다. 나는 선팅을 해서 차 안이 보이지 않는 창문을 기웃거렸다. 누군가 내 옆구리를 쿡 찔렀다.

  "노래방에 갑시다."

  우산이다. 우리는 횟집 옆에 있는 노래방으로 자리를 옮겼다. 내년에 강릉의 단오제에 초대하겠다는 관장과 용평스키장 전기실에 근무한다는 이 윤재 씨가 스키에 대한 모든 시설을 절반 가격으로 할인해 주겠으니 놀러오라고 한다. 그들의 명함을 나는 주머니에 구겨 넣었다. 박물관장은 스키가 있으니 아예 내일 타러 가자고 우리를 부추겼다. 노래방을 나오자 횟집의 대리운전기사가 우리를 데려다 주었고 통나무집에서 짐을 풀었다.

　나는 주인이 안내한 별채로 갔다. 남자들은 거실에서 고스톱을 치느라 시끌벅적했다. 창문에 아직 커튼을 달지 못해서 죄송하다고 주인은 수줍게 말하며 방문을 닫고 나갔다. 돌아가신 어머니의 잠버릇처럼 나는 두 팔을 머리위로 올리고 천정을 보고 누웠다. 투명하고 큰 창문은 새카맣다. 수십 명의 난쟁이가 한번에 방안을 들여다 볼 수 있을 만큼 아주 큰 창이다. 내가 어둠의 일부가 되어 함께 침잠하고 있다는 자각은 의외로 마음을 편하게 했다. 자연과 닿아있고 누군가 나를 들여다 보며 웃을 수 있는 여백이 오히려 커튼으로 치장되었더라면 답답할뻔했다. 창밖으로 야트막한 동산에는 소나무가 들어섰고 통나무집을 짓고 있어 나무가 벌채된 훤한 터기에는 각종 자재들이 널려 있었다. 밑둥이 부러져 뿌다귀로 남은 고사목과 주변의 숲들, 이리저리 저 홀로 쓸리는 바람소리가 공허하게 귓전에 밀려들었다. 마당에는 깎지 않은 머리카락처럼 자란 잔디가 가슴 풀어헤친 채 누워 있다. 이렇게 멋진 새집에서 묵게 된 것이 고맙기도 하고 지나친 호사같아서 찜부럭한 마음이 든다. 경포대는 관광구역이라서 집을 지을 때 반드시 외국인 전용숙소를 함께 짓도록 되어 있다는데 바로 그 덕을 내가 보게 된 것이다. 나는 다시 일어나 가방을 풀고 옷을 갈아입었다. 새우깡과 맥주를 옆에 놓고 고스톱에 열중하며 깔깔대는 일행의 소리가 가끔 소란스럽게 울렸다. 잠결에 누군가 내방을 노크하는 소리를 들은 것 같기도 했다.

다음 날 아침, 일행은 이층에 있는 주인의 작업실로 올라갔다.

화선지를 펼쳐놓고 먼저 일주가 정 가운데에 먹물을 듬뿍 묻힌 붓으로 괴석과 목련을 그렸다. 일주가 일어서자 그 자리에 이정이 앉았다. 그림의 오른쪽으로 그는 홍매와 백매를 그렸고 채색을 했다. 눈 속에 피는 매화는 강인한 정신을 상징하는 것 같았다. 다시 이정이 일어서자 그 자리에 해당이 정좌했다.

그리고 일주가 그린 그림의 왼편으로 해당이 국화 세 송이를 그렸다. 그는 검은 기운이 도는 황갈색의 채색을 했다. 누우런 빛을 띤 국화가 나와 N의 황음을 표현한 것 같아 내심 께름직했다. 오래 피는 수더분하고 담백한 꽃인 국화의 색이 왠지 인생의 덧없음을 표현하는 것만 같아 하염없이 바라보았다. 그다음에 우산이 국화를 그린 위에의 여백에 긴 화분에 담긴 란을 쳤다. 란이 누운 방향이 제멋대로인 것 같았지만 어떤 질서가 느껴졌다. 문인화를 주로 그리는 평상은 자기가 그릴 공간이 마땅치 않다고 극구 사양했다. 각자 일층에 있는 자기의 짐 꾸러미에서 낙관을 갖고 올라 와 호를 쓰고 인주에 묻혀 낙관을 정성껏 눌렀다. 한문을 가장 잘 쓰는 이정이 화선지의 왼쪽 상단에 사계집향이라고 썼다. 네 명의 화가가 그린 합작도가 완성되었다. 그 그림은 하룻밤을 재워주고 시중을 들어 준 통나무집 주인에게 기념으로 전달되었다. 나는 주인을 부러운 눈빛으로 마냥 올려다보았다. 나는 아무 생각도 없이 그림만 보고 있었다. 그들은 아침식사를 하러 가자며 아래층으로 내려갔다. 붓놀림을 더 지켜보고 싶었는데 내 등을 툭 치는 우산 때문에 마지못해 일어섰다.

우리는 할머니 순두부집에서 간단하게 아침을 먹었다. 식사를 마치고 신발을 신자 할머니는 주름투성이인 얼굴에 미소를 띄우며 문가에서 정중하게 인사를 한다. 원조 할머니 순두부집이 맞는 것 같다는 생각이 들었다. 순두부집 문밖에 느티나무가 있고 강아지가 끈에 묶인 채 꼬리를 흔든다. 문득 토니가 생각났다. 토니는 낳은 지 오십일째 되는 날 내 품에 안겨 집으로 왔다. 녀석은 겨우 눈을 뜨고 나를 바라보다가 눈이 시린지 몸을 바르르 떨었다. 나는 토니의 어미나 다름없다. 토니가 다른 개들과 적응을 하고 있을까. 왜 갑자기 쓰러졌는지 그 원인도 알고 싶고 갑자기 조바심이 일었다. N을 만나고부터 가족관계, 토니, 친구, 남편, 동생이 사는 뉴질랜드로 유학 가 있는 딸 아이, 모두에게 소원해졌다. 그 모든 일이 그와 관계가 없기도 하고 해당되기도 했다. N이 아니었어도 나는 무너졌을 것이다. 그렇게 흔들릴 때 N이 등장했을 뿐이다. 나는 비교적 자신이 일도 갖고 있고 독립된 편이라고 생각했으나 그를 만나고부터 허물어졌다. N역시 결혼생활이 원만하지 못했다. 가장 편하고 안심이 되는 곳이 가정이어야 하는데 그렇지 못하다고 비오는 날이면 나를 앉혀놓고 침울해져 말했다. 혹시 나를 농락하는 거 아닌가하는 자책이 들 때가 있다고 내손위에 자기 손을 포개며 괴로운 듯 나를 바라보았다. 그는 솔직한 편이다. 그는 언젠가 아내에 대해 말한 적이 있다.

"우리 결혼은 박살났어, 결혼하던 날부터 지옥이었지 나는 아내를 건드렸다가 화근이 되어 발목을 잡힌 꼴이 되었어, 아내는 부잣집 막내딸답게 좀 건방졌지, 데이트는 했지만 가난하게 자란 나를 너무 이해하지 못해서 포기한 채 덤덤하게 만났어. 어느 날, 일을 저질렀지. 비가 오던 날이었는데 술에 취해 삼차까지 따라 오길래 그날 일을 저질렀어. 장모를 앞세워 내 직장으로 찾아왔지, 나 아니면 죽겠다고 의외로 순진하게 나오더군. 우린 결혼을 서둘렀고 딸이 태어나고 부터 아이에게 마음을 붙이고 살았어. 일년에 한 번씩 인사이동이 있었고 아내는 발령받은 곳으로 먼저 내려간 나대신 이삿짐을 싸고 아이를 기르고 그러더니 어느 날인가 조용하게 말하더군, 공부를 마저 하겠다나."

그는 담배를 피우며 뿌연 허공을 바라보았다.

"아내는 발령이 날 때마다 전국 곳곳으로 이사 다니며 흠집투성이가 된 세간처럼 자신도 초라하고 볼 품 없는 모습으로 변해버렸다고 훌쩍거리더니 어느 날인가 다시 일을 해보겠다고 하더라구. 방송국 피디로 있는 처남 백으로 그쪽에서 일을 하나 들고 왔는데 어느 날 보니 아내가 케이블 텔레비전에 나와 경제인을 인터뷰하더군. 마주 앉아 대담식으로 풀어가는 프로였어. 그녀는 흥분해서 내게 녹화한 걸 보여주더군. 그게 오 년전 일이었구, 아내는 얼추 나로부터 독립을 하게 된 것 같아 보였어."

N은 예상외로 아내가 일을 갖게 된 것이 기특하고 자랑스러워하는 눈치였다. 나는 묘한 질투를 느꼈다.

N의 부인은 독립을 했고 나는 그에게 의존하게 되었다. N과의 만남 이후, 이건 안 되는 일이라고 얼마나 자신에게 타일렀는지 모른다. 혼란 중에도 나는 N을 줄기차게 만났다. 남편에게 면회를 가면

이젠 타인처럼 의무만 남아 있었다. 운동을 할 수 없는 비좁은 공간에서 잡범들과 마주 앉아 먹고 누고 자는 것만 되풀이하느라 남편의 얼굴은 이미 허옇게 냉동된 물고기 같았다. 통점이 없는 물고기, 그 모습은 실험용 인간처럼 생리적인 욕망만을 푸는, 하체만 발달된 부서진 나자신의 모습이기도 했다. 유리문과 창살사이로 비치는 남편의 모습을 보면서 변명처럼 나는 중얼거렸다. 자기를 사랑할 줄 모르는 사람과는 이제 살고 싶지 않아. 십 분의 면회시간도 내겐 길었다. 남편은 가스실로 들어가는 죄인처럼 뒤돌아 보았다. 남편도 나를 향해 아무런 느낌이 없을까. 구치소의 마당에 동물원이 있었고 새도 원숭이도 보이지 않은 채 텅 빈 마당에 모이를 담은 그릇만이 덩그러니 있었다.

이곳은 햇살도 무기력한지 빛의 강렬함 대신 흰죽처럼 묽고 탁했다. 이미 내가족도 구심점이 사라진 지 오래 되었다. 미라는 서구식으로 교육을 받아 그 나라에서 자리잡고 살 테고 나는 이 가정을 떠나도 되지 않을까 하는 서늘함이 솟구쳤다. 남편이나 N과 관계없이 이 가정을 부숴버리는 상상을 하니까 조금 위로가 되었다. 그래, 그렇게 절망만 있진 않아, 가는 데까지 가보는 거야. 나는 중얼거리며 길고 긴 구치소의 담을 따라 걸었다. 남편이 재판을 받던 날, 나는 오랏줄에 두 손을 묶여 법정에 나온 남편의 뒷모습을 담담하게 바라보았다. 남편은 내가 뒷좌석에 앉아 있어 볼 수가 없었다.

"뭘 그렇게 골똘하게 생각해요?"

우산의 음성에 놀라 돌아보니 차는 소금강 근처의 삼산일리에 멈추었다. 일행은 스케치를 위해 흩어졌다. 언덕과 집, 개울을 그리는 우산을 옆에 서서 지켜보았다. 우산은 스케치한 그림을 더 좋게 만들기 위해서 작업실로 갖고 가서 가필을 한다. 완성도를 향해 작품에 정성을 들이는 일은 어느 예술가든 한마음일 것 같다. 장미를 잘 그린다는 평상의 그림을 못 본 것이 못내 아쉬웠다. 일행은 이제 하조대로 향했다. 일행 중 일부는 절벽 쪽으로 향했고 일부는 등대가 있는 방향으로 몸을 틀었다.

나는 우산과 해당의 뒤를 따라 등대 쪽으로 뒤따라 올랐다. 멀고 가까운 산색은 어제와는 또 다른 빛으로 새뜻하게 떠오르며 흰빛으로 뭉실거리는 골안개와 극적인 대비를 이루고 있다. 바닷바람이 매섭게 몰아쳐서 겨울바다를 보고 내려오는 사람들은 눈만 남겨놓고 얼굴 전체를 모자나 털목도리로 중무장했다. 나도 장갑과 머플러를 두르고 돌층계를 올랐다. 정상에 오르자 탁 트인 바다가 거침없이 드러났다. 하얀 파도가 거품을 부서뜨리며 다가서고 하늘은 청명했다. 낮게 나는 갈매기 중에 유독 한 마리가 공중 높이 날았다가 하강했다. 평화로운 풍경에도 불구하고 왠지 모르게 그 일대의 날빛은 지나치게 투명해서 오히려 냉랭해 보였다. 나는 빠르게 속살거렸다. '모든 걸 잊을 수 있게 해주세요.' 내말에 화답하듯 주변의 숲들이 이리저리 바람에 휩쓸리는 소리가 한없이 공허하게 귓전으로 밀려들었다. 바람을 피하기위해 넓은 바위 뒤에 숨어 커피를 파는 아주머니가 보인다. 그녀는 김이 나는 주전자를 두 손으로 받쳐 든다. 그 옆으로 즉석사진을 찍어주는 아저씨는 장발에 수염도 덥수룩하다. 아저씨는 섹스폰을 분다. 등대지기가 흐른다. 얼어붙은 달그림자 물결위에 비추이고. 나도 소리내지 않고 따라 부른다. 나는 우산과 해당이 스케치하는 걸 번갈아 구경한다. 한겨울의 갈대뿌리처럼 앙상한 겨울 풍광을 그리는 스케치북을 바라본다. 하얀 포말이 바닷물 갈개 속으로 얼룩무늬를 드리우며 끝없이 밀려가고 있다. 나무로 만든 게시판에 쓰인 글씨를 읽는다.

　알림: 이 지역은 험하고 수심이 깊어서 실족 등으로 인한 부상, 익사 사고 우려가 높은 곳입니다. 지정된 구역 외에는 출입을 금하시기 바랍니다. 양양군수. 굵은 나이롱 줄을 쳐놓은 경계선을 훌쩍 넘어서 우산은 경치를 더 잘 볼 수 있는 곳으로 자리를 옮겼다. 나도 새끼줄을 넘어 그를 뒤쫓아 갔다. 화가의 규칙위반을 탓하는 사람은 아무도 없었다. 경관의 아름다움에 사로잡혀 나도 모르게 어떤 곳으로 돌아가고자 하는 갑작스런 향수랄까 참을 수 없는 그러나 정체는 여전히 불투명한 그리움이 엄습했다. 나도 날카로운 바위에 손을 얹고 바다를 내려다 보았다. 한 발짝만 잘못 딛으면 바다로 풀썩 안겨들 것 같다. 인생은 허망하기 그지없는데 바다는 겨울에 더 푸르다. 우산은 배낭에서 파레트를 꺼내고 생수병을 열고 그 위에 물을 붓는다. 바람이 거세지만 파레트가 뒤집어지진 않았다. 얼어붙은 푸른 물감 위를 붓으로 한참 문지르자 파레트 위에 색이 만들어진다. 색스폰으로 등대지기를 연주하던 남자가 어느 새 다가와 더운 물을 좀 드릴까요 하고 우산에게 묻는다. 우산은 고개를 흔들며 웃어보인다. 스케치위에 바다색을 입힌다. 우산은 나보다 바다를 더 환하게 느꼈나보다. 아주

투명한 푸른 빛이다. 우산은 발갛게 언 귀를 한손으로 문지른다. 바람이 사정없이 스쳐가며 스케치북이 너풀거린다. 바다에 떨어지는 햇빛이 한없이 슬프다. 슬픔은 곰팡내나고 텅 비고 아무 데도 쓰일 데 없이 뻣뻣하다. 절벽 쪽으로 갔던 일행이 빨리 가자고 재촉하러 올라왔다. 우리는 서둘러 짐을 싸고 배낭을 멨다. 차에 오르니 바닷바람에 언 몸이 슬슬 풀렸다. 우산과 내가 탄 차가 앞장을 섰다. 주문진으로 향했다. 하조대에서 주문진까지는 한참 달려야 했다. 커다란 수산물시장안에 다닥다닥 붙은 회 센타가 즐비했다. 동대문시장처럼 산만하고 떠들썩했다.

멀리 바다가 보이고 횟집의 베란다에 꼬챙이에 꿴 오징어가 늘어져 있다. 말간 햇빛이 방안으로 들어와 식탁에 앉았다. 우산이 주문진에 와서 시를 쓰고 있다는 여류시인을 불러냈다. 길가에 서 있는 그녀를 우산이 발견하고 서로는 잠시 기뻐한다. 그녀를 차에 태우고 이곳으로 왔다. 그녀는 식탁끝자리에 다소곳이 앉았다. 허름한 잠바에 커트머리를 하고 검은 테의 안경을 썼다. 우리는 서로 인사하고 자리에 앉아 식사를 했다. 나는 시인이 되고픈 꿈이 있었다. 작업을 위해 이곳에 머문다는 그녀를 힐끔 쳐다보며 묘한 질투를 느꼈다. 그녀가 출현하자 갑자기 생기가 돌았다. 심심했던 참에 여자가 하나 더 늘자 즐거운 일이 생겼다는 눈빛들이다. 이정이 표정을 자못 심각하게 지으며 나를 놀리기 시작했다. 우산은 서울에서 데려온 나를 놔두고 강릉에서 또 여자를 불러 냈다는둥 그것은 사실 숙녀에 대한 예의에 어긋나는 일이라는둥 엉터리를 치자 모두들 그 말이 맞다고 응수했다. 일행은 나와 시인을 번갈아 보기 시작했다. 우산은 키가 작고 곱살맞은 성격이라 여자들이 편안하게 동성처럼 대한다. 아마 시인도 편하고 만만한 우정일 것이다. 알면서도 짖궂게 비약시키는 장난꾸러기들이 재미있기도 하고 더러는 민망하기도 했다.

그녀는 자신이 대접을 하려다가 일행이 너무 많으니까 주저한다. 얼른 우산이 식사대를 지불했다. 멈칫하던 시인과 우산이 서로 마주 보며 웃는다. 일주는 서울로 올라가겠다고 서둔다. 신정에 집에서 가족이 모인단다. 그러자 더 머물고 싶어하는 패와 서울로 가겠다는 패로 갈라졌다. 나는 서울로 올라가고 싶었다. 토니가 걱정이 되어 머물 여유가 없다. 우산은 해당과 남겠다고 한다. 새해에 서울에서 보기로 하고 우산과 헤어져 승합차에 올랐다. 총무인 우산이 휘발유값이라며 이정에게 회비의 일부를 건넨다. 산타모는 달리기 시작했다. 일행은 눈이 휘둥그래져 갖고 나를 바라본다. 우산과 내가 심상치 않은 관계인줄 알았다는 듯 놀려댄다.

"심상치 않은 관계라면 떼를 지어 다니는 남자들 틈에 끼어 여길 오겠어요."

내가 쏘아 부쳤다.

"그럴 수도 있지요,"

일주가 차를 몰며 응수했다. 못 들은 척 눈을 감았으나 긴장이 되었다. 무작정 여행길에 합류한 것이 당돌하고 위험한 일이었나 반성하게 되었다. 남의 이목이 별로 중요하지 않았다. 나는 너무 지나치게 주관적인게 늘 문제였다. N과 나의 관계도 윤리나 도덕에 어긋나는 사이지만 내겐 별로 문제가 되지 않았다. 그 때 나는 남편의 사건으로 지쳐있었고 우울증이 심해 죽음 언저리를 맴돌고 있었다. 혼자 있는 게 가장 해로운 일이라고 의사는 말했다. 누구도 만나고 싶지 않은 상태에서 잠만 잤다. 사건을 통해서 N을 만나게 되고 N을 만나면서 위로가 되었다. N도 생모를 일찍 여읜 탓인지 비가 내리면 사람이 갑자기 달라질 정도로 소심해지고 표정이 침울했다. 라일락이 피면 꽃을 꺾어서 셔츠주머니에 넣고 다녔다. N의 낭만적인 면이 좋았고 내게 위안이 되어 주었으나 지금 나는 N으로부터 헤엄쳐 멀리 떨어진 육지에 닿기 위해 애를 쓴다.

　그를 만나고 그리워하는 횟수가 늘어남과 동시에 집착하려는 감정을 떨구어야 했다. 한 마음이 한 마음을 붙잡고 죽자고 안 놓아줄 때, 말로는 안 되어 고삐 잡아 두들겨야 패야하는 마음일 때, 혼자 앉아 술을 마셨다. 자신의 욕망을 구체화시켜준 남자며 사랑을 느낀 남자로부터 멀어져야 한다는 모순은 고문 같은 거다. 친구들을 만나면 그런 우리나이에 기혼자를 만나지 미혼이 어딨어, 자신있게 내뱉었던 그 말들이 무안해 서둘러 주워 모은다. 줍지 않으면 폭발할지도 모르는 파편들, 어쩌면 둘 다 파괴될지도 모른다. 집착이 행여나 나 자신의 목을 조이는 일은 없게 해달라고 울상을 짓기도 했다. 하루에도 여러 번 자맥질하는 정신은 몸이 움직이는 곳을 따라 우둔하게 뒤따라간다. 그가 부르면 가볍게 보여야 하므로 자주 웃거나 농담을 하거나 그러다가 혼자가 되면 지나치게 심각해졌다. 힘들어 도망치고도 다시 서울로 향한다. 토니도 걱정되지만 강릉에 왔다고 그의 잔영이 지워지지 않았다. 오히려 혼자가 되니까 더 깊숙이 그의 그림자가 따라 붙는다. 차안은 두 명이 빠지자 여유가 있었다. 돌아오는 길에 관동대학에 들러 뒷산의 약수터에서 물을 마셨다. 일주가 그곳의 아름다운 경치를 잘 알고 있었다. 후문에 잘 생긴 소나무가 어울려 있는 풍경이 들어왔다. 소나무 옆으로 검은 바위에 명리암이라고 새겨진 초서체의 음각을 손으로 가만히 쓰다듬었다. 다섯 손가락에 감지되는 만남과 떠남의 문자향이 감지되었다.

이정은 사진을 찍는다. 한옥과 소나무가 어울려있는 풍경을 찍기 위해 둑방 아래로 달려가는 그들의 뒷모습이 소년같다. 햇빛을 역광으로 받아 흔들리는 나뭇잎을 오려다 보았다. 뒷모습을 눈으로 쫓다가 바람이 불자 체감온도가 급격히 내려갔다. 바람소리에 어디선가 둥둥둥 범종소리가 들리는 것 같았다.

"자아, 이제 서울로 떠납시다."

일주가 말했고 차는 국도를 버리고 고속도로로 올라갔다.

생각했던 것과 달리 길은 텅 비어 있었다. 마치 세상이 종말을 맞았고 22세기 초입에 들어서서 사람의 냄새를 찾을 수 없는 황폐함만이 가득 차 오른 듯 했다. 곧 오토바이족이나 탱크가 저쪽에서 나타날 것 같다. 29일이나 그 전날 대부분의 회사가 종무식을 하고 일을 끝낸 뒤라 31일 날 근무하는 회사는 많지 않았다. 징검다리 휴일이라서 그냥 연달아 쉬는 것으로 일정을 잡은 회사가 대부분이었다. 일주는 졸음을 쫓느라 운전을 하며 커피를 자주 마셨다. 어젯밤 네시까지 고스톱을 쳤다며 연신 하품을 한다. 옆의 사람이 재미있는 얘기를 해야 운전기사가 잠을 쫓을 수가 있다며 평상이 내 옆구리를 찔렀다. 나는 인터넷에서 본 유머시리즈를 시작했다.

"어떤 정치가가 작명소를 찾아갔대요. 이름에 '갑' 자가 들어간 사람들이 권력을 잡길래 이름에 '갑' 자를 넣어서 지어 달라고 했대요, 그랬더니 '꼴값'이라고 지어 주더래요, 그건 부르기에 좀 심하다고 다시 지어달라고 했더니 한참 생각 끝에 그럼 '육갑'이라고 지어주더래요." 나는 얘기를 마치고 주위를 둘러보았으나 이정도 평강도 어느 사이 꾸벅거리며 졸기 시작했다. 눈발은 드문드문 휘날리기 시작했다. 우리는 휴게소에서 커피를 마시고 따끈한 호두과자를 샀다. 잠이 깬 이정이 뒤칸에 앉은 내게 과자봉지를 건네며 다음 여행에도 동반하자고 제의한다. 평상의 휴대폰이 울렸다. 통나무집에서 머물고 있는 우산이었다.

"길이 막히긴 커녕 너무 잘 뚫려서 벌써 서울 근처를 달려."

평상이 과장되게 말했다.

해당과 우산 그리고 통나무집 주인은 스케치를 마치고 벌써 통나무집에 들어와 어제 남긴 캔 맥주를 마시는 중이라고 지지 않고 자랑을 늘어놓았다. 나는 호두과자를 베어물고 창밖을 보다가 지나치는 차에서 외국여자의 모습을 보았다. 미라가 떠오른다. 이모집에 기거하지만 외로운 타국에서 공부한다고 부모와 떨어져 지내는 아이가 혼자서 새해를 맞이하는 것이 안스럽다. 이어서 토니의 얼굴이 떠올랐다. N을 알고부터 그들에게 소홀해진 마음이 가책이 되어 들큰한 팥물이 배어있던 혀가 갑자기 깔깔해져 온다. 토니가 걱정이 된다.

서울에 가까이 다가올수록 조바심이 나서 견딜 수가 없다. 전화가 되지 않는 것이 불안하다. 나는 토니를 생각하다가 무심코 나온 말에 놀란다. 우리 헤어져요, 나는 그렇게 중얼거렸다. 평상이 무슨 소리냐는 듯 내게 눈으로 묻는다. 나는 창밖에 시선을 주었다.

호두과자가 목에 걸려 숨을 쉬기가 불편했다. 수없이 마음속에서 되뇌었던 그 말이 떠오르자 저 눈밭에 파묻혀 영원히 세상 밖으로 자신을 드러내지 않고 숨고 싶다는 욕망이 솟아올랐다. 수없이 반복했던 얘기지만 N앞에서 단 한번도 고백하지 못했던 말들이 바람을 타고 창밖으로 날아가 버렸다. 여전히 난 우울하고 여전히 N의 체온을 감지하고 있다. 막연한 웃음을 짓고 순간적으로 반짝였던 눈동자와 서로의 몸이 부딪칠 때의 공기의 섬세한 펄럭임, 그 펄럭임 속에 퍼지던 체취, 술에 취해 무심코 얽혔던 힘찬 다리들의 감각, 우산살이 쇠난간에 닿을 때의 소리, 사랑이 끝났을 때 뿌옇게 김이 어려 있던 차창들만 더욱 그리울 뿐 그 기억에서 빠져나오려는 자신을 용서하지 않겠다는 듯이 마음은 얼어 붙었다. N을 만나기 전에 나는 프리랜서로 일하면서 주위에서 투쟁적이라는 놀림을 받았다. 삶이 깊어지면 개념은 없어진다. 삶을 살아가는 사람은 이미 규정된 관념이 아니라 그 너머 저마다의 낯선 벼랑길을 걷는다. 그래서 생은 여전히 미확인적인 유혹을 생산해 내는 것이다. 남편을 위해 뛰어다니며 애쓴 효과도 없이 그는 칼잠을 자며 벌을 받고 있다.

나는 마치 남의 등을 칼로 친 패잔병처럼 혼란스러웠다. N은 나에게 기대고 싶은 피난처였다. 상대가 기혼자라는 거리감 때문에 본능은 더 가열해졌다. 아내가 있는 남자를 좋아하는 자책감이 똬리를 틀고 있음에도 N에게 기울어졌다. N을 보고 싶으면 토니를 번쩍 안고 눈을 맞추며 중얼거렸다. 너도 외롭지. 토니는 나와 눈이 마주치면 고개를 떨구고 이 힘든 자세에서 빨리 벗어나기를 고대했다. 보이지 않게 생활의 질서가 무너졌다. 모든 사물이 혼란스럽고 상대가 말을 해도 정확하게 심중을 이해하지 못했다. 그를 생각하는 간절함만 제외하고 세상을 건성으로 흘려보냈다. 목적없이 좋아하는데 무슨 죄야 혼자서 삐죽거리며 자신을 합리화시키기도 하고 드라마에서 보여지는 사랑의 일그러진 형태를 떠올리며 나는 자신에게 솔직하고 싶다고 속으로 외쳤다. 숨겨진 사랑이 자기를 들어내려고 맹렬하게 고개를 들 때도 있었다. N은 나와 아내와 자기의 일과 모두 잘 지내는데 나만 혼돈을 겪어야 하는 게 화가 났다. 차는 문산 쪽으로 달렸다. 눈이 녹지 않아서 길이 하얗다. 반쯤 열린 창틈으로 음음한 저녁대기가 몰려들고 있다.

   N과 이 길을 달린 기억이 있다. 그의 차는 코란도다. 속력을 내면 부르릉 하고 거칠게 몸을 떤다. 영화에서 전속력으로 질주하는 차처럼 말이다. N의 깔끔한 성격대로 차안도 청결했다. 그는 주말이면 부부동반으로 콘서트도 가고 등산도 하는, 정이 도타운 부부임을 과시했다. 그의 아내는 케이블 텔레비전에서 경제프로그램을 진행하는 사회자다. 어느 날인가 부인이 나오는 프로그램을 시청했다. 화려하지 않은 정장차림에 단정한 인상을 주는 분위기였다. 서서히 질투심이 올라오고 그와 나를 연결짓던 모든 사물들 모든 느낌들이 저만치

에서 흩어지고 있었다. 밤늦게 귀가하는 그와 내가 차를 타고 가다가 엑셀을 밟고 사고사 했다면 그 모든 갈등은 사라지고 비로소 고요해 질 것이다. 내안의 악령이 기지개를 편다. 그의 친숙했던 웃음이 갑자기 일그러지며 사라진다. 처음에 그가 나를 만나고 싶어했을 때, 그 때 내가 바랐던 것은 우정같은 감정이었다. 시간이 흐를수록 그건 나 자신이 정말 원한 것이 아니었다는 것을 알았다.

　나는 토니를 안고 울었다. 어디로 흘러가는지 어디서 멈출지 나도 모른다는 두려움 때문이었다. 토니가 눈꼬리짬에 고인 눈물을 핥아 주었다. 주인의 마음이 심상치 않은 기운이 전달되었나 보다. 그와는 다섯 번쯤 드라이브를 했다. 누가 봐도 용납되지 않는 사이임에도 남에게 들키지 않고 여기까지 온 것만도 다행이다. 토니가 내 곁에 있고 따뜻하고 자유로운 공간이 있고 수첩을 열면 친구가 떠오른다. N은 나를 통해 무엇을 얻었을까. 나는 점점 황폐해지는 자신을 추스르지 못하고 있다. 머리에선 더 이상 받아들이면 파멸이라면서 마음으론 그를 지우지 못하고 흐느적거린다. N에게서 연락이 오면 훈련받은 개처럼 모든 일을 제쳐놓고 달려 나간다. 그는 다시 태어나면 시인이 되고 싶단다. 어느 날이던가. 용건만 간단하게 말하고 전화를 끊던 N이 내게 오래도록 전화를 한 적이 있다. 아내는 미국에 갔고 그는 일요일 날 집 근처의 뒷산에 산책을 나갔다가 새소리를 들었다. N은 외국에 출장을 갔다가 새를 부르는 호각을 여러 개 사온 적이 있었다. 지금 자기 근처에는 호각소리를 듣고 산 새들이 모여들었고 귀가 먹먹할 정도라며 내게 그 소리를 들려주겠다고 했다. 피리리릭,

푸우 퓨우, 푸르릉 프후후 그가 벤치에 앉아 바쁘게 호각을 번갈아 불며 한손으론 휴대폰을 들고 있는 모습이 어른거렸다.

나는 호각소리를 들으며 웃었다. N이 가끔씩 센티해지는 걸 나는 알고 있다. 어느 한 사람에게 함몰되어 버린 내 생활은 이미 그를 축으로 돌고 있다. 일터의 주변에서 만나지던 공적인 자리에는 펑크를 내는 일이 잦았고 가족이라든가 우정은 이미 빛이 바래진지 오래 되었다. 나는 N이 부르면 호각소리를 듣고 날아온 새처럼 N의 어깨로 날아갔다. 아지랑이를 본 것처럼 나른해졌다. 혼자 있어도 가득 차오르는 충일감을 혹시 누구에게 들킬까봐 나는 소리내지 않고 감춰두었다. 남편이 집으로 돌아올 때까지 만이라도 N과 만나고 싶다. N과 헤어져 남편이 없는 집을 지킬 힘이 내게는 없다. 이 골 깊은 좌절감은 오래동안 쌓였던 남편에 대한 실망 때문인 것 같다. 밤새도록 자신을 괴롭혔으나 아무 것도 달라지지 않았다. 낙서를 쓰고 종이를 찢었다. 누구에게도 마음을 열어 보일 수가 없어 답답한 채 새벽을 만나기도 했다. 거리를 걷다가 N의 것과 같은 차를 발견해도, 뒷모습이 비슷한 남자를 보아도 가슴이 서늘했다.

거리엔 성공을 꿈꾸고 삼사년마다 한 번씩 애인을 바꿔가며 성적 욕구를 해소하고 편리하게 삶을 즐기는 종류의 사람들도 많았다. 그렇게 생각하자 마음이 편해지고 N에 대한 집착에서 어느 정도 벗어날 수 있었다. 다시는 만나지 않아도 상처받지 않을 것 같았다. 그러나 그것도 잠시 뿐, N에게서 오는 전화를 받으면 내 몸은 총알처럼 튕겨져 나갔다. 잡지에서 유행하는 옷이나 화장법을 보면 나는 그걸 외우느라고 세 번, 네 번씩 다시 읽었다. 내가 순간적으로 느끼는 N과의 거리감은 일시적으로 오는 것일 뿐, 나 스스로 애써 그런 것들을 찾아내려고 하지는 않았다. 오히려 N에 대한 집착에서 벗어나지 않으려고 회사일 이외의 내가 즐기던 동호회 참석이나 친구를 만나는 일 따위의 모든 활동을 자제했다. 내주위는 점점 축소되고 일과 N 그 두가지에만 열중했다. 나는 시간의 제약에서 풀려나 자유로워지고 싶었다. 열정에서 얻는 행복감은 남편이 주는 상실감이나 혼자 있는 외로움을 한결 덜어주었다.

임진강 하류는 얼어붙어 어귀에는 하얀 얼음이 끼었다. 드문드문 얼음이 강 위에 뭉쳐 있었다. 북쪽의 산이 선명하게 보인다. 산은 모두 벌목을 해서 민둥산이 되었다. 그와 이곳에 왔을 때는 안개가 끼어 산을 제대로 볼 수가 없었다. 나는 차에서 잠이 들었다. N이 내 이마를 만지는 손길에 눈을 떴다. 나는 N의 손을 잡았다. 우리의 손은 깍지를 끼어진 채 한참동안 그러고 있었다. 수없이 나는 이 사람을 좋아 하는가 생각해보았다. 그토록 이상한 관계 속에서 사랑을 했다고 말하는 내가 부도덕한가. 하지만 이란 사랑이 전에 없었다고 해서 상처를 주고 아무런 결과를 맺지 못했다고 해서 나의 사랑이 의심받을 순 없다. 실제로는 이렇게 불쾌하고 의혹에 가득 찬 숱한 사랑들이 침묵 속으로 가라앉는다는 것을 나는 안다. 그와의 추억에 잠겨있는 동안 차는 집 근처에 도착했다. 일주가 차를 세웠고 이정은 차에서 내려 트렁크를 열었다. 내 몫의 선물상자를 건네면서 이정이 목례를 했다. 나는 돌아서서 한달음에 병원으로 달려갔다. 토니는 눈을 떴으나 눈자위가 게게 풀려 허공만 바라볼 뿐 나와 눈이 마주쳐도 아무런 표정이 없었다. 의사는 내 뒤에 서서 중얼거렸다.

"주인을 전혀 알아보지 못하는군요."

나는 토니를 쓰다듬으며 울먹였다.

"이리 와서 좀 앉으시죠."

의사가 녹차를 건네며 안경너머로 나를 바라보았다.

"토니가 앓는 병은 무도증입니다. 춤을 추는 것처럼 한쪽으로만 맴을 돌지요 그래서 그런 이름이 붙었어요."

"충격에서 온건가요?"

내가 다그치듯 묻자 의사는 잠깐 침묵했다.

"그럴 수도 있긴 합니다만 아마 공기 중에 있는 바이러스에 감염되어 그게 뇌에 침입한 것 같아요. 대부분 항체가 형성된 후에 신경증상을 일으키는데 이 바이러스는 항체형성 전에 정착되었기 때문에 감염 후 3주 뒤에 폐사 됩니다.

"우리 토니가 죽어요?"

"나도 녀석이 내처 잠만 자고 있길래 병이 진행되는 걸 미처 몰랐습니다. 연구대상이예요. 이런 증상은 첨 보거든요."

의사는 곤혹스러운 표정을 짓고 내게 사과했으나 나는 아득히 멀어지는 토니의 모습을 찾느라 현기증이 났다.

"며칠 두고 보겠지만 정신을 차리지 못하면 결국 죽게 될 겁니다."

나는 토니에 대한 죄책감으로 다급해졌다.

"토니는 다혈질이지요."

"압니다. 주인이 외출하면서 데리고 갈 줄 알았다가 실망하자 그 때 발작을 한겁니다. 정신적인 쇼크도 이 병을 진행시키는데 도움을 주었다고 봅니다."

나는 의사의 지시대로 토니를 두고 집에 왔다. 집에는 팩스가 와 있었다. 경기도 광주에 사는 할머니를 취재하러 박 기자가 가기로 했 으나 모친상을 당해 내가 내일 아침에 다녀와야겠다는 내용이었다. 평생을 황토방에서 사는 분이다. 건강과 장수의 비결이 무엇인지 알 아보기 위해 인터뷰하는 일이다. 나는 광주에 도착하자 여관에 짐을 풀고 수의사에게 전화를 했다. 토니는 아직 움직이거나 다른 개들과 어울려 밥을 먹지 못하지만 양호한 편이라고 한다. 나는 고개를 잦혀 하늘을 보았다. 토니는 내게 돌려주세요, 토니를 살려주면 다신 N을 만나지 않겠어요. 나는 길을 걸으며 하늘을 향해 자신도 모를 이상한 거래를 하고 있었다. 내가 결국 토니를 죽이고야 말거라는 불안이 엄 습했다. 할머니를 취재하러 동구에서 골목으로 들어섰다. 흙으로 만 든 토담집에서 홀로 사는 할머니는 마당에 빨래를 널고 있다가 나를 보더니 내 고향 사투리로 말을 건넸다.

"안춥은기요?"

"와 안춥구로. 아즉에는 얼음도 얼엇따라."

육백년 묵은 매화인 정당매가 있는 운리에서 만난 구십 구세의 할 머니는 정정하고 활달해 고구마를 깎아주는 모습에 정감이 묻어났다.

"할매는 어디서 시집 왔능기요."

"와, 그건 알아서 뭐 할라꼬. 내 친정은 바로 요 밑에 담배건조막

안 있더나. 그 집이라. 엎어지마 코 닿을 데라. 열 발자국도 안 되는 데에 시집왔다 아이가. 가매도 못타고……."

"뭐 그런 시집이 있능기요, 가매도 못타고, 신랑이 첫 날밤에 잘 해 주던 기요."

"뭐이, 뭐라카노, 첫날 밤,숭하구로 그런 이야기는 와 묻는데."

내가 빙긋 웃으며 할머니의 무릎을 주물러드리자 할머니는 겹주름이 진 눈을 가늘게 뜨고 말문을 열었다.

"호사시럽었제, 그런 날이 어데 또 있겄나. 내 평생 없는 일이제."

나는 할머니의 추억에 젖은 눈매를 바라보며 무시로 겹치는 N의 모습에 당혹스러웠다.

할머니의 추억이 내것인양 가슴을 축축하게 만들었다. N의 사랑은 난자에 비해 값싸게 다량으로 생산해낸 정자를 되도록 많은 암컷에게 주고 싶어하는 본능의 일부분이 아닐까, 나 또한 남편의 실수를 빌미로 자기 합리화를 하려는 바람기는 아닐까, 그런 생각들이 머리 속을 꽉 차올랐다. 자신을 해체해 봐도 원상태로 돌아가는 N에 대한 집착을 나는 속수무책으로 바라볼 뿐이었다. 한눈을 팔 수 있는 곳이라면 어디에서든 N이 뒤따라 나타났다. 뜻모를 설움이 북받쳤다. N을 통해 세상과 아니 사람들과의 관계에서 한계를 뛰어넘는 연민을 공감했다. 눈물을 닦으며 말갛게 다가오는 햇빛을 보았다. 아지랑이처럼 공기 중의 수증기가 기포를 만들며 떠다녔다. 무언가가 흔들리며 투명하게 다가왔다. 토니였다. 토니가 한쪽으로 맴을 돌며 미친 듯 뛰었다. 어느 사이 나타난 내가 토니와 같은 모양새로 함께 맴을 돌았다. 숨이 콱 막혔다. 남편이 제자리로 돌아온 후에 나는 토니와 떠나야겠다고 생각했다. N으로부터도 떠나고 싶다. 미라가 있는 뉴질랜드로 가고 싶다. 좁은 공간에서 운동을 하지 못해 허옇게 살이 오른 남편의 얼굴은 낯설었다. 이제 그와 나 사이엔 쇠창살보다 더 단단한 경계가 그어져 있다. 나는 면회실에서 뿌연 유리창 사이로 남편을 바라보며 속으로 다짐했다. 당신이 돌아오면 난 떠나요.

할머니와 얘기를 마치고 버스 정류장 길을 걸었다. 비포장도로의 가장자리에 풀꽃이 피어 바람에 흔들렸다. 휴대폰이 울렸다.

"토니가 발작을 해서 진정제를 놨는데 아무래도 포기해야 될 것 같아요."

의사의 음성은 낮게 가라앉았으나 내 가슴언저리에 흡반처럼 달라붙었다. 나는 말문이 막혀 그냥 듣고만 있었다. 벌을 받고 있다는 생각이 머릿속을 휘젓고 다녔다. 무뇌인 것처럼 표정없이 나와 눈이 마주쳤던 토니의 모습이 떠올랐다. 나도 N을 그렇게 바라보게 될 지도 모른다. 토니의 죽음 앞에서도 잡념처럼 떠오르는 N과의 혼란스러움이 질척거리며 나를 괴롭혔다. 작년 여름에는 비가 많이 내렸다. 토니는 충분히 산책을 하지 못하고 집에서만 지냈다. 토니는 스트레스가 쌓여 세탁물을 수거해가는 아저씨가 문밖에서 지나가는 소리가 들려도 짖어댔다. 다른 개들과 어울려 본 일도 없고 나와 접촉하며 살아온 사람과 다름없는 습관이 든 강아지다. 병원에 입원시키고 강릉으로 떠난 것이 후회되었다. 차가운 바닥에서 잠을 자고 많은 강아지와 한 우리 속에서 지내야 하고 토니로는 적응이 되지 않았을 것이다. 아마 주인은 나타나지 않고 그 녀석은 자신이 버려졌을 거라고 생각했을 것이다. 의사는 녀석이 잠만 자는 줄 알았다. 서울에 도착하자마자 병원으로 달려갔다. 토니는 우리 안에서 제 꼬리를 잡으려는 것처럼 한쪽으로 계속 맴을 돌고 있었다. 신들린 무당이 작두를 타는 것 같다. 녀석은 그러다가 쓰러져 입에 거품을 물었다. 침이 흐르며 거품이 난다. 재롱을 떨던 모습은 사라지고 평소의 몸놀림이 아닌 격렬한 행동이었다. 저렇게 미치는 걸까. 하필 토니에게 이런 일이 나타나다니, 나는 잃어버린 물건을 찾듯 주위를 두리번거리며 정신을 차리지 못했다. 나를 대신해서 토니가 벌을 서고 있는 것은 아닐까하는 망상이 줄기차게 따라붙었다.

한쪽 우리 안에는 흰 강아지 네 마리가 서로 몸을 포개고 누워 있다. 뒤집어져 있는 놈, 밥통에 발 한쪽을 빠뜨리고 있는 놈, 그 중의 한 마리가 인기척을 느끼고 몸을 뒤집자, 다들 이래저래 포개져 있던 모양새가 흐트러지며 느릿느릿 몸을 일으켰다. 처진 귀 모양새들 때문에 순한 눈동자들이 더 순해 보인다. 발목이나 등허리에 알맞게 살이 올라 있어 귀엽기 이를 데 없다. 짖을 생각은 없는지 낑낑, 거리며 꼬리들을 내리고 한 발짝씩 물러설 뿐이다. 어느 새 의사가 곁에 와서 토니의 병세에 대해 설명해주었다.

"몸통과 사지가 목적없이 반복되어 움직이는 운동장애지요. 감염된 후에 충격을 받아 심하게 신경선에 손상이 왔습니다."

의사의 말이 귓전을 때린다. 가족이나 친구로부터 멀리 떨어져 나간 나는 N이 부르면 달려가는 반복만 되풀이했다. 내가 토니에게 까지 등을 돌렸다는 생각이 들자 나는 나오려는 울음을 손으로 막으며 물었다.

"선생님, 왜 나를 못 알아보지요?"

"성격 변화랄까, 뭐 정서장애 같은 게 오기도 하거든요."

맴을 돌다 토니는 쓰러졌고 정신을 차리면 너무 기운이 없어 사지를 뻗은 채 무표정한 얼굴로 사람을 바라본다. 찬 바닥에 달랑 신문지 한 장이 깔려 있다. 그것은 토니의 발작으로 갈갈이 찢겨졌다. N의 환영이 그 찢어진 신문지 사이로 삐죽 올라왔다가 사라졌다. 나도 저렇게 되고 마는 것일까. 이젠 정말 정리해야 하는 것일까. 가책과 욕망사이에서 서성거리는 시간에 나는 나를 믿고 따르던 한 생명을 죽이고 말았다. 토니는 진정제를 맞았다. 의사는 하루만이라도 집으로 데리고 가서 보살펴 주라고 했다. 토니를 품에 안자 축축한 습기와 비릿한 냄새가 풍겼다. 주인이 안아주면 냄새를 맡고 자기 코를 내 얼굴에 비벼대던 토니가 아니다. 의사의 지시대로 목욕도 시키지 않고 음식도 주지 않고 보리차만 마시도록 해주었다. 나는 거실에 누워 토니를 살폈다. 무언가 물결처럼 부드러운 것들이 겹에 차서 가만가만 나를 흔들어 깨우는 것 같은 기척을 느끼고 잠에서 깨어났다. 눈을 뜨니 토니의 꼬리가 내 코끝에 닿아 있었다. 아, 토니가 어느 새 깨어 내 옆에 낮은 자세로 누워 있었다. 내부에서 찌르는 것 같은 절규가 한순간에 올라왔다. 배멀미를 하는 것처럼 한순간에 죄책감이 덮쳐와 와락 토니를 껴안았다 한줌의 재처럼 토니는 풀썩 소리도 없이 내 손안에 쥐어졌다. 토니는 나로부터 떨어져 나와 다시 내게 엉덩이를 돌린 채 소파구석에 머리를 처박고 앓는 소리를 냈다. 내가 가만히 녀석의 몸에 손을 가져가자 움찔하며 소파구석으로 더 몸을 구겨 넣는 시늉을 했다. 이미 토니는 정서적으로 나와 멀어졌다. 나를 알아보지 못하는 게 아니라 내가 싫어진 거다. 배신을 당했을 때 오는 충격이 토니를 병들게 했다.

나는 의사에게 매달리고 싶었다. '내가 떠나지 않고 토니와 함께 있었다면 토니를 살릴 수도 있었겠지요?' '그럴 수도 있지요.' 그 말이 가슴에 걸려 내려가지 않았다. 온 집안에 불을 켜놓고 토니 옆에 누워 그녀석의 신음소리를 들었다. 녀석이 다시 발작을 하기 시작했다. 걷질 못해 한쪽 다리가 미끄러지며 녀석은 겨우 일어났다. 온몸과 눈은 신열로 충혈되어 있었고 송곳니 하나가 입술 밖으로 삐져 나와 괴로워하는 것을 느낄 수 있었다. 내가 안으려 하자 고개를 돌려 나를 피했다. 다신 널 믿지 않겠어. 송곳니가 그렇게 다짐하는 것처럼 보였다. 토니는 비칠거리며 쓰러져 다시 한쪽으로 돌기 시작했다.

나는 토니 몸에 엎어져 그동안 참았던 울음을 터뜨리고야 말았다. 남편도 아이도 내 곁에 없는데 눈이 시린 백열등만 시푸르게 쏟아져 내렸다. N도 떠오르지 않았다. 무시로 영혼을 휘젓고 드나들던 그의 모습이 생각나지 않았다. N은 내 고통을 나눠지고 싶지 않아 멀리 도망친 것 같다. 토니는 두 무릎과 두 팔꿈치 이마를 함께 땅에 대는 오체투지의 모습으로 쓰러졌다. 토니의 다리 아래로 노오란 물이 흘렀다. 늘어진 토니는 흔들어보아도 아무런 반응이 없었다. 나는 늘어진 토니를 안고 병원으로 달려갔다. 의사는 아침 일찍 병원 문을 열어놓고 나를 기다렸다. 눈을 뒤집어 보고 입을 벌려보더니 진정제를 놓았다. 토니는 누운 채로 오물을 쏟아냈다. 의사는 마지막 같다고 안락사를 시키자고 했다.

나는 의사의 말에 따르기로 했다. 토니는 죽기 전에 눈을 떴다. 몇 번 일어나려고 시도하다가 쓰러졌다. 그러면서도 토니는 내게로 비칠거리며 다가왔다. 투명한 프라스틱 집에 있던 토니는 우리에 뚫린 작은 구멍으로 비틀거리며 다가와 나를 바라보았다. 내가 손을 그 구멍으로 넣자 토니는 내 손등을 힘없이 핥았다. 눈물이 말라붙은 눈가장자리는 우멍하게 패였고 기운을 잃은 다리는 후들거리며 가늘게 떨고 있었다. 나는 속수무책으로 손등을 맡긴 채 울음을 삼켰다. 토니는 죽기 전에 나를 알아본 것이다. 이윽고 토니가 정신을 잃고 쓰러졌다. 의사가 맥을 짚어보더니 죽었다고 말했다. 토니를 우리 집 뒷동산에 묻고 싶었으나 의사는 위법이라며 고개를 가로저었다. 나는 혼자 집으로 돌아왔다. 토니와 산책하던 공원의 동산을 떠올렸다. 녀석은 냅다 달리다가 가끔씩 주인을 찾느라 뒤를 돌아보았고 길을 기억하느라고 자주 오줌을 누었다.

햇빛이 잘 드는 곳에 그 녀석을 묻어주는 상상을 했다. 봄이 되면 제 목숨을 다하여 핀 들꽃들이 무리져 향기를 내뿜는 곳에 토니를 심어주고 싶었다. 집안은 적막만이 숨쉬고 온통 눈에 보이는 것은 껍질처럼 말라있었다. 목욕탕에는 토니가 쓰던 샴푸와 목욕용품이 있고 베란다에는 토니의 집과 사료를 담아주는 프라스틱 그릇이 보였다. 토니가 씹는 껌의 포장지에는 예쁜 강아지 그림이 그려져 있다. 나는 그 그림에게 웃어보였다. 몇 알갱이의 사료가 담겨진 토니의 밥그릇에 토니가 씹는 껌 한 조각이 들어 있다. 일층 현관에서부터 주인의 발자국을 알아채는 영리한 녀석이었다. 물그릇은 물이 있던 부분이 누렇게 말라 녹이 슨 것처럼 경계가 그어져 있다. 이제 토니가 돌아와도 마실 물이 없다. 쓸쓸하게 놓여있는 토니의 흔적들, 그 녀석은 목욕을 시키기 전에는 꼭 나와 산책을 했다. 현관문을 열고 방울이 달린 목걸이를 목에 끼우면 내 앞뒤로 뛰어다니며 흥분했다.

우리가 걷는 길로 어린아이가 지나가면 짖어 보였으나 워낙 눈이 크고 겁이 많아서 몸집이 큰 강아지를 보면 일단 내 뒤로 숨었다. 몸에 비해 가는 네 다리는 뛰어다닐 때 보면 할머니가 뛰는 것처럼 뒤뚱거렸다. 나무그늘에 조금씩 오줌을 누며 뭔가 냄새를 맡았다. 펑퍼짐한 아낙네의 모습처럼 너부데데한 얼굴이 푸근하게 느껴졌다. 미라에게서 전화가 왔다. 미라는 토니의 목소리를 듣고 싶다고 바꿔 달라고 했다. 토니에게 수화기를 넘겨주면 끙끙거리며 녀석은 제법 자기의 존재를 알렸다. 미라는 자기아빠가 구치소에 가있는 것도 자기 엄마가 다른 남자와 사랑에 빠진 것도 까마득히 모르고 있다. 다행이다. 부모와 자식 간은 육체적으로 너무나 가까우면서도 완벽하게 금지되어 있어서 상대방의 성적 본능을 이해하고 받아들이기가 어려운 사이다. 과연 미라가 엄마의 알 수 없는 침묵과 멍한 시선에서 확연히 드러나는 욕망을 자연스럽게 받아들일 수 있을까. 아마 미라는 욕망에 빠져 있는 엄마를 늙은 수코양이를 따라다니는 발정난 암고양이 쯤으로 생각할지도 모른다. 토니는 퍼그중에서도 유난히 얼굴에 주름이 많았다. 목욕을 시킬 때면 주름사이를 일일이 손가락으로 닦아주지 않으면 고약한 냄새가 났다. 토니는 목욕을 마치면 진저리를 친 후, 젖은 몸을 폭신한 소파위에 엎드려 말렸다.

　나는 빈 소파를 향해 토니, 소리 내어 불러본다. 어디선가 마악 녀석이 튀어나와 내 품에 안길 것만 같아 사방을 두리번거렸다. 토니는 고집이 셌다. 아침에 출근을 할 때면 토니가 따라 나오지 못하게 재빨리 문을 닫았다. 나는 현관에서 집 안쪽을 향해 아주 멀리 던져준 껌을 집으러 토니가 뛰어간 사이에 도망치는 거다. 몇 번인가 속더니 어느 날 돌아와 보니 껌이 던져 주었던 그 자리에 그대로 놓여있었다. 토니는 마음이 상했던 거다. 홍역을 할 때의 처연한 모습으로 눈곱을 달고 나를 올려다보던 애절한 표정이 눈에 삼삼하다. 늘 꼬리는 몸과 분리되어 자유롭게 흔들리고 있었다. 여름엔 더위를 식히려고 타일바닥으로 된 현관에 누워 신문이 들어오는 입구에 얼굴을 들이밀고 있었다. 토니가 사라지고 나서야 나는 내 부주의가 한 목숨을 잃게 했다는 걸 통감했다. 어떤 종류의 개를 막론하고 주어진 환경에 따라 성격이 변한다. 스트레스를 많이 받거나 자기가 버림을 받았다고 생각하거나 홍역의 후유증으로 예민해 있을 때거나 새끼를 낳은 후에는 사람과 똑같이 외부의 영향을 민감하게 흡수한다.

　나는 토니가 상자에 담겨 오늘 새벽에 소각장으로 실려 갔다는 얘기를 들었다. 의사는 아메리칸 코커스패니얼이 마악 새끼를 낳았는데 한 마리 키워볼 생각이 있느냐고 물었으나 조용히 수화기를 내려놓았다. 토니가 죽기 전에 마른 입으로 내 손등을 핥던 촉감이 되살아나 온몸이 저려왔다. 기억에서 토니를 몰아내려면 시간이 걸릴 것이다. N도 마찬가지다. 토니를 잊으려 하면 N의 환영도 뒤따라 나타났다. 내게 가장 가까이 머물렀던 체온 둘을 동시에 놓아버리는 일이 쉽지 않을 것이다. 종일 잠만 잤다. 잠과 나 사이에 미농지 같은 종이 한 장이 가로놓여 있는 것 같았다. 미농지 저편으로 현실의 그림자들이 자꾸만 흘러오고 흘러갔다. 물을 마셔도 입가로 흘러내리고 화장실에 가다가 문득 허방을 짚기도 했다. 슬픔은 노역을 치르고 말라비틀어진 걸레같았다. 그것은 곰팡내 나고 텅 비고 아무 데도 쓰일 데 없이 뻣뻣했다. 거울을 보니 얼굴이 퉁퉁 부어올랐다. 한겨울의 개나리 가지처럼 엉클어진 머리를 천천히 손갈퀴로 빗어 내렸다. 누구에게 흠뻑 얻어맞은 것처럼 온몸이 저렸다. 한줌의 머리카락이 뭉텅 빠져 손에 잡혔다. 욕실로 들어갔다. 토니의 샴푸엔 주름가득한 얼굴의 퍼그가 그려져 있다. 그 개는 금방 튀어나와 큰소리로 짖을것 같은 자세다. 나는 토니의 울음소리가 들리는듯해서 두 손을 벌렸다가 머쓱해져 거실로 들어왔다. 토니의 집과 사료봉지가 든 상자와 산책할 때 사용하던 목걸이를 시렁에서 내렸다. 목걸이가 거실바닥에 떨어지며 방울 소리가 들렸다.

나는 방울을 흔들어보았다. 묘지에서 들리는 종소리처럼 황량하고 우련하게 울렸다. 유예되고 있었던 격렬하고 부정적인 감정들이 밀려오고 있었다. 나는 조종소리처럼 들리는 토니의 방울을 가슴에 묻듯이 쓰레기 봉투에 넣었다. 비닐은 한 자루 가득 토니의 물건들로 차올랐다. 나는 외출준비를 하고 집안을 둘러보았다. 황폐한 기운만이 감돌았다. 아파트 폐기물통의 뚜껑을 열었다. 부식된 음식냄새가 코를 자극했다. 비닐봉지를 그 속에 넣었다. 토니의 흔적은 사라질 것이다. 나는 정처 없이 걸었다. 이제 나도 토니처럼 흔적을 지우고 자신을 추스려야 한다고 생각했다. 한참을 생각 없이 걸었다. 더 이상 걸을 수가 없을 만큼 다리가 저려왔다. 공원의 풀밭으로 들어갔다. 나는 걸음을 멈추고 앉으려다가 현기증을 느꼈다. 내 몸이 쓰러진 그 자리에서 토니처럼 한쪽으로 맴돌고 있었다. 들고 있던 가방이 땅에 떨어지고 하늘이 눈앞으로 내려 앉았다.

나는 두 손을 땅에 짚고 멈추려고 애를 썼다. 호흡이 가쁘고 구역질이 났다. 먹구름이 낀 하늘이 커다란 보자기처럼 내 눈을 덮었다. 나는 쓰러진 채 토니를 쓰다듬듯이 풀을 손끝으로 만져보았다. 비릿한 토니의 냄새가 났다. 토막 난 녀석의 몸이 툭 튀어나와 머리맡에 뒹군다. 녀석의 몸은 차갑고 허옇게 냉기가 서려있다. 나는 혀로 녀석의 몸을 녹였다. 냉기가 사라지고 토니의 형체가 살아났다. 이윽고 꼬리를 흔들며 내 품에 안겨 얼굴을 핥았다. 내가 녀석의 어미가 아니라 녀석이 나의 어미같이 나직하게 속삭였다. 나처럼 되지 말아, 그 말은 내 심장에서 울리는 것 같았다. 순간 눈을 뜨고 사방을 둘러보았으나 토니는 사라지고 먹구름이 몰려왔다.

나는 비칠거리며 일어나 길가로 나갔다. 거친 바람이 확 몰려들었다. 하늘이 수척해 보였다. 나는 날개를 달고 사뿐히 내려앉고 싶었다. 토니가 뛰어 놀던 모습이 보였고 연이어 토니가 구토를 하며 쓰러지고 있었다. 순간 뱃속에 나비를 삼킨 듯 내장이 바르르 떨렸다.

나는 냉정을 찾기 위해 숨을 고르며 보폭을 넓혔다. 빗방울이 떨어졌다. 비오는 거리를 좋아하던 N의 표정이 얼비친다. 오랫동안 물 밑에 가라앉아 있던 부표가 떠오르듯 그렇게 스르륵 N의 모습이 떠올랐다. N과 나 사이에 조용히 머물렀던 풍경들이 빠른 속도로 스쳐갔다. N과 있었던 그 모든 일들이 다른 여자가 겪은 일인 것 것처럼 생소하게 느껴지기 시작했다. 그동안 나는 온몸으로 남들과는 다르게 시간을 헤아리며 살았다.

　나는 자신의 열정이 어디까지 가능한지를 알게 되었다. 욕망은 극을 달렸고 자존심은 뭉그러졌다. 다른 사람이 그랬다면 무분별하다고 했을 행동을 신념에 차서 스스럼없이 움직였다. N은 그자신도 모르는 사이에 나를 세상과 더욱 굳게 맺어주었다. 아직 N의 냄새가 스며있을 내 손등을 다른 한 손으로 가만히 만져보았다. 살갗은 차가웠다. 비는 어느 사이 세차게 내리기 시작했다. 빗줄기 사이에서 토니와 N은 한데 겹쳐지고 흩어지며 머리위로 떨어졌다. 얼굴을 들어 하늘을 보았다. 찬 습기가 세례처럼 온몸으로 스며들었다. 기다리던 버스가 나타났다. 나는 휴대폰 번호를 바꾸기 위해 버스에 올랐다. 차창에는 뿌연 이내사이로 수증기가 가득 차올랐다. 순간 차창 밖으로 토니가 나를 향해 뛰어오는 모습이 보였다.

병상일기

8월14일

아침에 일어나니 뒷골이 무지근하고 온몸이 찌뿌드드했다. 대강 집을 치우고 칫솔과 타올, 책과 핸드폰을 가방에 넣었다. 편안한 옷차림으로 집을 나섰다. 집에서 가장 가까운 거리에 있는 동화 성모병원으로 향했다. 접수처는 그다지 붐비지 않았다. 교통사고로 왔다고 말하고 주소를 불러 주었다. 간호사가 자판을 두들기더니 서명란에 사인을 하라고 눈짓을 했다.

나는 접수를 마치고 간호사가 이르는 대로 정형외과 앞에 가서 대기하고 있었다. 내가 앉아있는 건너편 의자에는 무슨 일인지 오십대의 부녀자들 서너 명이 몰려 앉아 수군거리고 있었다. 비밀스러운 모의를 하는 사람들처럼 보였다. 한참 후, 간호사가 문을 열고 나오더니 내 이름을 부른다. 의사는 내가 자리에 앉자 어디서 어떻게 사고가 났는가를 물었고 나는 상세하게 대답했다. 의사는 우선 목에 사진을 찍어보자고 하며 간호사에게 챠트를 준다. 나는 지하 일층의 검사실로 내려갔다. 담당직원의 지시대로 상의를 벗고 가운을 입은 후에 목 주위를 여러 장 찍었다. 좌측과 우측과 빗긴 좌측과 빗긴 우측의 사진을 찍는 동안 나는 마네킹처럼 직원이 시키는 대로 몸놀림을 했다. 영화의 범인 몽타쥬를 찍을 때처럼 불빛이 간헐적으로 터졌다. 의사는 목뼈를 찍은 사진을 불빛에 비추어 보았다. 나도 손을 모으고 의사의 시선을 따라갔다. 목뼈의 휜 선이 난분에서 꽃대가 올라올 때처럼 곱다. 의사는 의자에 앉더니 차트에 뭔가를 휘갈겼다.

"통원치료 하시지요."

시선은 책상위에 고정된 채로 퉁명하게 내뱉는다.

"통원치료는 번거로워서 싫어요, 차라리 입원하고 싶어요."

나는 말끝을 매조진다.

의사가 나를 뜨악하게 바라보더니 어디엔가 전화를 했다. 겨우 한 자리 침상이 비어 있다며 503호로 가라고 한다. 간호사는 의사와 나 누는 얘기를 못들은 듯 무표정하게 서 있다. 의사의 표정이 뻐덩하게 굳어 있다가 부드럽게 풀렸다.

"그럼 입원하기 전에 가슴도 찍읍시다."

나는 의사가 준 분홍색 종이를 들고 검사실로 가서 다시 옷을 벗고 가슴도 찍었다. 철판에 가슴을 붙이고 숨을 들이쉰다. 가슴이 닿자 찬 기운이 느껴지며 소름이 돋는다. 브래지어를 다시 걸치고 상의를 입으면서 유두가 곤두서 있는 것을 내려다본다. 남편과 잠자리를 함께 했던 일이 언제인가 더듬어본다. 석 달도 넘은 것 같다. 한숨이 나온다. 무색해진 몸뚱아리에 무슨 사진을 찍고 검사를 한다는 말인지,

부질없다는 생각이 욱 솟구친다. 이제라도 자수하고 광명을 찾을까, 잠시 동작을 멈추고 그런 생각을 해보지만 집으로 돌아가긴 정말 싫다. 다시 어딘가로 떠나기 위해 헤매여야 한다면 차라리 입원을 하자. 기껏 속상하면 가던 곳이 조계사였다.

  나는 그 부근에서 자라서 절은 내게 친숙한 곳이다. 대웅전에 들어가 스님의 독경소리를 듣고 있노라면 칙칙하던 마음이 가라앉았다. 조계사에 가서 얼마나 오래 버틸 수 있다는 말인가. 나는 검사실을 나와 이층으로 올라갔다. 피를 뽑기 위해 간호사는 내 팔을 고무줄로 묶고 주먹을 꼭 쥐라고 했다. 그녀는 이리저리 살피며 동맥을 찾는다. 나도 간호사가 동맥을 찾듯 주도면밀하게 남편의 뒤를 밟아 '호수'라는 접선장소를 찾아냈어야 했다. 경상도 억양의 매력적인 음성의 정체를 밝혔어야 한다. 간호사는 드디어 동맥을 찾아냈고 주사기를 꽂았다. 포도주 색깔의 액체가 주사기를 채웠다. 간호사는 젖은 탈지면을 주며 "바늘이 꽂혔던 자리를 문지르지 마세요, 멍 들어요." 자상하게 일러준다.

  나는 고개를 끄덕거렸다. 화장실로 가서 투명한 컵에 오줌을 받았다. 몸에서 나온 따뜻한 액체가 컵을 받쳐 든 손에 한 방울 묻었다. 세면대에서 손을 씻으며 거울에 비친 처연한 표정의 여자를 바라보았다. 간호사가 지시하는 대로 컵을 싱크대에 올려놓았다. 창가의 작은 선인장 화분이 햇빛과 즐거이 교류하는 모습이 퍽 정감있게 느껴진다. 검사원 혼자 조용히 있던 방에 들어가 분위기를 깬 듯한 기분이 들어 조용히 이층의 방을 물러났다. 다시 접수실의 뒤쪽에 위치한 심전도실로 향했다. 나이든 간호사의 설명을 듣고 침대에 누워 브래지어를 가슴위로 걷어 올렸다. 간호사는 가슴과 두 발목을 젖은 탈지면으로 닦고 전선줄 같은 것을 부착했다. 영화에서 많이 본대로 그래프가 미세하게 움직이고 있다. 심전도 검사를 받는 동안 눈을 감았다. 남편을 데려와 눕히고 거짓말탐지기로 자백을 받고 싶다. 아내에게 숨기는 것을 죄다 고백하고 용서를 구하면 자비를 베풀 수도 있지만 그렇지 않으면 이혼하겠다.

나는 결연한 의지로 남편을 바라보며 선언하고 싶다. 천정의 불빛이 희다 못해 푸르다. 검사 중에 흰 가운을 입은 남자가 휘장을 휙 제치고 들어온다.

나는 가슴을 노출한 채 누워있다. 의사는 나를 힐끔 보더니 시선을 다른 데로 옮긴다. 순간 나는 무안을 당했다는 수치심으로 온몸이 오그라든다. 의사의 행동은 마치 남편이 나에게 무관심한 걸 알고 그도 따라 무시하는 것처럼 느껴졌다. 아무튼 난 무사히 503호로 올라갔다. 침대위에 환자복이 개켜져 있다. 사인용 병실이다. 세 명의 환자는 모두들 자고 있다.

나는 문 뒤에서 살짝 옷을 벗고 그것으로 갈아입었다. 상의에 있는 단추 세 개 중에서 가운데 단추가 떨어져 나갔다. 나는 아무래도 가슴이 다 들여다보이는 옷이 께름직해서 간호실로 내려가 상의를 바꿔 입었다. 옷에다 몸을 맞추는 군대에 온 것처럼 바지는 너무 커서 허리끈을 조이고도 바지단을 두 번 더 걷어야 했다.

나는 침대에 올라가 가해자가 가르쳐 준 휴대폰 번호를 눌렀다. 그녀는 병원에 입원해 있다는 말에 그다지 놀라지 않았다. 그녀의 차가 티코인지 마티즈인지 기억이 나지 않지만 내차보다 충격을 많이 받아서 보넷이 찌그러졌다. 그녀는 아마 다칠 수도 있으리라고 예상했는지 상냥한 음성으로 보험회사의 담당자에게 알리겠다고 했다. 내게 그녀는 가해자가 아니라 천사다. 갈 데만 있어도 이러진 않는다. 알릴 데가 없어서 딸에게 전화를 했다. 딸이 달려왔다. 우리는 밖으로 나가 점심을 먹었다. 그리고 범퍼가 우그러진 차를 타고 가리봉동에 갔다. 딸은 그곳의 상설매장에서 산 옷이 맞지 않아 바꾸러 간다고 했다. 뒷목이 뻐근했지만 나도 따라 나섰다. 우리는 유명메이커 물건을 파는 가게가 운집해 있는 그곳에서 셀 수 없이 많은 옷을 입어보고 거울을 보고 맵시를 살폈다. 남편에 대한 분노때문인지 기분이 오히려 더 무거워졌다. 대강 살기로 작정한 결혼생활이었다. 처음부터 잘 맞는 부부는 아니었다. 애가 생겨서 그럭저럭 살았다. 삼십대는 경제적인 능력이 없어서 이혼은 생각만 할 뿐 입밖에 꺼내지도 못했다. 그러다 보니 사십이 되었고 이제는 구태여 이혼까지 하면서 무슨 영광을 보랴싶어 담담하게 살아왔다.

  나는 남편을 포기한 줄 알고 있었는데 무슨 기대를 했었다고 두 달째 이렇게 가슴앓이를 하는지 모르겠다. 남편의 홀쭉해진 입매가 떠올랐다. 풍치라는 것이 얼마나 심각한 질병인지, 멀쩡하던 이가 어느 날부터 흔들리다가 빠진다. 웃을 때 치열이 고르던 환한 모습은 사라지고 이와 이 사이에 발쭘한 빈터가 황량하게 드러났다. 얼마나 멍청하게 보이는지 동부인해서 외출이라도 하면 나는 멀찌감치 떨어져 있곤 한다. 충치도 아니면서 맥없이 이가 흔들리다가 빠진다는 게 신기하기까지 했다. 어느 날 새벽녘에 남편이 나를 흔들어 깨웠다. 맥없이 빠진 누런 어금니가 그의 손가락 사이에 있었다. 유전병임에도 그는 자신이 늙어가는 징조라며 터무니 없는 투정을 해댔다. 비감한 표정으로 어금니를 만지작거리는 그를 보면서 측은해보여 녹차를 만들어다 주었다. 빠진 어금니가 나와 상관없다고 하기엔 너무 오래도록 함께 살았다.

딸은 다섯시쯤 되어서 나를 병원에 내려주고 떠났다. 차안에서 환자복으로 옷을 갈아 입고 여섯시까지 문을 연다고 했던 물리치료실로 급하게 올라갔다. 빈 침상에 눕자 간호사는 베개를 빼고 타올로 싼 찜질팩을 어깨 뒤에 받쳐 주었다. 그 다음엔 기계를 끌고 오더니 양쪽 어깨에 연결하고 전기안마를 시작했다. 각각 이십분씩 하고 치료가 끝났다. 내가 옷을 입고 나가려하자 간호사가 등 뒤에서 말했다.

"내일은 광복절이라 쉽니다. 모레 아침에 오세요."

나는 오층의 내침대로 돌아왔다. 그사이 저녁식사가 있었는지 침대위에 쟁반이 놓여 있었다. 나는 배가 고파서 단숨에 식사를 마쳤다. 건너편 침상에 상체를 비스듬히 누이고 나를 주시하는 시선이 있었으나 모른 척했다. 물리치료를 받은 어깨가 시원하고 한결 답답하던 마음이 나아졌다. 차에 받히면서 긴장했던 탓인지 어깨가 무지근하고 살짝만 눌러도 아팠다. 간호사가 엉덩이에 근육이 풀리는 주사를 놓는다. 찬 바늘끝이 밤송이처럼 살갗을 찌른다. 엉덩이를 비비면서 퇴원할때 쯤 마음도 정리되었으면 좋겠다. 생각을 잠시 했다.
"링거는 내일 맞으세요."
간호사가 재빠르게 말하며 머리맡의 걸쇠에 걸어 놓았던 비닐에 든 식염수를 빼갖고 사라진다. 나는 누워 천정을 바라본다. 친구 명희는 블라디보스톡에서 바이칼 호수를 경유해서 러시아로 여행을 떠났다. 그녀는 수필도 쓰고 주부 연극반에서 활동한다. 나보다 사교적이고 아이를 유학 보내서 시간도 많고 행동반경이 넓다. 경미는 문화센타 강사인데 북경에 갔다. 두통이 있다고 했더니 옥으로 만든 베개를 사온다고 했다. 아이들이 자라서 살갑고 도란거리던 흔적이 사라진 빈집을 나 혼자 지키기에 지쳤다. 나만 여름휴가를 가지 못하고 남편과 보이지 않는 신경전을 펼친다.
이 병원은 교통사고 환자가 많다. 위치가 도로변에 있어서 종합병원이지만 정형외과 환자들이 대부분이다. 그래서인지 주사도 자기가 맞기 싫으면 거절할 수가 있고 외출도 자유롭다. 눈에 띄는 외상보다 뼈를 다치거나 해서 눈에 보이지 않는 내상이 대부분이라 그러려니 하지만, 그 중엔 보험금을 노리는 나이롱환자도 적지 않아 보인다. 나로선 전혀 병원의 상황을 모르는 채 입원했으나 만만한 병원의 규칙이 마음에 들었다. 오래도록 여기에 있고 싶다. 내가 누운 침대가 너른 바다 위를 떠다니는 흰 배 같다. 내 몸에 자지러질 듯한 태양열이 퍼부어지고 나는 전혀 내의지대로 움직일 수 없다. 굽이치는 파도에 순응할 수밖에 없는 운명이다.
나는 눈을 감았다. 어디선가 혼탁한 음성이 들려온다. 호기심으로 바라보던 앞의 환자가 드디어 말문을 연다. "몇 주 진단 이랍디까?" "모르겠는데요." "검사받고 나면 그것부터 알아봐야 하는데." 오십대 후반정도 되었을까, 웨이브가 풀어진 머리는 숫사자의 자태와 비슷했다. 그녀의 호기심을 일축해 버리고 싶어 나는 등을 돌리고 벽을 향해 돌아누웠다. 간호원의 음성이 들려온다. 나는 눈을 키우며 상체를 일으켰다. 그녀는 의사가 물었던 사고경위에 대해 재차 질문했고 나는 차분하게 되풀이해 설명해 주었다.

나는 양평에 가는 중이었다. 성산동에서 정체현상을 빚어 나도 나래비 선 차들 속에 묻혀 있었다. 갑자기 내차를 들이받는 소리가 들렸다. 비상등을 켜고 내려서 뒤차로 다가갔다. 운전석에는 삼십대로 보이는 여자가 앉아 있었다. 나를 보더니 웃으면서 깜빡 졸았다고 한다. 그 차가 빨간색이었다는 것만 기억에 남을 뿐 티코인지 마티즈인지 기억이 나지 않았다. 경황이 없었고 낮 시간에 사차선도로에서 일어난 일이라 누구의 실수든 우선 시선이 모아지는 것이 부끄러웠다. 그 여자의 차량번호와 운전면허증을 보고 수첩에 적은 후 내가 먼저 그 자리를 빠져나왔다.

나는 범퍼에 난 흠집만 수리해 달라고 할 생각이었다. 전화를 했더니 그녀의 빨간 차는 앞이 찌그러져서 정비업소에 들어갔다며 내차도 정비업소에 맡기라고 했다. 남편과의 신경전에 지쳐있지 않았다면 이 정도의 경미한 접촉사고로 병원에 갈 생각은 못했을 것이다. 집이 아닌 어디론가 도망치고 싶었다. 양평에선 밤늦은 시각에 돌아왔으므로 모든 일은 오늘 아침에 생각해 낸 즉흥 시나리오였다.
  짐을 싸고 상할 음식은 냉장고에 넣거나 아예 버리고 간편한 옷차림을 했다. 그리고 가장 가까운 위치에 있는 이 병원으로 왔다. 얼굴이 붓고 목이 뻣뻣했지만 그것 말고는 다친 데가 없다. 입원할 음모를 품고 의사를 만났으나 나는 의사가 거절할 거라고 예상했다. 무작정 집이 싫어 꾸민 일이므로 이미 창피한 일을 저질렀다는 죄의식도 잊었다. 뜻밖에도 너무 쉽게 의사는 사인을 해 주었다. 의사와 내가 목뼈를 찍은 사진을 함께 볼 때부터 의기투합 되었다.
  나는 의사의 선처로 어엿한 환자가 되었다. 집식구들을 피할 수 있고 세끼 밥이 무료로 공급되고 내 소유물과 가족에 대한 의무로부터 떨어져 나왔다. 다이어트에 성공해 체중을 줄인 여자처럼 홀가분해졌다. 내가 원하던 대로 아무도 모르는 은신처에 철저히 고립되었다. 브래지어를 착용하지 않아도 되고 저녁에 양치질을 하지 않아도 된다. 무엇보다도 남편에 대한 생각을 정리하고 싶다. 주사바늘이 내 살갗 여기저기에 깊숙이 꽂히지만 않는다면 이건 어젯밤 꿈자리가 너무 좋은 거다.
  503호엔 나까지 네 명의 여자가 입원해 있다. 할머니환자는 조카딸이 모시는데 허리를 다쳤다. 사투리가 심한 할머니는 '오매'를 입에 달고 있다. 신음소리도 곧잘 내고 연신 응절거린다. 그 옆의 침상에 교통사고로 허리를 다친 젊은 여자가 누워 있다. 이 여자는 우리 방에서 최고참인데 누구하고도 말을 하지 않는다. 교통사고로 8주 진단이 나왔으나 보험회사와 합의가 되지 않자 여자는 시위중이다.

저녁이 되면 여자는 집에 가서 자고 아침에 어린 딸아이와 나타났다. 초등학교 이학년짜리 딸은 엄마 침대에서 함께 자기도 하고 놀기도 한다. 아이의 공부를 위해 아예 작은 밥상도 갖다 놓았다. 여자는 까다로운 편이라 병원에서 나오는 식사도 하지 않고 청소하는 아줌마를 비롯해 의사와 간호사 누구 하나 싸우지 않은 사람이 없다고 건너편 환자가 흉을 본다. 그 환자 역시 교통사고로 입원했는데 입원한지 오십일 정도 되었고 미망인이다. 애연가이며 바다색 매니큐어를 바른 손톱은 칠이 벗겨져 어수선해 보인다. 한쪽 다리에 연두색 석고붕대를 하고 있다. 무릎위로 올라오는 형광 빛의 연두색 깁스가 밤무대 무희의 부츠처럼 현란하게 시선을 잡아끈다. 연두색 깁스의 발바닥은 슬리퍼를 신을 수 없어서 새까맣다. 절뚝 걸음으로 병실을 드나들며 담배를 피우는 모습이 뇌꼴스러웠다. 혼자 살며 가지 빛 입술을 가진 여인, 직업은 부동산소개업이라고 한다. 위로받고 싶은 내게 깁스의 퇴폐적이며 자유분방한 모습이 친근하게 다가왔다.

그녀의 담배연기에는 세상을 다 도통한 듯한 나른한 분위기가 배어있다. 모순에 가득 찬, 풍성한 삶을 살았을 것 같은 인생선배를 알게 되었다는 기분이 싫지 않았다. 그녀는 가끔씩 나와 눈이 마주치면 쓸쓸하게 웃어보였다. 나는 그녀의 비위를 그슬리지 않겠다고 다짐한다. 깁스와 오매할머니와 새침떼기 그리고 나, 네 명의 환자가 누워있다. 깁스가 내게 속삭였다.

"아마 이주 진단쯤 나올 거예요. 백만 원 정도에 합의해줍디다. 링겔은 식염수니까 아무짝에도 소용이 없어요. 안 맞겠다고 하면 안 놔

좁다."

　그녀가 가르쳐 준 정보도 고마웠지만 몸이 불편한 환자들과 부대껴야 하는 자극이 우울증에 빠져있던 나를 건져 올렸다. 너무 기뻐하면 안될 것 같아서 잠자코 누워서 머리맡의 책을 펼쳤다. 몸값 부풀리기부터 의학 상식에 이르기까지 친절하게 가르쳐 주는 깁스가 나의 보호자 같았다. 밖엔 비가 내리고 있다. 창밖으로 '베스킨 라빈스'의 분홍색 간판이 보이고 '머리박사'라고 쓴 미장원도 비친다. 머리를 묶은 남자가 손님의 머리를 매만지고 있다. 남자 미용사는 상하의를 검정색으로 일치시켜 입었다. 위에서 내려다 본 모습밖에 볼 수 없음에도 그의 인상은 강렬하다. 아이스크림 집에 데이트 족이 앉아 아이스크림을 핥고 있다. 딸의 웃는 모습이 어린다. 그 애는 31가지의 아이스크림 중에서 아몬드 봉봉을 좋아한다.

　내가 입원한 병실은 복도끝에 있다. 그곳에는 거리풍경을 내려다 볼 수 있는 쪽 창문이 있고 녹십자마크가 새겨진 긴 나무의자가 있다. 복도바닥엔 큰 분유깡통이 있고 그 속엔 담배꽁초며 탈지면이 수북히 쌓여 있다. 나는 복도끝에 와서 담배를 피우는 남자환자들이 문이 열린 틈새로 우리 방안을 힐끔거리는 것을 본다. 헐렁한 환자복을 걸치고 머리는 까치집같이 뒤숭숭하고 주사를 온종일 맞아 화장기없는 누런 얼굴은 통통 부어 있음에도, 여자들만의 방이라는 이유로 병실속의 모습에 호기심을 갖는 것은 남자들의 본능이리라. 남편도 그렇게 여자를 유혹했으리라. 병실을 살피던 남자환자와 마주치자 나는 눈에 힘을 주었다. 남자가 주춤거리며 내 눈빛을 피했다. 남자는 성 에너지야 말로 모든 힘의 근원이라고 중얼거릴지도 모른다.
　나는 할머니의 신음소리를 들으며 잠을 청한다. 환자복을 입고 활개를 칠 수 있다는 게 마치 신생아로 돌아간 것처럼 편하다. 어디론가 사라지고 싶었던 욕구때문일까. 환자복도 마음에 들고 나오는 급식에도 불만이 없다. 남편과 떨어져 있는 공간이라면 난지도의 쓰레기 하치장이라도 좋다. 차도 정비업소에 맡겨야 하는데 마냥 미루고 있다. 정신이 돌 것 같아 짜증이 일어날 때마다 거실을 서성거렸다. 내 몸에서 나오는 독이 거실을 매케하게 했다. 내게 주어진 이 공간이 너무 소중하다. 비오는 날, 남이 보기에도 전혀 의심스럽지 않게 집을 나와서 이렇게 당당하게 비오는 걸 바라볼 수도 있고 혼자 벽을 향해 누워 고개를 베개에 파묻고 실컷 울 수도 있다. 소리 내지 않고 우는 건 내 특기고 그런 재주는 시집을 온 후에 터득했다. 지금쯤 남편은 마음 놓고 황홀한 밤을 맞이할 기회가 왔다고 손뼉을 칠 것이다. 딸아이가 모르게 이 고비를 넘기고 싶다. 내가 언제부터 이혼을 포기했던가 기억해 내려고 했으나 머리만 지끈거릴 뿐이다. 영화제에서 상을 탄 주연 여배우가 하는 말과 흡사한 말을 중얼거린다. '이 순간이 영원했으면 좋겠다.' 가족과 떨어져 타인과 더불어 숨쉬는 공간에 합류한 것이 얼마만인지 모른다.
　내일은 말복이자 광복절이다. 의사들이 출근하지 않는다고 깁스가 일러준다. 늘 문병온 사람들로 북적거리는 병실에 나만 군식구같은 기분으로 외로웠다. 나는 외롭지만 입원하게 된 동기를 누구에게도 발설하지 않는다. 남편의 얘기를 해서 내 품위를 떨어뜨리고 싶지 않다. 광복절 날은 물리치료실이 쉰다고 하니 무엇을 하며 소일할 것인지 생각해 놔야 한다.

나는 하염없이 길가의 현란한 간판과 리어카상과 지나가는 사람들과 움직이는 차량들을 바라본다. 나는 한 달 전만해도 세탁기를 돌려 빨래를 널고 청소도 하고 한주에 한 번 한국화를 배우러 외출하는 그럭저럭 잘 굴러가는 주부였다. 남편에게 내가 아닌 다른 여자가 있을 거라는 생각을 왜 못했을까. 단골 식당 주인의 딸이 결혼을 한다고 예식장에 갈 때, 나는 넥타이도 골라 주었고 주인이 과부라고 해도 넉넉하게 웃어 넘겼다. 야무지고 매사에 너무 정확해서 도토리같다고 남편이 빈정거려도 말속에 애정이 깃들여 있으려니 내속 편하게 해석했다. 그런데……. 갑자기 가슴이 쿵쾅거린다. 분노가 밀려온다. "저녁식사요" 아줌마가 식판을 들고 서 있다. 식사는 어김없이 정각 여섯시에 나왔다. 저녁 반찬은 깻잎장아찌와 김치, 연근조림과 배추국이다. 식사를 하고 있을 때, 깁스의 아들이 과일을 사왔다. 나는 아줌마가 깎아 주는 대로 파란사과와 천도복숭아를 냉큼 냉큼 받아먹었다. 내가 외로워서 열심히 먹는다는 것을 인생 선배인 저 아줌마가 간파했을까. 깁스는 나하고 얘기하기를 즐겼다. 주로 새침떼기의 욕을 했다. 건방지다고 하진 않고 벼가 덜 익었다고 우회적으로 표현했다. 병실에서 공용으로 사용하는 전화에서 벨이 울렸다. 내가 일어나서 받았다. 이 경희 씨를 찾는데 누구냐고 깁스에게 묻자, 빈 침대를 턱짓으로 가리키며 새침떼기의 이름이라고 한다. 이 경희 씨가 퇴원했냐고 묻는 저쪽 남자의 음성이 지나치게 예의바르더라고 하자 깁스는 입을 실죽거렸다.
"나는 그 남자가 누군지 알아."
 담배연기를 천정을 향해 쏘아 올리며 혼잣말로 중얼거렸다. 애인이라는 말이 포함되어 있는 줄 알고 있으나 나는 더 이상 묻지 않았다. 남편과 통화하던 경상도 억양의 여자가 생각났다. 재첩국속의 소금알갱이처럼 무시로 그녀의 음성이 귓전에 걸렸다. 그녀는 모양낼 줄 모르는 나와 달리 찰랑거리는 귀걸이도 하고 불란서제 향수도 뿌리고 잠자리 날개 같은 쉬폰 치마에 굽 높은 하이힐도 신었을 것이다.
 나는 남편을 감시하지 않고 왜 여기에 있는 걸까. 저녁을 준비하고 아홉시 뉴스가 끝나도 가족 중의 그 누구도 집에 들어오지 않았다. 나 자신이 무용하다는 생각이 설핏 들었다. 큰아인 유럽으로 어학연수를 떠난 지 한달 째다. 작은 아인 과외공부를 하느라 자정이 되어야 집에 온다. 남편은 작은 규모의 제조업을 하는데 늘 술에 찌들어 있다. 남편은 내가 워낙 성격이 까다로워서 남자들은 나같은 성격을 좋아하지 않는다고 오래전에 입력시켰다. 자꾸만 화가 나려고 한다. 한 달 후면 추석이다. 차라리 가족이 나를 필요로 할 때가 그립다. 스산한 내 마음을 누가 알아줄까. 자꾸 바깥 풍경을 내려다본다. 지나가는 사람을 구경하고 네온사인을 읽고 그러노라면 한결 불안했던 마음이 누그러진다. 환경 탓인지 쉽게 피곤하고 의식도 흐리다. 공격 본능과 성 본능은 정비례한다. 성공한 남자는 성적으로도 발달되어 있다. 남편은 성공한 남자에 속할까. 천정을 바라보며 남편을 객관적으로 평가해보려 하지만 내가 보기엔 삶에 찌든 그저 평범한 중년 남자일 뿐 매력이 없다. 그래서 남편은 더욱 남자임을 확인하려고 기승을 부리는지도 모른다. 며칠 전에는 평소에 하지 않던 버릇까지 생겼다. 구찌 상표의 오데 코롱을 사왔다. 화려한 포장지를 보면 누가 선물한 것 같기도 했지만 묻지 않았다. 나는 수만 년 전의 화석을 들여다보듯 그의 소지품을 건조한 눈으로 바라보았다.

8월 15일 광복절
아침이 푸른 어스름 속에서 다가온다.
오매 할머니의 신음소리에 잠에서 깨어났다. 너무 듣기 거북해서 나도 모르게 소리를 질렀다.
"조용히 좀 할 수 없어요, 할머니."
순간 신음소리가 잠잠해졌다. 조카딸이 준비한 반찬을 들고 오기 전까지는 말이다. 성격이 밝고 곰바지런한 조카딸이 병실로 들어서면 할머니의 길쭘한 얼굴이 일그러지며 다시 오매, 오매를 연발하며 어리광을 부렸다. 아침에 일어나 화장실에서 세수를 하고 링거 맞을 준비도 갖추었다. 천 리터를 주사하는데 열 시간 정도 소요된다니, 고문이다. 하루가 길 것 같다. 노인을 뉘어놓고 주변사람들이 수군거렸다. 작은 아버지의 부인을 왜 조카딸이 모시냐고, 양로원으로 가야 되지 않느냐고, 할머니는 자식이 없어 생활 보호 대상자가 되었지만 복이 많다. 정부에서 매 달 이십 만원이 나오고 천사같은 조카딸이 곁에서 부양을 했다. 나는 할머니도 깁스도 다 부럽다. 남편에 대한 생각에 집착하지 않으려고, 눈꺼풀 속으로 그 기억이 말려 들어가 영원히 지워지기를 바라면서 힘주어 눈을 감았다. 할머니의 조카딸과 깁스는 구들더께로 언처사는 할머니에 대해 수군거렸다. 실버타운은 가지 못해도 천주교에서 운영하는 은빛마을에서 지낼 순 있을 거라고, 할머니가 누운 침상을 곁눈질하며 목소리를 더 낮춘다. 할머니는 귀가 밝은 편이라는데 혹시 듣고 있는지도 모른다. 노인은 이제 잠이 들었는지 조용하다. 노인이 잠들자 빗소리가 선명하게 들린다. 날씨가 가을같이 선선하다. 간호사가 와서 오른손 등을 탈지면으로 닦고 혈관을 찾는다. 병원의 체면도 세워주고 내 알리바이도 입증해야 하니까 식염수라도 맞아야 한다. 나는 눈을 감고 바늘끝을 따라 내 몸으로 흘러들어가는 물길을 따라나선다. 증류수가 흘러 들어가는 그 길로 접어드니 상량한 바람이 볼에 스치듯 시원하다.

"엄마, 아빠 왔어."

이제야 겨우 환자의 꼴을 갖추었다 했더니 남편이 병실로 들어왔다. 나는 손차양을 하고 자는 척했다. 깁스는 문병온 남편과 딸을 찬찬히 뜯어 볼 것이다. 집 놔두고 저 여잔 별루 다친 데도 없이 이 초라한 병원에 왜 들어 왔을까, 예리한 형사의 눈초리로 원인분석을 위해 남편의 안색을 살피고 있을 것이다. 허긴 석 달 남짓 되게 병원신세를 졌으면 강아지가 병원에 들어왔어도 관심의 대상이 되리라. 나는 깊은 잠에 떨어진 듯 눈을 뜨지 않았다. 남편에게서 은은하게 향수냄새가 풍겼다. 말없이 남편이 사라진 후 창문턱에 놓여있던 알루미늄 쟁반을 가져와 혼자 늦은 식사를 했다. 느닷없이 "밥을 참 복스럽게 먹네." 깁스가 나를 칭찬했다. 비아냥거림인지 이기죽거림인지 모를 묘한 말로 나를 쑥스럽게 만들었다.

  나는 목이 메어 눈길을 피한다. 비오는 광복절이라 거리는 한적하다. 피씨 방, 암사 해물탕집, 노래방, 카페, 모든 간판들이 비에 젖었다. 내일은 미장원에 가서 머리를 커트하고 염색이나 할까. 아니다. 비디오방에 가보자. 거기서 영화나 한편 볼까. 브래지어를 착용하지 않아도 되고 옷에 신경을 쓰지 않아도 되고 화장도 안하고 외출해도 상관없고 슬리퍼를 신고 활보해도 되고, 이런 특권이 어디에 있을까. 이건 괌이나 호주로 여행을 떠난 것보다 더 나은 대우다. 휴대폰은 밧데리가 나갔다. 철저하게 혼자이고 싶다. 나는 지쳤다. 두 달 남짓 되었을까.

  나는 한여름의 더위에 눌려 잠이 들었다. 남편은 안방에서 잡지를 보고 있고 나는 딸 방에서 잠이 들었다. 에어컨은 거실에서 맹렬하게 돌아가고 아이는 학원에 갔고 남편과 둘이 있었다. 일요일이고 아침 식사를 끝내고 한가하게 오수를 즐기는 중이었다. 잠결에 맹렬한 기세로 울리는 전화벨소리를 들었다. 남편이 안방에서 전화기를 들었는지 조용해졌지만 엉겁결에 나도 머리맡의 수화기를 들었다. 전화선을 타고 경상도 억양의 여자음성이 새어나왔다. "자기 괜찮아?" "응." 남편의 음성이 가뭄끝에 비 만난 푸새처럼 싱그럽게 피어났다.

  "내일 호수로 올 수 있어?" 여자의 음성이 감미롭다. "그래. 퇴근이 늦으면 전화할게." 남편은 들떠 있는 음성을 눙치려고 떨고 있다. "괜찮아, 친구들과 놀고 있지, 뭐." 여자의 새초롬한 말투가 여운을 남기고 사라졌다. 남편의 저런 말씨를 나는 처음 들었다. 수화기 내려놓는 소리가 들리고 연이어 뚜뚜뚜 소리가 내 귀에서 한동안 들렸다. 눈앞이 돌연 캄캄해지며 열기가 전신을 훑고 올라왔다. 불길은 괄게 타오르고 가슴은 고두 뛰었다. 문득 뇌파의 줄 하나가 툭 끊어지며 머릿속에 잡음이 가득 들어찼다.

나는 무심코 수화기를 들었다. 혹시 친정 전화면 내가 거들고, 아니어도 남편을 쉬게 해주려고 수화기를 들었던 것인지도 모른다. 육감이라는 것이 작동했을까. 나는 그날 그 일을 두고두고 후회했다. 그때부터 마음은 지옥이었고 감시와 분노가 뒤끓었다. 그들은 가까운 사이인 것 같다. 어디서 만났을까, 호수회관, 호수장, 호수단란주점, 호수카페, 호수한정식 회전목마를 탄 것처럼 현기증이 일었다. 감히 일요일에 집으로 전화를 할 수 있다니, 내가 받으면 어쩌려고 그랬을까. 나는 머릿속이 지끈거렸다. '호수'는 어디를 지명하는 걸까. 그곳에 친구들이 있다는 말은 무슨 뜻인가. 천정을 똑바로 응시하고 나는 생각에 골몰해졌다. 가슴에서 복도를 뛰어다니는 무수한 발자국 소리가 들렸다. 남편에게 자기라고 말할 수 있는 사이다.

나는 그 전화가 왜 받고 싶었을까. 친정식구였다면 중간에 끼어들려고 했다. 나는 그때 곧바로 남편이 있는 방으로 달려가서 '방금 전화가 뭐죠?' 따져 물었어야 했다.

나는 그 사건을 확대시키려는 혐의가 있었던 것 같다. 오랫동안 그 일이 내 머리 속을 떠나지 않았다. 남편은 손수 백화점에서 블루칼라의 와이셔츠를 사오고 향수를 사오고 넥타이며 바지선에도 신경을 쓰는 것 같다. 경상도 여자를 만나는 게 틀림없구나 싶으면서도 왜 나는 조만조만하게 따져 묻지 않았을까 한숨만 쉬며 남편에 대한 의심과 증오를 키웠다. 남편은 자기 안에서 부는 바람으로 구멍을 뚫고 있다. 가정은 삽시간에 무너져 내릴지도 모른다. 풍치보다 더 무서운 세균이 집안을 동굴 속처럼 어둡게 했다. 여인의 웃음소리가 공명음이 되어 울리고 귓전을 맴돌았다. 그 후로 나는 식욕이 줄고 잠이 불규칙해졌다. 삶이 무의미해졌고 그림도 그릴 수가 없을 정도로 정신이 산란해졌다. 배반이라는 생각이 들기도 했고 남편도 활력을 찾고 싶었을거라는, 저 남자가 나보다 먼저 선수를 쳤을 뿐이라는 넉넉한 이해심이 생기기도 했다. 그러다가 밤늦은 시각에 술 냄새를 풍기며 비틀거리며 들어온 남편을 바라보면 어디 가서 소리 없이 죽어주면 깜쪽같이 완전범죄가 되겠다는 섬뜩한 생각도 들었다. 악몽이다. 나는 점점 말수가 줄고 우울증에 빠졌다. 우리는 죽느니 사느니 하던 팔년간의 연애끝에 골인했다. 그는 바깥일을, 나는 집안 살림을 위해 최선을 다했다. 권태는 이렇게 찾아들고 나는 그것을 양팔로 받아 안고 있다는 생각으로 고통스러워했다. 남편을 말리고 싶지 않았다. 그러니까 문제를 실제보다 더 비감하게 확대하고 있는지도 모른다.

  나는 왜 여느 때처럼 사건을 수습하기 위해 강권을 발동시키지 않았을까. 혹시 나의 어느 부분에서도 비슷한 사건이 싹 트고 있진 않을까. 정형외과 의사가 어디서 어떻게 사고가 났느냐고 물었을 때 나는 미간을 찌푸리며 진지한 표정으로 양평에 세미나 가는 길이었다고 했다. 의사가 직업이 뭐냐고 물었을 때 나는 대뜸 화가라고 대답했다. 화가라고 얼른 대답이 나온 건 나와 데이트하던 상대가 화가였기 때문이다.

양평에 가기로 하고 집에서 출발했다. 복잡할 땐 뭐든 단순하게 사고하는 게 좋아. 보통의 사람들이 갖고 있는 리듬에 맞춰 보는 거야. 우선 밤과 낮을 제자리로 돌려놓고 남들 일할 때 일하고 잘 때 같이 자고 틈이 나면 연극도 보고 음악회도 가고 연애 같은 것도 하면서 말이지. 나는 운전을 하며 자신에게 타일렀다.

나는 효산선생과 스케치 가기로 약속을 하고 화실로 가던 중이었다. 광화문을 지나 한국일보사 뒷길로 접어드니 경찰들이 골목을 막고 있었다. 나는 망설였다. 누더기를 걸치고 플래카드를 들고 시위를 하는 데모대들이 보였다. 야스쿠니 신사참배를 막으라는 글씨가 씌어 있다. 그러고 보니 그곳에 일본대사관이 있다. 이번 신사참배는 경제개혁을 앞두고 보수 세력을 무마하려는 목적을 가진 것이다. 한국과 인접 국가는 외교 분쟁을 일으켜 결과적으로 나쁜 맞거래로 기록될 것이다. 나는 차에서 플래카드에 씌어 있는 글을 읽었다. 내 차가 서 있자 경찰이 조금 길을 틔워 주었다.

나는 골목으로 들어갔다. 효산의 화실은 막다른 골목에 있고 후박나무가 대문 옆에 있다. 나는 차를 골목에 세우고 대문을 밀었다. 녹슨 경첩이 삐걱 소리를 냈다. 오래된 목조 대문은 늘 봐도 정겹다. 분합문으로 들어섰다. 효산은 화실에서 그림지도를 받는 회원들과 수업을 마치고 쉬고 있었다. 나는 한켠에 앉아서 도록을 펼쳐보며 기다리고 있었다. 에어컨을 끄고 효산이 먼저 화실을 나섰다. 효산은 문화센타와 자신의 화실에서 한국화를 가르쳤다. 나는 일주일에 한 번씩 문화센타에서 지도를 받았다. 효산과 나는 청계천에서 고가도로를 타고 북부간선도로로 바꿔 탔다. 양평의 구 도로로 접어들자 한적하고 매혹적인 길이 나타났다.

나는 낯선 길을 달렸다. 그래서 봄부터 효산이 양평에 한 번 가자고 노래를 했구나. 나는 길을 달리며 옆에 효산이 있다는 생각을 까마득히 잊을 만큼 경치에 빠져 있었다. 효산은 스승이라기보다 오래된 친구처럼 편안했다. 달리다가 '개여울'이라는 카페에서 잠시 쉬었다. 가야금 연주가 흐르고 온통 찻집 분위기가 민속적인 것으로 장식되어 있다. 대추차를 마셨다. 효산이 창밖으로 보이는 삼태기를 가르키며 저게 무어냐고 물었다. 내가 고개를 가로젓자 달걀을 넣어두는 광주리라고 했다. 짚으로 된 길쭉한 형태의 것인데 작은 구멍이 나 있었다. 한적한 전통찻집의 유리탁자에 하오의 잔광이 금빛 스카프처럼 엇비스듬하게 걸려 있었다. 나는 가방에서 화첩을 꺼내 스케치를 시작했다.

나는 효산과 다시 길을 달렸고 갖고간 화첩에 두장의 스케치를 더 마쳤다. 호수가 보이는 한적한 음식점에서 붕어찜도 먹었다. 그는 여행을 자주 다녀서 소문난 음식점도 알고 있었다. 그리고 모텔에서 나와 밤늦게 다시 인사동으로 돌아왔다. 내일 문화센타의 수업에 필요한 붓과 재료를 샀는데 효산이 잊고 왔다고 했다. 비가 내려 길은 검은색 기름을 발라놓은 것처럼 번질거렸다. 나는 밤눈이 어둡다. 효산이 좌회전하라는 곳에서 나는 차를 돌렸다. 알고 보니 그 길은 일방

통행이고 내가 좌회전한 곳은 금지구역이었다. 교통경찰이 보았더라면 우리는 아마 면허정지를 받았을 것이다. 우리는 사고를 내고 들키지 않은 것이 재미있어 소리내어 웃었다. 인사동에서 잠시 정차했다가 효산을 영등포에 내려주고 집으로 돌아왔다. 쏟아지는 장대비에 시야가 어두워져 내가 더듬거리자 집까지 모시겠다는 내말을 자르고 자기는 버스를 타겠다고 차에서 내렸다.

아스팔트위에서 물방울이 튀어 올랐다. 차에서 내린 효산이 분수 위에 서 있는 것처럼 주위로 물보라가 일었다. 하염없이 쏟아지는 빗속을 헤집고 집으로 달렸다. 열쇠를 열고 들어가자 밀폐되었던 내부에서 켜켜로 쌓였던 눅눅한 기운이 확 풍겼다. 죽은 나방이 끼어있는 고서를 뒤적거릴 때 나는 냄새와 흡사했다. 방문은 숨통을 조이듯 꼭 닫겼고 괴괴한 정적이 고여 올라왔다. 아무도 들어오지 않았다. 남편은 오늘도 호수에 있을까. 경상도 사투리를 매력있게 구사하는 여자는 남편의 품에 안겨 블루스를 출지도 모른다. 유치한 상상인 줄 알지만 남녀가 만나서 몰래 할 수 있는 일이 무엇이 있을까. 나는 외출복을 입은 채 거실의 어둠 속에 꼼짝 않고 앉아 있었다. 정적이 고여 있는 이 공간이 얼핏 비현실적으로 다가왔다.

나는 오늘 효산을 유혹하려고 작정했었다. 샤워를 마친 후 바디 마사지용 크림으로 몸을 닦았다. 평소에 입지 않던 검정색 레이스가 달린 속옷도 입었다. 붕어찜을 먹은 후, 차는 주차장에 세워 둔 채 우리는 강을 바라보며 한적한 시골길을 걸었다. 우둥지로 새들이 날아 들었고 가끔씩 낚시꾼들이 철퍼덕거리며 물소리를 냈다. 해는 서산마루를 넘어섰고 상수리, 물푸레, 들메나무들을 스치며 우리는 노래를 불렀다.
　지나가는 자동차의 불빛이 간헐적으로 우리의 모습을 비춰주었고 풀벌레 울음소리에 사위는 점점 어두워졌다. 풀냄새며 강가의 물비린내며 길가의 야생화며 모든 사물이 나를 자유롭게 만들었다. 팔짱을 낀 효산의 팔에서 전해오는 체온이 나를 감싸주었다. 한적한 시골길을 걸으니 원두막이 나왔고 우리는 다리쉼을 하느라 그 위에 걸터앉았다. 배 밭 임자가 만들어 놓은 원두막에 앉아 우리는 별들이 쏟아져 내리는 하늘을 올려다보았다. 조금만 도시를 벗어나도 별들을 또렷이 만날 수 있다. 그때 효산이 내게 입을 맞추려고 했다. 내가 그의 가슴을 밀자 그가 완강히 나를 끌어안았다. 그의 입에서 치약 냄새가 났다. 거절은 촌스러운 행동이라고 자신에게 주의를 주고 떠나왔으나 습관적으로 자신을 방어하고 있었다. 효산은 '추억 만들기'라는 네온사인을 턱으로 가리켰다.
　나는 순간 아무도 없는 집을 떠올렸고 효산의 뒤를 따라 들어갔다. 이층으로 올라가는 계단의 공간에 섹스에 필요한 일회용 기구를 파는 자판기가 설치되어 있었다. 효산은 309호라고 씌인 열쇠를 들고 앞서서 어두컴컴한 복도를 돌았다. 천정에 달린 분홍빛 할로겐 등 아래로 걸어가는 내 모습이 손님방을 찾아 헤매는 매춘부의 걸음걸이처럼 흐느적거렸다. 이미 에어컨을 틀어놓았는지 방은 시원했다. 쪽창문 사이로 어디선가 한줄기 불빛이 들어왔다. 멀건이 그 불빛을 바라보았다. 남편이 밧줄을 타고 창문을 넘어 성큼 내게로 다가올 것 같다. 효산이 욕실에서 나와 스위치를 켜자 나는 긴장했다.

　나는 탁자위에 놓여있는 인스턴트 커피를 컵에 붓고 물을 따랐다. 찬물을 붓자 커피크림이 뒤엉켜 여러 개의 방울을 만들며 떠올랐다. 그 모양이 내 마음의 혼란을 바라보는 것 같다. 천장에 형광불빛이 돌아가고 벽에는 수많은 별이 우주위에 떠 있는 그림이 걸려있다. 내가 입은 하얀 블라우스는 외계인이 입고 온 우주복처럼 번들거렸다. 나는 오래도록 내보이지 않았던 다른 또 하나의 자신을 등장시켰다. 그녀는 형광인간이다. 본능을 지시하고 그것을 움직이는 뇌만 발달한 나의 일부분이다. 나는 이 일을 전개하고 싶어 남편의 비행을 따지지 않고 넘어갔을까. 이제 아무도 없는 집과 감각이 녹슬어버린 주부로서의 나는 묻어버리자.

　나는 그 집을 이십년 가까이 지켜 왔지만 규칙을 위반한 것은 남편이었다. 남편은 돈을 버는 가장이고, 나는 자식을 키우고 각자의 책임을 다하는 파트너였다. 그런데 나는 동떨어진 느낌을 지울 수가 없다. 냉장고의 반찬은 식사를 하지 않아 쉬어서 버릴 때가 많았다. 어쩌다가 모임에 나가기도 하지만 친구들은 여행을 떠나 지금 내 곁에 없다. 남편에게 허락을 받지 못한 나를 안쓰럽게 바라보던 친구는 미안했던지 기념품을 사오겠다고 했다. 남편은 아내 혼자 보내는 해외여행은 상상도 하지 못했다. 남편의 성격을 알고 있는 터라 아예 입밖으로 그런 요청을 내본 일도 없다.

　남편은 이가 빠진 곳에 엠프란트를 하겠다고 했다. 한대에 이백 오십 만원이니까 네 대면 천 만원이 든다. 잇몸을 절개하고 그곳에 뿌리를 심는 공사다. 남편은 풍치증세가 나타나자 나이가 들어 보인다며 부쩍 초조해했다. 며칠 전, 한밤중에 일어나 보니 남편이 텔레비전을 보는지 거실에서 서성거렸다. 불을 켜자 인기척에 돌아본 남편이 나를 보더니 히죽 웃었다. 남편은 한지에 싼 이빨을 손으로 만지작거리고 있었다. 자신의 분신이기도 한, 육탈된 지체의 한부분이 못내 서럽고 안쓰러운 것 같다.

나는 말없이 들어가 다시 잠을 청했다. 이가 빠지면서 그는 마음도 따라가는 자신을 회복하기 위해 유흥업소에 드나들게 되었던 것은 아닐까. 아내 말고 다른 여자에게서 아직도 자신이 남성으로서 쓸만한 존재라는 것을 확인해 보고 싶지는 않았을까. 늘 오던 길이 아닌 다른 길로 한 번 들어서 보고 싶을 때도 있듯이 풍치로 고민 하지만 않았어도 그는 경상도 억양의 여자에게 집 전화번호를 가르쳐 주지 않았을지도 모른다. 내가 다른 생각에 잠겨있자 효산이 옆에 누워 손을 잡았다. 나는 순간 어금니와 무릎에 잔뜩 힘이 들어갔다. 다리가 자꾸 떨렸다. 마음을 열지 않자 효산은 내손을 놓고 일어나 창문을 바라보며 담배를 태웠다.

"미안해요."

나는 기어드는 음성을 억지로 끌어올려 사과를 했다.

효산이 창문으로 흘러드는 불빛에 의지해 주섬주섬 옷을 입었다. 한숨소리가 선명하게 들려왔다. 나는 효산의 그림을 좋아한다. 한국화 중에 심상화를 주로 그리고, 대부분이 채색화다. 그림의 색상이 강렬한 편이라 그 점에 끌렸다. 민속의 얼을 간직한 추상화라 외국인들도 좋아했다. 종합전에는 무수히 참가했으나 화상의 눈에 띄어 초대전을 갖자는 제의는 없었다. 성실하고 유능한 그를 도와줄 돈이 내게 있긴 하다. 비상금으로 남편 모르게 모아둔 돈이다. 효산이 개인전을 열면 서 너 배의 효과를 볼 수 있으나 아내에게 위자료로 주고 자식들 대학에 보내느라 여유가 없었다.

빈 집에 들어와 목걸이를 풀고 화장을 지우며 풍치로 이가 빠져 볼썽사나워진 남편의 틀니를 해주기로 했던 돈으로 효산을 도와주면 멋진 복수가 되겠지 문득 그런 생각이 떠올랐다.

병실 밖에서 담배냄새가 흘러 들어온다.

복도끝의 의자에서 남자환자가 담배를 태운다. 병실 문을 닫으면 냄새가 들어오지 않지만 연두색 깁스도 담배를 피워서 병실문은 늘 열려있다. 새침떼기가 들어올 때마다 소리나게 문을 닫지만 누가 열었는지 문은 빙싯 열려 있곤 했다. 안과 밖으로 매연공해 속에 시달린다. 남자들이 수런거리는 얘기소리가 들려온다. 여자친구 얘기를 하나보다. 왁자지껄 웃기도 하고 격앙된 토론도 했다. 간호사가 아침식사 후에 하루분의 약봉지를 침상위에 놓고 갔다. 머리맡 수납장에는 이틀분의 약이 고스란히 쌓여 있다. 깁스가 약은 먹었느냐고 묻는다. 나는 시큰한 어조로 대답한다. 눈빛이 형사처럼 예리하다. 너무 밥도 잘 먹고 너무 잠도 잘 자고 한마디로 멀쩡한 것이 그녀는 수상한 것이다. 기쁜 표정을 지으면 안 되는 건데 나는 왜 쇼를 하지 못하고 저런 눈초리를 받아야 하는지 반성한다. 병원 복도에 공동냉장고가 있다. 영업용 냉장고는 녹이 슬어 불결해 보인다. 화장실에서 긴 머리를 세면대에 박고 머리를 감는 환자도 보았다. 나는 열악한 이환경이 왜 좋은 걸까.

　말복이라고 점심식사에 닭죽이 나왔다. 나는 링거를 꽂은 채 일어나 점심을 먹었다. 손을 잘못 움직여, 가는 호스 속은 순식간에 피로 가득찼다. 순간 닭죽에서 나는 비릿한 냄새가 비위를 상하게 해서 수저를 내려놓았다. 나는 링거가 든 비닐 팩을 올려다보았다. 두어 시간은 더 기다려야 될 것 같다.

　나는 주사바늘이 꽂힌 손을 조심스럽게 간수하며 병실을 나왔다. 비 내리는 모습을 마중하러 일층으로 내려갔다. 접수실 탁자의 보라색 양란이 비바람에 흔들린다. 어떤 여자환자가 비닐로 된 링거 팩을 손에 들고 나처럼 현관 앞을 서성거린다. 비 내리는 길거리는 인적이 뜸하고 스산했다. 여자는 거리의 오가는 사람을 살피며 초조하게 누군가를 기다리고 있다. 광복절이라 병원은 한산했다. 버스가 떠나는 소리와 어디선가 아이가 웃는 소리가 공허한 병원 안을 울렸다. 남편은 지금쯤 어디에 있을까. 효산은 화실에 나와서 작업을 하고 있을까. 깁스의 손톱에서 바다색 매니큐어를 지워주고 산뜻한 색깔의 매니큐어를 발라주고 싶다. 하늘을 올려다보았다. 제법 빗발이 성글다. 오분쯤 뛰어가야 종합화장품 가게가 있다. 비가 그칠 때까지 기다려야 한다. 그녀의 손에 고운 색의 칠을 다시 해주면 마음이 편해질 것 같다. 클랙션 소리가 울리더니 앰블런스가 정문 앞에 서고 들것에 실린 환자가 보인다. 경찰서 순경들이 들것을 옮기고 있다. 취조받다가 쓰러졌나 보다. 나는 몸을 피해 다시 내침대로 올라왔다. 들어오는데 복도끝에서 큰소리가 들렸다. 링거를 맞고 있는 남편을 아내인 듯한 여자가 나무라고 있다.
 "그렇게 환자인 척 입원하면 내가 봐 줄줄 알았어? 사람의 탈을 썼으니 인간이지 어디 당신이 사람이야?"
 남자는 전혀 못들은 척 꼼짝 하지 않고 듣고 있다. 큰 사내아이가 엄마에게 야단을 맞고 있는 모습처럼 처량하다. 병실의 텔레비전에 백동전 세 개를 넣자 화면이 살아났다. 여자들의 질투와 시기, 음모를 다룬 역사극을 하고 있다. 여자가 표독스럽게 눈을 치켜뜨는 장면이 자주 보인다. 나는 반드시 누워 눈을 감았다.

8월16일
 안개가 낀 아침거리를 창문으로 내려다본다. 밤에 거리를 밝혔던 노란 나트륨 등이 쇳빛으로 힘을 잃고 검은 덩어리들이 푸른 나무로 되살아난다. 아홉시가 되면 전화해 봐야겠다. 우리 구역의 보험회사 직원에게 이곳으로 오라고 해야겠다.
 나는 초조해진다. 아침 식사를 하고 책을 읽고 있으면 시간이 얼추 될 것이다. 까닭모를 분노와 서글픔이 내 턱밑을 잠깐 쓸고 지나간다. 헐렁한 환자복을 입고 있는 자신이 울타리 밑에 뽑아다놓은 목화대에 반만 피어 달랑거리는 끝물 희나리 목화다래의 청승맞음 같다. 어젯밤에 남편이 딸아이와 잠깐 들여다보았을 때 속 시원히 얘기를 털어놓지 못한 것이며 효산과 머쓱하게 돌아 나온 모텔에서의 일, 모두가 실수투성이다. 오른 쪽으로 고개를 젖히면 통증이 왔다. 햇빛이 병실 가득 들어온다. 오매 할머니가 누워서 천정을 바라보고 있다. 아무도 맞지 않으려는 링거를 할머니는 기를 쓰며 맞으려고 했다. 삶의 집착은 나이 들면서 강렬해진다. 깁스가 언제 퇴원하느냐고 묻는다. 내 눈빛에 아마 그런 망설임이 들어있나 보다. "오늘요." 나는 짤막하게 대답했다. 물리치료실에 올라갔다. 통증이 있는 부위에 오래 찜질을 했더니 물집이 잡혔다. 얼마나 미련하면 데는 것도 몰랐느냐고 그 사이 덧정이 든듯 깁스가 걱정을 해주었다. 간호실로 화상연고를 바르러 드나들며 마음이 바빠진다. 누군가 남자의 목소리가 내 이름을 부른다. 드디어 담당자가 나타났다. 나는 침대에서 벌떡 일어나 슬리퍼를 꿰고 복도에 서있는 남자에게로 가서 목례를 했다. 이주 진단에서 사흘치 입원한 것을 빼고 열 하루치 통원치료비를 받기로 하고 서류에 서명을 했다. 퇴원수속을 밟으러 일층의 접수실로 갔다.
 "병실에 가 계세요, 퇴원서 갖다 드릴 께요."
 여직원이 상냥하게 말했다. 나는 대기실의자에 널려있는 신문을 들고 병실로 돌아왔다.
 '늦잠꾸러기 벌레가 오래 산다'는 제목의 기사가 보인다. 일어나는 시간이 불규칙한 벌레는 새에게 잡아먹힐 확률이 줄어든다. 나는 흥미 있는 기사라 찬찬히 읽어본다.
 늦잠을 자는 벌레가 더 오래 사는 것으로 나타났다. 일본 규슈기술원 다이도 히로아키 박사팀은 불규칙한 생체시계를 가진 생물이 생존에 더 유리하다는 내용의 논문을 국제적인 물리 학술지 '피지컬 리뷰 레터'에 발표했다.

다이도 박사는 "대부분의 생물은 생체시계를 갖고 있는데 이 생체시계가 조금씩 불규칙하게 움직인다."며 "컴퓨터를 이용한 실험 결과 생체시계가 계속 변하는 생물이 더 오래 살고 많이 번식한다는 사실을 밝혀냈다."고 말했다.

연구팀은 생체시계가 정확한 생물과 불규칙한 생물을 가상으로 만들어 컴퓨터에서 실험한 결과 생체시계가 정확한 생물은 결국 멸종했다고 밝혔다. 24시간 주기로 정확히 움직이다 보니 매일 격심한 생존경쟁을 해야 했기 때문이다.

예를 들어 벌레가 매일 같은 시간에 일어나면 그 벌레를 잡아먹는 새 역시 그 시간에 맞춰 일어나기 때문에 잡아먹히기가 쉬워진다. 새 역시 매일 같은 시간에 일어나면 그 시간에 먹이를 찾는 다른 새와 경쟁을 해야 한다. 그러나 불규칙한 생체 주기를 갖고 있는 생물은 경쟁이 줄어들기 때문에 수가 더 늘어났다. 직장인이라면 지각했을 때 새로운 핑계거리가 생긴 셈이다. 다이도 박사는 "인간의 생체시계 주기가 밤낮의 주기와 약간 다른 24시간 18분으로 정해진 것과 이 주기마저 사람마다 조금씩 다른 이유도 다 생존을 위한 것"이라고 말했다.

나는 기사를 보며 우리 부부에게 일어났던 일은 살아남기 위한 생체주기의 변화는 아니었을까 그런 억지생각을 했다. 서랍에서 비누와 칫솔을 꺼내고 환자복을 평상복으로 갈아입었다. 구운 김과 티슈와 링거를 맞을 때 사용하는 일회용 주사바늘을 오매할머니와 깁스에게 나눠 주었다.

나는 그들의 환송을 받으며 병원을 나왔다. 농익은 오후의 햇빛이 정수리에 잠포록이 내려앉았다. 일산화탄소 냄새가 나는 것 같던 집은 텅 비어 있었다. 블라인드를 내린 어두컴컴한 거실의 소리 없이 쌓인 먼지, 후덥지근한 공기가 얼굴로 훅 달려들었다. 나는 팔다리를 걷어 부치고 어질더분한 거실을 닦고 수건을 삶고 침대보를 걷어냈다. 이박 삼일동안 비어있던 집은 다시 활기를 찾아가고 있었다. 남편의 치아를 싼 한지가 텔레비전위에 놓여 있었다. 나는 그 화석들을 서랍에 넣었다. 폐갱 입구처럼 황폐해지기 전에 아무래도 남편의 틀니부터 해 줘야되지 않을까 그런 생각을 했다.

내일은 아직 깁스를 풀 때까지 병원신세를 져야 하는 아줌마를 만나러 503호에 들려봐야겠다. 지저분해진 바다색 매니큐어를 벗겨내기 위해 연분홍색 매니큐어를 사들고 슬쩍 잠입하는 거다. 나는 웃으며 낮잠에 빠진다. 🝖

(끝)

뿌리출판사 에서는
다음과 같은 원고를 기다립니다.
훌륭한 글, 맞춤법이 어긋나거나
멋진 문장이 아니라도 좋습니다.
멀리 타국땅에서 삶의 향기가 짙게 배인
진솔한 이야기나, 다른 이들에게 기쁨을 줄 수 있는
이야기면 더욱 좋습니다.
모두 소중한 인연으로 여기고 반기겠습니다.

문학 창작 작품 : 소설, 희곡, 시, 기타 문학작품
비소설 부분 : 경영신서, 수기, 번역작품
산문 및 학술 : 인문, 사회, 철학, 여성, 과학, 의학, 기타
분야 등 위의 분야와 그 밖의 집필 계획이 있으신 분은
집필계획서를 제출하셔도 좋습니다.

그동안 뿌리출판사는 유명 중진작가 30여 분의 소설집 간행에
이어 앞으로 사업의 다각화로 위의 작품을 출판할 계획입니다.
독자님께서 출간 계획들을 갖고 계신다면
저희 출판사로 연락해 주십시오.
최소한의 경비로 출간할 수 있는 방안을
친절히 상담해 드리겠습니다.

뿌리출판사 · 뿌리문화사
등단작가 원고접수 : www.rootgo.com 작가의 방
기타 원고접수 : www.rootgo.com 책 만들기 상담
E-mail : rootgo@dreamwiz.com
ROOT Publishing & Printing co.
서울시 성동구 성수 2가 3동 317-10호 2F. 우 133-835
TEL : (02)2247-1115(代), FAX : (02)466-4517.
(02)466-4516.